# Liebe à la HOLLYWOOD

JAE

# DANKSAGUNG

Wie bei den meisten kreativen Projekten gab es auch bei diesem mehrere Personen, die mich während des Schaffensprozesses unterstützt und begleitet haben, allen voran Erin und Astrid, die mir kräftig in den Hintern getreten haben, als ich die Geschichte nach dem ersten Kuss enden lassen wollte.

Ein besonderes Dankeschön geht an meine Kritikpartnerin Alison Grey für ihre geduldige Rückmeldung, an Susanne fürs Korrekturlesen und an Devin Sumarno für ihr kompetentes Lektorat.

Danke!

# VORWORT

*Liebe à la Hollywood* entstand aus der Kurzgeschichte *Der Morgen danach,* die ebenfalls im Ylva Verlag erschienen ist. Meine Muse hat mich nicht in Ruhe gelassen, ehe ich Amandas und Michelles Geschichte nicht in voller Länge erzählt hatte. So ist aus einer Kurzgeschichte ein Kurzroman geworden. Ich hoffe, meine Leserinnen genießen die Lektüre dieser Liebesgeschichte ebenso sehr, wie ich das Schreiben genossen habe!

# KAPITEL 1

*EINE VON UNS BEIDEN WIRD den Nachtisch nicht überleben.* Da war sich Amanda sicher. Sie wusste nur noch nicht wer. Entweder würde sie sich zu Tode langweilen oder ihre Verabredung würde mit dem Gesicht voran in ihrem geräucherten Lachsmousse landen, Amandas Gabel in der Halsschlagader.

Nichts von Amandas mörderischen Absichten ahnend, plapperte Val weiter. »… und deshalb haben meine Eltern vereinbart, dass mein Vater den Namen des ersten Kindes aussuchen würde und meine Mutter den des zweiten. Oh, und weißt du, was richtig klasse ist?« Sie klatschte in die Hände.

»Nein«, sagte Amanda und schaffte es unter Aufbietung all ihres schauspielerischen Könnens, wenigstens halbwegs interessiert zu erscheinen. »Was denn?« Sie hob ihre Gabel mit einer in Kokosnussraspeln panierten Garnele, um ein Gähnen zu verbergen.

»Val ist die Abkürzung für Valentina, deshalb ist der Valentinstag schon immer mein Glückstag gewesen. Als ich dich vorhin zum ersten Mal gesehen habe, wusste ich sofort, dass wir füreinander bestimmt sind.«

Amanda verschluckte sich an der Garnele. Sie hustete, bis sie das Gefühl hatte, dass ihr Gesicht scharlachrot angelaufen war. Mit zwei großen Schlucken leerte sie ihr Weinglas und sah sich nach dem Ober um. Wenn sie dieses Date überleben wollte, brauchte sie ein wenig alkoholische Unterstützung. »Füreinander bestimmt? Ähm, Val, das ist unsere allererste Verabredung. Meinst du nicht, das ist ein wenig überstürzt, selbst für zwei Lesben?«

»Oh, nein, keineswegs.« Val streckte die Hand aus und ließ einen pink-lackierten Fingernagel Amandas Arm hinabgleiten. »Wahre Liebe kennt keine Zeitbegrenzung.«

Vals Berührung jagte Amanda eine Gänsehaut über den Rücken. *Zu blöd, dass es nicht die angenehme Sorte Kribbeln ist, die sie bei mir auslöst.* Unter dem Vorwand, ihr Glas zu leeren, das der Kellner eben aufgefüllt hatte, zog Amanda ihren Arm weg. *Okay, nichts wie weg hier.*

Bevor Amanda sich eine höfliche Ausrede einfallen lassen konnte, unterbrach sie der Ober. Er platzierte die Champignon-Pasta vor Amanda und umrundete dann den Tisch, um Vals Ricotta Ravioli zu servieren.

Immer noch ohne Punkt und Komma quasselnd, griff Val nach ihrer Gabel und schnitt damit ihre Ravioli in kleine, herzförmige Stücke.

Amanda starrte auf Vals Teller. *Oh mein Gott, sie ist ein Liebespsychopath.* Es war, als wäre sie gefangen in einer der billigen Seifenopern, für die sie vorgesprochen hatte, aber hier gab es niemanden, der »Schnitt« rief, wenn es nicht gut lief.

»Du wirst meine Eltern lieben«, sagte Val. »Ich bin sicher, sie werden sich genau wie ich auf den ersten Blick in dich verlieben. Wir könnten sie am Wochenende besuchen. Sie leben in Carmel. Die Fahrt dahin ist ungeheuer romantisch, direkt an der Küste entlang.« Sie warf Amanda verliebte Blicke zu.

Jeden Moment würde sie vermutlich beginnen, mit Amanda unter dem Tisch zu füßeln.

Amanda reckte den Hals und sah sich suchend nach dem Ausgang um.

»Mist.« Val tupfte wild an einem Klecks Tomatensoße herum, der auf ihre Bluse gespritzt war. Sie rubbelte und schrubbte und verteilte den Fleck dadurch nur noch mehr. Ihr Stuhl schabte über den Boden, als sie aufsprang. »Entschuldige mich bitte für eine Sekunde. Ich muss …« Sie deutete auf ihre Brust und eilte davon.

*Ja!* Amanda stand ebenfalls auf. Das war ihre Chance, abzuhauen. Aber sollte sie wirklich genug Geld auf den Tisch legen, um ihre Hälfte des Essens zu bezahlen, und dann einfach verschwinden? Sie warf einen sehnsüchtigen Blick in Richtung Ausgang, bevor sie seufzte und wieder Platz nahm. *Zu dumm, dass meine Großmutter mich anständig erzogen hat.* Val war ja vielleicht ein bisschen plemplem, aber Amanda wollte ihr nicht für immer und ewig ihren Glückstag verderben, indem sie mitten in ihrer Verabredung einfach ohne Erklärung verschwand.

Sich selbst verfluchend, kramte sie ihr Handy aus der Handtasche und drückte auf die Schnellwahltaste zwei.

Das Telefon klingelte dreimal, bevor abgenommen wurde. »Hallo«, sagte Kathryn. »Was kann ich für meine Lieblingsklientin tun?«

»Du kannst mir versprechen, mich nie wieder zu einem Blind Date zu überreden.«

»Oh.« Kathryn war einen Moment lang still. »Kann ich davon ausgehen, dass dein Date nicht allzu gut läuft? Rob hat aufs Grab seines Bruders geschworen, dass sie genau dein Typ ist.«

Amanda schnaubte. »Rob ist ein Einzelkind.«

Papier raschelte am anderen Ende der Leitung. »Also ist Val nicht dein Typ?«

Amanda unterdrückte den Reflex, Würggeräusche von sich zu geben, und zwang sich, fair zu sein. »Als ich sie zum ersten Mal gesehen habe, dachte ich, sie wäre es.« Um ehrlich zu sein, war Val genau ihr Typ – wenigstens, was das Aussehen betraf. Welliges, rotes Haar fiel in eleganten Locken bis knapp unterhalb ihrer schmalen Schultern. Eine schicke Bluse und ein schwarzer Minirock ließen sie sexy und zugleich stilvoll erscheinen. Außerdem bewegte sich Val anmutiger als die meisten von Amandas Schauspielkolleginnen.

»Und was ist dann passiert?«, fragte Kathryn.

»Sie hat den Mund geöffnet.« Amanda nahm einen weiteren Schluck Rotwein.

»Ach, komm schon. Sei kein Snob. So schlimm kann sie ja wohl nicht sein.«

»Ach nein? Wie würde dir eine Verabredung gefallen, bei der dein Date dir ihre komplette Lebensgeschichte erzählt – inklusive der jedes ihrer Familienmitglieder – und das alles, bevor ihr auch nur das Essen bestellen konntet? Und dann fährt sie damit fort, eure gemeinsame Zukunft zu planen, weil sie überzeugt ist, dass ihr füreinander bestimmt seid.« Amanda leerte ihr Glas und schüttelte sich. »Ich wette, noch bevor wir den Nachtisch bestellen, wird sie den Werdegang unserer Kinder bis ins Detail festgelegt haben.«

Kathryn lachte. »Das ist kein Scherz, oder?«

»Schön wär's.« Amanda hob die Hand, um den Ober heranzuwinken. Sie wartete, bis er ihr Glas nachgeschenkt hatte, und nickte ihm anschließend dankend zu.

»Wo ist deine Albtraumfrau?«, fragte Kathryn. »Bist du zur Toilette geflüchtet?«

»Nein, da hat sie sich gerade hinverzogen. Sie hat sich was von ihren herzförmigen Ravioli auf die Bluse gekleckert.« Amanda behielt die Tür zur Damentoilette im Auge. Val konnte jeden Moment zurückkommen. »Kath, du musst mir helfen. Ich muss hier raus, bevor sie niederkniet und mir vor allen Leuten im Restaurant einen Heiratsantrag macht.«

Kathryns unterdrücktes Kichern drang durch den Hörer. »Sag ihr doch einfach, dass Steven Spielberg angerufen hat und dich für seinen nächsten Film haben will – unter der Bedingung, dass du dich jetzt sofort mit ihm triffst.«

»Spielberg.« Amanda schnaubte. »Ja, klar. Das glaubt sie mir sofort. Er hat mich in meinem letzten Werbespot gesehen und war so beeindruckt von der Art und Weise, wie ich das Geschirrspülmittel in die Höhe hielt, dass er mich jetzt vom Fleck weg engagieren will.«

»Es sind schon merkwürdigere Dinge passiert«, sagte Kathryn.

»Mir nicht.«

Die Tür zur Damentoilette wurde geöffnet.

Amandas Herzschlag beschleunigte sich.

Eine ältere Dame verließ die Toilette.

Amanda ließ den Atem entweichen. »Das Merkwürdigste, was mir je passiert ist, ist dieses Date. Man könnte es auch das Rendezvous des Grauens nennen.«

»Es kann wohl kaum schlimmer sein als meine erste Verabredung mit meinem zweiten Ehemann«, sagte Kathryn. »Er ...«

»Kath, ich würde mir deine Geschichte liebend gern anhören, aber Val kommt jeden Moment zurück. Hilfe!«

»Okay, okay. Ich lass mir was einfallen und ruf dich dann zurück.« Kathryn legte auf.

Sekunden nachdem Amanda das Handy wieder in der Handtasche verstaut hatte, verließ Val die Toilette und kehrte an den Tisch zurück. Offenbar hatte sie versucht, den Fleck mit Wasser und Seife vom Toilettenvorraum zu beseitigen, sodass ihre nasse Bluse nun fast durchsichtig war und an ihrem üppigen Busen klebte.

*Aus, Weib,* befahl Amanda ihrer Libido. *Die Frau ist wie Zuckerwatte. Sie mag ja zuckersüß aussehen, aber sie ist ungesund und klebt an dir wie eine Klette.*

Val setzte sich und griff erneut zu ihrer Gabel. Innerhalb von höchstens einer Minute hatte sie ein halbes Dutzend weiterer Ravioli-Herzen produziert. »Entschuldige bitte, dass es so lange gedauert hat. Also, erzähl mir doch ein bisschen von dir«, sagte sie. »Was hast du gedacht, als du mich zum ersten Mal gesehen hast?«

Ein Stück Champignon blieb fast in Amandas Hals stecken. *Ich glaube, ich bin diejenige, die heute Nacht sterben wird. Vermutlich einen grausamen Erstickungstod.* Sie nahm einen Schluck Rotwein. *Oder vielleicht auch an Leberzirrhose.*

Ihr Handy klingelte zur Melodie von Madonnas *Hollywood*.

*Rettung naht!* »Tut mir leid. Da muss ich rangehen. Es ist meine Agentin.« Amanda stellte einen neuen Geschwindigkeitsrekord im Handy-Abnehmen auf.

»Oh, Amanda, ich bin ja so froh, dass du zu Hause bist.« Kathryn wimmerte mit der gekünstelten Verzweiflung einer Möchtegern-Schauspielerin ins Telefon.

»Ähm, du hast auf meinem Handy angerufen. Ich bin nicht zu Hause.« Amanda schielte zur anderen Seite des Tisches.

Val beobachtete sie mit erwartungsvoller Miene, so als vermutete sie, dass Amandas Agentin wegen eines großartigen Angebots aus Hollywood angerufen hatte.

*Mist. Vielleicht hätte ich's doch mit der Spielberg-Ausrede versuchen sollen.* »Was ist los?«, fragte Amanda und verlieh ihrer Stimme eine besorgte Note.

Kathryn war weniger subtil. Geräuschvolles Weinen drang aus dem Telefonhörer, mit Sicherheit laut genug, dass auch Val es hören konnte. »Mein Ehemann hat eben die Scheidung eingereicht.«

*Welcher denn?* wollte Amanda fragen. Kath hatte bereits drei Scheidungen hinter sich und war momentan genauso single wie Amanda. »Oh, Gott, Kath, das tut mir so leid. Das ist ja furchtbar. Was für ein Arschloch.« Amanda schlug die Faust auf den Tisch. Ihr Weinglas wackelte und sie griff eilig zu, um es vor dem Umfallen zu bewahren. »Warte nur, bis ich diesen lügenden, betrügenden Ganoven in die Hände kriege!«

Das laute Weinen wurde zu erbarmungswürdigem Schluchzen.

»Bitte weine nicht. Ich komm gleich rüber zu euch und dann werde ich ihn entweder umbringen oder umstimmen.«

Kathryn schnäuzte sich. Es klang wie das Trompeten eines Elefanten. »Das würdest du für mich tun?«

»Natürlich. Ich komme so schnell ich kann.« Amanda legte auf und steckte das Handy zurück in ihre Handtasche.

Als sie aufsah, starrte Val sie an, die rot geschminkte Unterlippe zu einem Schmollen nach vorne geschoben. »Musst du wirklich gehen?«

»Ja. Tut mir schrecklich leid. Es war ein wunderschöner Abend, aber leider muss ich ihn vorzeitig beenden.« *Wow. Ich verdiene wirklich einen Oscar dafür, dass ich das sagen konnte, ohne mit der Wimper zu zucken.* »Aber meine Agentin braucht mich heute Abend wirklich. Ihr Ehemann hat eben die Scheidung eingereicht.«

»Oh mein Gott! Am Valentinstag?« Val presste beide Hände gegen ihre Brust. »Glaub mir, so was würde ich dir nie antun.«

*So viel ist mal sicher. Weil ich es so weit erst gar nicht kommen lasse.* Amanda rang sich ein Lächeln ab, legte ein paar Geldscheine auf den Tisch und erhob sich.

Val sprang auf. »Soll ich mitkommen? Ich könnte ...«

»Oh, nein, nein«, sagte Amanda so schnell, dass sie sich fast verhaspelte. »Bleib ruhig sitzen und genieß den Rest des Abendessens. Kathryn würde sicher nicht wollen, dass irgendjemand sonst sie in diesem Zustand sieht.«

Langsam sank Val zurück auf ihren Stuhl. »Du könntest zu mir nach Hause kommen, wenn du dich um deine Agentin gekümmert hast.«

Schweiß perlte auf Amandas Stirn. *Mist. Wie kann ich mich da rauswinden?* »Geht nicht«, sagte sie. »Ich werde vermutlich bei Kathryn übernachten. Ich will sie heute Nacht auf keinen Fall allein lassen.«

»Du bist so rücksichtsvoll.« Wäre Val eine Comicfigur gewesen, hätte ihr Blick jetzt lauter kleine, pinkfarbene Herzen in Amandas Richtung geschleudert.

»Ähm, ja. So war ich schon immer.« Ehe Val sie um eine zweite Verabredung bitten konnte, winkte Amanda ihr zu und eilte zum Ausgang.

Amanda lehnte sich gegen die Fahrertür ihres Wagens und atmete tief ein und aus. So musste sich ein verurteilter Häftling fühlen, der kurz vor Vollstreckung des Todesurteils begnadigt wurde. Sie fischte ihr Handy aus der Handtasche und drückte auf die Schnellwahltaste zwei.

»Bist du dem Rendezvous des Grauens entkommen?«, fragte Kathryn, ohne auch nur Hallo zu sagen.

»Ja. Gott sei Dank.« Amanda wischte sich imaginären Angstschweiß von der Stirn. »Übrigens, deine schauspielerischen Fähigkeiten sind geradezu furchterregend schlecht.«

Kathryn schnaubte. »Was hast du erwartet? Es hat schon seinen Grund, dass ich die Agentin bin und du die Schauspielerin.«

»Ja, weil man als Agentin deutlich mehr verdient«, sagte Amanda.

»Das ist einer der attraktivsten Gründe.«

Amanda angelte den Autoschlüssel aus der Handtasche. »Falls du Rob triffst, sag ihm, er schuldet mir was.«

»Mach ich. Oh, Amanda? Schönen Valentinstag.« Kathryn legte auf, bevor Amanda antworten konnte.

Kopfschüttelnd steckte Amanda das Handy ein. Als sie die Hand ausstreckte, um das Auto aufzuschließen, fiel ihr Blick auf einen Werbeflyer, der unterm Scheibenwischer hing. Sie lehnte sich vor und zog ihn darunter hervor.

Beim Anblick von kleinen, roten Herzchen auf der Werbebroschüre schloss sie die Finger zur Faust, um den Flyer zusammenzuknüllen. Im letzten Moment ließ ein Bild von Amor sie innehalten. Anstatt Pfeile auf potenzielle Liebende abzuschießen, lag er bäuchlings auf einem blutbesudelten Fußboden. Ein Pfeil hatte seinen Rücken genau zwischen den kleinen, weißen Flügeln durchbohrt. Unter dem Bild kündigten neongrüne Buchstaben eine Anti-Valentinstag-Party an.

Amanda lachte und las weiter: »Haben Sie schnulzige Karten, billige Schokolade und den Druck, eine Verabredung zu finden, satt?«

Sie nickte heftig. »Oh, ja, und wie!« Die Party klang gar nicht mal so schlecht. Sie sah auf ihre Armbanduhr.

Kurz nach neun.

Auf dem Flyer stand, dass die Anti-Valentinstag-Party um acht begonnen hatte. Und sie war hier gleich ums Eck.

Amanda wog den Autoschlüssel in der Hand, bevor sie ihn zurück in die Handtasche schob.

Nach dem Date, das sie gerade überlebt hatte, war die Aussicht auf ein paar Stunden Party in Gesellschaft von Leuten, die nicht auf eine Beziehung aus waren, extrem verlockend. Vor allem, wenn es sich dabei um Heteros handelte. Sie hatte die Nase voll von Frauen, die nach ihrer Seelengefährtin suchten. Ein Cocktail, dann würde sie ein Taxi rufen und nach Hause fahren. Nach den zwei oder drei Gläsern Wein, die sie während des Abendessens getrunken hatte, war es ohnehin besser, nicht mehr selbst zu fahren.

Zufrieden mit ihrer Entscheidung, überquerte sie die Straße und pfiff *No More I Love You's* vor sich hin.

Amanda schwang sich auf den letzten freien Barhocker, drehte sich um und ließ ihren Blick durch die Bar schweifen.

Gebrochene Herzen, schwarze Rosen und Poster aus dem Film *Der Rosenkrieg* zierten die Wände. Männer und

Frauen, die meisten zwischen Anfang zwanzig und Ende dreißig, tanzten zu *This Is Not a Love Song*. Amanda fiel auf, dass niemand rote oder pinke Kleidung trug. Stattdessen wimmelte es von T-Shirts mit Sprüchen wie *single und glücklich* oder *Amor kann mich mal*.

Jemand räusperte sich direkt hinter ihr.

Amanda drehte sich um.

Der Barkeeper, ein muskelbepackter Hüne mit Tätowierungen auf jedem Zentimeter entblößter Haut, nickte ihr zu. »Was darf's denn sein?«

Amanda beäugte die Cocktailkarte, die hinter der Bar hing, und rieb sich das Kinn. Auf der Karte standen Cocktails mit Namen wie *One-Night-Stand, Liebes-Aus* und *Free Love* neben einigen mehr traditionellen Mischungen. Normalerweise trank sie keine harten Alkoholika, sondern hielt sich an Rotwein, aber nach einem Tag wie diesem brauchte sie etwas Stärkeres. »Was können Sie empfehlen?«

»Wie wär's mit einer *Bissigen Braut*?«, fragte der Barkeeper. »Das ist eine Mischung aus Campari, Rum, Orangen- und Zitronensaft.«

»Bissige Braut? Nein, danke«, murmelte Amanda. »Davon hatte ich heute schon genug.«

»Wie bitte?«

»Ich sagte, das ist mir zu sauer. Haben Sie auch was Süßeres?«

Ein breitschultriger Mann in einem *Es-liegt-an-dir-nicht-an-mir*-T-Shirt schlenderte zur Bar und quetschte sich zwischen Amanda und die Frau auf dem Barhocker zu ihrer Rechten. »Ich glaube, die Lady braucht einen *Slow Fuck*.«

Der Barkeeper sah zu Amanda herüber. Seine Hände verharrten über dem Cocktailshaker.

Amanda drehte sich zu dem breitschultrigen Kerl um. Mit seinen roten Haaren und einem Perlweiß-Lächeln hätte er fast als Vals Zwillingsbruder durchgehen können. »Das ist ein lahmer Anmachspruch, sogar für eine Anti-Valentinstag-Party.«

Er zuckte mit den Schultern. »Du könntest mir ein paar neue beibringen.«

Sein Grinsen hätte die gewünschte Wirkung auf sie verfehlt, selbst wenn sie hetero gewesen wäre. »Nein, danke.« Sie war Schauspielerin, keine Souffleuse für Möchtegern-Casanovas. Sie drehte sich zum Barkeeper um. »Jetzt brauch ich definitiv was Stärkeres.«

»Egal, was sie möchte, es geht auf mich«, sagte der rothaarige Mann.

Amanda ignorierte ihn und legte einen Zehndollar-schein auf die Theke.

Der Barkeeper nahm das Geld und füllte Eiswürfel in ein Glas. »Wie wäre es mit einer Mischung aus Wodka, Kaffeelikör und Tonic Water? Das nennt sich *Mind Eraser*.«

Amanda hatte seit Jahren keinen Wodka mehr getrunken, aber irgendwie schien es ein passender Abschluss für diesen Tag zu sein, deshalb nickte sie. »Warum nicht?«

Als der Alkohol in ihrer Kehle brannte und sie zu husten begann, schoss ihr der Gedanke *Berühmte letzte Worte* durch den Kopf, aber dann bedeutete der rothaarige Mann dem Barkeeper, ihr noch einen Cocktail zu mixen, und sie vergaß alles andere.

# KAPITEL 2

WER BEHAUPTET HATTE, VON WODKA würde man keinen Kater kriegen, war ein verdammter Lügner. Amandas Kopf hämmerte wie ein Tamburin, auf dem ein hyperaktives Kindergartenkind herumtrommelte. Stöhnend presste sie die Hände gegen ihre Schläfen, aber die Bewegung machte alles nur noch schlimmer. Ihr Magen fühlte sich an wie eine Waschmaschine im Schleudergang. Sie lag da, ohne sich zu rühren, bis die Übelkeit etwas abebbte.

*Oh, Gott*, wollte sie sagen, aber ihre Zunge klebte am Gaumen fest. Mühsam befeuchtete sie ihre trockenen Lippen und verzog das Gesicht. Der Geschmack in ihrem Mund ähnelte dem von Socken, die jemand fünf Tage lang in Gummistiefeln getragen hatte, und ihre Zunge fühlte sich auch genauso pelzig an.

Ohne die Augen zu öffnen, griff sie nach der Flasche Mineralwasser, die immer auf ihrem Nachttisch stand.

Sie war nicht da.

Ebenso wenig wie der Nachttisch.

*Was zum ...?* War sie gefangen in einem alkoholindu-zierten Albtraum wie der, in dem sie einen Oscar gewann, aber wenn sie die Bühne betreten wollte, um ihn entgegenzunehmen, feststellte, dass sie nackt war? Sie öffnete die Augen.

Grelles Sonnenlicht ließ sie zusammenzucken. Zu dem Kindergartenkind mit dem Tamburin gesellte sich ein zweites, das ihren Kopf als Trampolin missbrauchte.

Sie schloss die Augen und zog sich das Kissen übers Gesicht, um das Sonnenlicht auszublenden. Der Geruch eines Männerparfüms haftete am Kissenbezug.

*Quatsch.* Wie viel von dem teuflischen Zeug hatte sie gestern Nacht getrunken? Jetzt funktionierte nicht mal mehr ihr Geruchssinn. Der Baumwollbezug ihres Kissens konnte nicht nach Männerparfüm riechen, schließlich war ihr Bett eine männerfreie Zone.

*Moment mal. Baumwolle?* Sie hatte das Bett doch vor ein paar Tagen mit der Satinbettwäsche bezogen, die Kathryn ihr zu Weihnachten geschenkt hatte.

Ruckartig setzte sie sich auf und umklammerte dann ihren Kopf. Durch halb geöffnete Augen spähte sie in dem fremden Schlafzimmer umher. Zu ihrer Linken war ein großes Fenster. Ihr wurde schwindelig, als sie die Steinterrasse, umgeben von Zitronen- und Orangenbäumen, anstarrte. Das war ganz sicher nicht der Anblick, der sie begrüßte, wenn sie in ihrer kleinen Einzimmerwohnung die Augen öffnete.

Riesige Schwarz-Weiß-Drucke hingen an den Wänden – eine Harley mit einer halb nackten Frau, eine Nahaufnahme von einem fauchenden Tiger und das wettergegerbte Gesicht eines alten Mannes, der in die Sonne blinzelte.

Eine Herren-Armbanduhr lag auf dem Nachttisch auf der gegenüberliegenden Seite des Bettes. Daneben stapelten sich Klamotten auf einem weißen Leder- und Chrom-Stuhl: Socken, ein *Los Angeles Lakers* Sweatshirt und ein Paar Boxershorts. Turnschuhe, die mindestens nach Größe einundvierzig aussahen, lagen unter dem Stuhl.

Amandas Blick hetzte hin und her zwischen dem Harley-Druck, der Uhr und den Boxershorts. Der Geruch von Männerparfüm hing in der Luft. *Oh, Scheiße. Was hab ich nur getan? Nie im Leben wär ich mit dem Typen von der Bar nach Hause gegangen ... oder doch?* Nicht mal ein halbes Dutzend von diesen grauenhaften Cocktails konnte eine Lesbe heterosexuell machen. *Vielleicht dumm, aber nicht hetero.*

Ihr Blick glitt ihren Körper hinab. *Puh!* Sie atmete geräuschvoll aus. *Gott sei Dank.* Wenigstens trug sie immer noch ihren Slip und den BH. Sie rieb sich die schmerzenden Schläfen in der Hoffnung, dass das ihrer Erinnerung an letzte Nacht auf die Sprünge helfen würde.

Nichts dergleichen geschah. Das Letzte, woran sie sich erinnerte, war, dass sie an der Bar einen Cocktail nach dem anderen getrunken hatte. Sie hatte eine ihrer Schultern entblößt, um die Narbe von dem Werbespot mit dem Kamel herumzuzeigen.

Ihr rothaariger Saufkumpan hatte gegrölt und geklatscht.

Danach war ihr Gedächtnis wie leer gefegt.

*Gott, ich hasse Valentinstag. Und Mind Eraser. Und wenn ich wirklich mit einem Mann geschlafen habe, dann hasse ich*

21

*mich selbst am allermeisten.* Sogar als Jugendliche hatte sie gewusst, dass ihre Interessen woanders lagen, und auch später hatte sie nie dem Druck Hollywoods nachgegeben, sich mit Männern zu verabreden. Darauf war sie immer stolz gewesen, aber jetzt ...

Als das Hämmern in ihrem Kopf einen Moment lang nachließ, wurde ihr bewusst, dass nebenan eine Dusche lief. Im Badezimmer pfiff jemand viel zu fröhlich vor sich hin.

Amandas Magen krampfte sich zusammen. Sie wollte sich gar nicht vorstellen, was den Kerl in diese postkoitale Stimmung versetzt hatte.

Das Wasser wurde abgestellt. Jeden Moment würde er das Badezimmer verlassen.

Es war an der Zeit, abzuhauen. Den Trommelwirbel in ihrem Kopf ignorierend, sprang Amanda aus dem Bett. Ihre Füße verhedderten sich in etwas Weichem und sie stolperte beinahe. Fluchend sah sie zu Boden.

Ihre Hose, Bluse und Socken waren ums Bett herum verstreut, so als hätte sie sich ihre Kleidung in leidenschaftlicher Hast vom Leib gerissen. Als sie sich bückte und nach der Hose griff, begann alles um sie herum, sich zu drehen. Sie wartete, bis das Karussell stoppte, und schob erst einen, dann den anderen Fuß durch ein Hosenbein. Mühsam zog sie die Hose nach oben.

Ein Geräusch ließ sie aufsehen, während die Hose auf Höhe ihrer Kniekehlen schlabberte.

Eine Dampfwolke strömte durch die nun offene Badezimmertür.

Amanda erstarrte und begaffte die Gestalt im Türrahmen. Ihr Blick wanderte muskulöse Beine in abgetragenen Jeans hinauf. Sie wollte die Augen schließen, zwang sich aber, das schwarze Muskelshirt zu betrachten, das an feuchter Haut klebte. Als Nächstes sah sie …

*Brüste!* Sie waren nicht übermäßig groß, aber das war definitiv nicht die Brust des rothaarigen Kerls – oder überhaupt irgendeines Mannes. Nur ihr schmerzender Schädel und ihre Hose, die noch immer ihre Beine aneinander fesselte, hielten sie davon ab, einen Freudentanz aufzuführen. *Ich hab's doch gewusst! Ich würde nie im Leben mit …* Ihr Blick wanderte höher und traf auf kurzes Haar und ein ausdrucksstarkes Gesicht … *einer Butch schlafen?*

Sie hatte noch nie ein Date und schon gar nicht Sex mit einer Butch gehabt.

Als sie einen Schritt rückwärts machte, stolperte sie über die Hose, in der sich ihre Füße verheddert hatten, und fiel.

Sie landete auf dem Bett und blieb dort liegen, um an die Decke zu starren.

Besorgte braune Augen schoben sich in ihr Gesichtsfeld. »Alles in Ordnung mit dir, Mandy?«

»Mandy?«, krächzte Amanda. Nur ihre Großmutter durfte sie so nennen.

Mit einem Knie neben ihr auf dem Bett, viel zu nah für Amandas Empfinden, sah die Butch auf sie herab. »Ja. Gestern Nacht hast du gesagt, ich soll dich Mandy nennen.«

*Großer Gott.* Was hatte sie gestern Nacht noch alles angestellt? Sie traute sich nicht zu fragen.

»Warum?«, fragte die Butch, als Amanda nichts sagte. »So heißt du doch, oder?«

»Ja, schon, aber ... Ach, ist ja auch egal. Ich muss gehen.« Sie rollte sich zur Seite und stand auf, dieses Mal vorsichtiger, um nicht wieder über die Hose zu stolpern.

»So, wie du aussiehst?« Die Butch trat vom Bett zurück und zeigte auf die Kleidung, die Amanda trug – oder besser gesagt nicht trug. »Du kannst gern erst mal duschen und dann fahr ich dich zurück zu deinem Auto.«

Na, wenigstens hatte sie sich gestern Nacht nicht betrunken hinters Steuer gesetzt. Nicht, dass es besser war, mit einer Wildfremden mitzufahren. Amanda zögerte, aber der Gedanke an eine heiße Dusche war einfach zu verlockend. »Na gut.« Sie zog die Hose hoch, hob ihre Bluse auf und presste sie gegen ihre Brust, als sie an der Fremden vorbei zum Badezimmer ging. *Als hätte sie nicht eh schon alles gesehen.*

»Ich hab dir saubere Handtücher und eine Zahnbürste hingelegt«, sagte die Butch. »Brauchst du was zum Anziehen?«

»Ähm, nein, danke.« Boxershorts und Muskelshirts waren nicht ihr Stil. Die Klamotten vom Vortag würden noch mal herhalten müssen. Schnell zog Amanda die Badezimmertür hinter sich zu und schloss ab. Dann sank sie auf den Badewannenrand, rieb sich mit beiden Händen das Gesicht und stöhnte in ihre Handflächen. Als sie die Hände sinken ließ, fiel ihr Blick auf den Spiegel über dem Waschbecken.

Ihr Spiegelbild sah genauso schlecht aus, wie sie sich fühlte. Gut, dass heute kein Drehtag war. Nicht mal der beste Maskenbildner der Welt konnte die Ringe unter ihren Augen oder ihre grünliche Gesichtsfarbe verbergen. Ihre Haare sahen aus, als ob ein Vogel darin genistet hatte – oder ein ganzer Schwarm.

Sie gab sich einen Ruck. *Beeil dich, bevor sie denkt, du durchstöberst gerade ihr Kosmetikschränkchen, oder bevor sie reinkommen will, um dich vor dem Ertrinken in der Wanne zu retten.* Sie schlüpfte aus ihrer noch immer nicht zugeknöpften Hose, streifte ihre Unterhose ab und öffnete den BH, bevor sie unter die Dusche trat. Das heiße Wasser fühlte sich himmlisch an.

Während sie sich wusch, nahm sie eine Inventur ihres Körpers vor. Abgesehen vom zweitschlimmsten Kater ihres Lebens schien alles normal zu sein. Keine Knutschflecke. Keine Kratzer auf dem Rücken. Keine überempfindlichen Körperteile. Nichts, was auf eine Nacht voller leiden-schaftlichem, wildem Sex hingedeutet hätte – und mit der athletischen Butch wäre es bestimmt wild gewesen. *Viel-leicht warst du nicht fit genug für mehr als einen Quickie, so betrunken, wie du warst.*

Sie drückte ein wenig Shampoo aus der Flasche und schnüffelte daran. Statt des süßlichen Honigdufts, den sie bevorzugte, roch das Shampoo ihrer Gastgeberin nach Kräutern. Als sie das Shampoo in ihre Kopfhaut ein-massierte, zuckte sie zusammen. Sogar ihre Haarwurzeln schienen zu schmerzen.

Das Seifenwasser lief ihren Rücken hinab. Ein Bild schoss ihr durch den Kopf: Die Butch legte ihre muskulösen Arme um Amanda und zog sie gegen ihren warmen Körper.

Amanda vergrub ihre Finger in kurzen, seidenweichen Haaren. Zwei Hände glitten hinab zu ihrem Hintern. Sie hob den Kopf und küsste die Butch.

Trotz ihrer mörderischen Kopfschmerzen reagierte ihr Körper auf die Erinnerung. *Hör auf damit. Du hast dich doch noch nie zu androgynen Frauen hingezogen gefühlt. Wodka macht dich nur geil wie Nachbars Lumpi.* Sie drehte den Wasserhahn zu, trat aus der Dusche, trocknete sich ab und schlüpfte wieder in die Kleidung von gestern.

Wie versprochen wartete auf dem Waschbecken eine original-verpackte Zahnbürste auf sie.

Im Gegensatz zu Amanda, die nichts von One-Night-Stands hielt, hatte die Butch scheinbar öfters mal Gäste, die über Nacht blieben. Aber als sie die Zahnbürste aus der Verpackung fummelte, stellte sie fest, dass der Griff kürzer war als gewöhnlich. Winzige Pandabären waren darauf abgebildet. *Sie gibt mir 'ne Zahnbürste für Kinder?*

Sie zuckte mit den Schultern und drückte ein wenig Zahnpasta auf die pink-weiß-gestreiften Borsten, begierig darauf, endlich den Alte-Socken-Geschmack in ihrem Mund loszuwerden. Als sie sich endlich wieder halbwegs menschlich fühlte, verließ sie das Badezimmer und machte sich auf die Suche nach ihrer Gastgeberin.

In Socken tapste sie über den Holzboden und sah sich im Haus um. Der Flur ging in einen geräumigen Wohnbereich über. Amanda blieb stehen, um durch die offene Terrassentür den Ausblick auf die Hollywood Hills zu bestaunen.

Na ja, wenigstens hatte sie Geschmack. Scheinbar hatte sie letzte Nacht mit einer berühmten oder reichen Person geschlafen.

Zwei Stufen führten vom Wohnzimmer hinauf zur Küche, die mit sämtlichen Kochutensilien ausgestattet war, die je erfunden worden waren.

»Wie viele Pfannkuchen möchtest du?«, rief die Butch vom Herd.

*Warum etablieren Lesben immer sofort so eine harmonische Häuslichkeit?* War sie etwa an eine androgyne Version von Val geraten? Ihr Magen beschwerte sich bei dem bloßen Gedanken an Essen. »Nein, danke. Für mich keine Pfannkuchen.«

Die Butch drehte sich um und lehnte sich gegen die Anrichte. Sie war barfuß. Ihr dunkelbraunes Haar war verstrubbelt und noch immer feucht von ihrer Dusche. Amanda mochte Frauen normalerweise lieber in Röcken als in Jeans, aber selbst sie musste zugeben, dass ihre Gastgeberin einen sexy Hintern hatte.

»Wirklich nicht? Ich hab bisher noch niemanden vergiftet, falls du deshalb ablehnst.« Die Butch wandte sich wieder dem Herd zu. Mit einer schnellen Bewegung aus dem Handgelenk drehte sie den Pfannkuchen. Er landete in der Pfanne, ohne dass Teig oder Öl danebenspritzte.

Amanda hob eine Augenbraue. Die meisten Butches, die sie kannte, verfügten über die Kochkünste eines zweijährigen Kindes. Nicht, dass sie viele gekannt hätte.

»Du wirst dich besser fühlen, wenn du etwas im Magen hast«, sagte die Butch. »Ich kann dir auch Toast machen. Oder möchtest du lieber Haferflocken?«

»Nein, nicht nötig. Ich werde frühstücken, wenn ich nach Hause komme.«

Die Butch schaltete den Herd aus und drehte sich zu Amanda um. Ihr Bizeps wölbte sich, als sie die Arme vor der Brust verschränkte und Amanda betrachtete. »Es ist Samstag. Hast du irgendwelche dringenden Termine?«

Amanda sah auf die Uhr. Es war kurz vor acht. Sie hatte sieben Stunden Zeit, ehe ihre Schicht in der Saftbar begann. »Ähm, nein, das nicht, aber ...«

»Aber ...?«

Was sollte sie sagen? *Nein, danke, normalerweise frühstücke ich nicht mit Leuten, deren Namen ich nicht kenne?* Sie seufzte. Nachdem sie die Nacht mit der Fremden verbracht hatte, konnte sie sich schlecht weigern, mit ihr zu essen. »Okay. Dann hätte ich gerne ein Stück Toast, wenn's nicht zu viel Mühe macht.«

»Nicht im Geringsten.« Die Butch bewegte sich geschmeidig durch die geräumige Küche und schob zwei Scheiben Toastbrot in den Toaster. »Setz dich doch. Ich beiße nicht.«

Amanda errötete und biss sich auf die Lippe. *Mensch, du bist doch kein fünfzehnjähriger Teenager.* Normalerweise brachten Frauen sie nicht so durcheinander. Sie ging die beiden Stufen zur Küche hinauf und nahm an einem Ende des Frühstückstresens Platz, bemüht, der Butch dabei nicht in die Quere zu kommen. Als der Toaster die zwei

Scheiben Toast in die Höhe schleuderte, zuckte sie zusammen und rügte sich dann selbst.

Die Butch platzierte zwei perfekte, goldbraune Scheiben Toast auf Amandas Teller. »Butter?«

»Äh, nein, danke.« Amanda war sich nicht mal sicher, ob ihr Magen den Toast vertragen würde.

Die Fremde betrachtete Amanda einen Moment lang und schaltete den Wasserkocher ein.

Das Schweigen in der Küche, während sie darauf warteten, dass das Wasser kochte, schien ohrenbetäubend. Amanda zappelte auf dem Hocker herum, aber selbst wenn sie in der richtigen Laune für eine Unterhaltung gewesen wäre, hätte sie nicht gewusst, was sie sagen sollte.

Einige Minuten später stellte die Butch eine dampfende Tasse vor Amanda ab.

»Danke.« Amanda schnüffelte vorsichtig. Der frische, würzige Geruch erinnerte sie an ihr Lieblingsgericht vom Chinesen. »Was ist das?«

Ein Lächeln brachte die Fältchen um die Augen der Butch zum Vorschein. Sie konnte kaum älter als Amanda sein, also einunddreißig, aber die Falten in ihrem Gesicht zeigten, dass sie gerne lachte. »Nur keine Sorge. Ich hab doch gesagt, dass ich dich nicht vergiften werde. Das ist frischer Ingwertee. Mein Großvater hat den immer für mich gemacht, wenn ich ein bisschen … unpässlich war.«

*Unpässlich.* Fast automatisch erwiderte Amanda das Lächeln. So nannte ihre Großmutter das auch, wenn jemand einen ordentlichen Kater hatte. Sie nahm die Tasse in beide Hände und ließ die Wärme ihre angeschlagenen Nerven beruhigen.

Die Butch setzte sich neben Amanda an den Frühstückstresen und begann, ihren Stapel Pfannkuchen zu essen. Ihr Knie berührte Amandas, aber sie schien es entweder nicht zu bemerken oder fühlte sich vollkommen wohl damit.

*Kein Wunder. Letzte Nacht hat sie weit mehr berührt als nur dein Knie und kann sich sicher an jede Sekunde davon noch lebhaft erinnern.* Ganz im Gegensatz zu Amanda. Unter dem Vorwand, sich bequemer hinzusetzen, zog sie ihr Knie weg.

In der Stille, die zwischen ihnen herrschte, klang das knusprende Geräusch des Toastes wie eine ins Tal donnernde Lawine. Sollte sie etwas sagen? Aber was? Soweit sie das beurteilen konnte, hatten sie nichts gemeinsam. Irgendwann fiel Amanda endlich etwas ein. »Hast du Kinder?« Aus irgendeinem Grund hatte sie die Butch nicht als den mütterlichen Typ gesehen. Amanda rollte mit den Augen. *Nicht, dass du etwa Vorurteile hättest.*

Die Butch schluckte einen Bissen Pfannkuchen herunter und sah auf. »Oh, du meinst, weil ich dir eine Kinderzahnbürste hingelegt habe? Entschuldige, aber das war die Einzige, die ich hatte. Ich hab immer ein paar für meine Nichten und Neffen da, wenn sie mal über Nacht bleiben. Ich hab keine Kinder, aber ich bin eine gefragte Babysitterin.«

»Oh.«

»Du klingst überrascht. Auch so manche Butch kann super mit Kindern umgehen. Wir haben sogar eine voll funktionstüchtige Gebärmutter, weißt du?« Sie klang nicht beleidigt, sondern lediglich amüsiert.

Hitze schoss durch Amandas Wangen. Sie versteckte sich hinter ihrer Teetasse. »Ich weiß. Es ist halt nur … Das hier … Du hast mich einfach überrascht.« Na prima. Wenn ihr Schauspiellehrer sie jetzt hören könnte, hätte er seine letzten paar Haare auch noch verloren. Da hatte sie jahrelanges Stimmtraining absolviert und nun stotterte sie nach einer einzigen Nacht mit dieser Fremden herum wie ein hirnloser Idiot. »Normalerweise bin ich nicht … Du bist nicht … Ich meine, für gewöhnlich stehe ich mehr auf …«

»Femininere Frauen«, sagte die Butch und nickte. »Ich weiß. Das hast du mir gestern Nacht schon gesagt.«

»Oh, hab ich das?« *War das bevor oder nachdem ich ihre Mandeln mit meiner Zunge erforscht habe?*

Die Butch legte ihre Gabel beiseite und drehte sich zu Amanda um. »Du kannst dich nicht an letzte Nacht erinnern, oder?«

Um ein Haar hätte Amanda Ingwertee quer über den Frühstückstresen gespuckt. Ihr wildes Husten weckte das Kindergartenkind auf, das daraufhin enthusiastisch auf ihren Schläfen herumtrommelte. Keuchend schielte sie zu der Frau neben sich hinüber. Was nun? Sollte sie lügen, dass sich die Balken bogen, oder alles gestehen? Sie entschied sich dafür, die Wahrheit zu sagen. Zumindest teilweise. »Nach den ersten paar Drinks wird meine Erinnerung ein wenig schemenhaft.«

Die Butch hob eine perfekt geformte Augenbraue.

Hatte sie die mit einer Pinzette in Form gebracht oder wuchsen sie ganz von selbst auf diese Weise?

»Was genau meinst du mit *schemenhaft*?«, fragte die Fremde.

»Ähm.« Amanda kaute an einer Kante ihres Toasts herum, um sich ein wenig mehr Zeit zu verschaffen. Sie wischte sich Brotkrumen vom Kinn und drehte sich zu der Frau um. »Ich kann mich an nichts erinnern.« So. Jetzt hatte sie es gesagt. Sie kippte ihren Ingwertee herunter, als wäre es Schnaps.

»An nichts? Nicht mal …?«

»Was?«, fragte Amanda, als die Butch nicht weitersprach. »Was ist passiert?«

Die Butch schüttelte den Kopf. »Nichts.«

Amanda wollte ihr glauben, aber sie erinnerte sich an einen ziemlich heißen Kuss. Vielleicht dachte sich die Butch nicht viel dabei, wildfremde Frauen zu küssen, aber für Amanda war das nicht *nichts*.

»Ganz ehrlich, wir haben nicht miteinander geschlafen.« Die Butch sah sie mit ihren braunen Teddybäraugen an. Entweder war sie eine verdammt gute Lügnerin oder eine bessere Schauspielerin als Amanda.

»Aber du hast mich geküsst.«

»Nein.«

Die halb leere Tasse fiel beinahe um, als Amanda mit dem Finger auf die Butch zeigte. »Lügnerin. Das ist das

Einzige, woran ich mich erinnere. Du hast mich geküsst und es war nicht nur ein platonischer Schmatzer.«

»Nein«, wiederholte die Butch. »Du hast mich geküsst.«

»Warum sollte ich das tun?« Erst, nachdem sie es gesagt hatte, wurde Amanda bewusst, wie das klingen musste. Himmel. Sie benahm sich, als wäre die Butch das abstoßendste Geschöpf auf Erden, und das war mit Sicherheit nicht der Fall. »Entschuldige. Das hab ich nicht so gemeint, wie's geklungen hat. Was ich sagen wollte, ist … äh …«

»Dieser rothaarige Typ wollte dich nicht in Ruhe lassen, ganz egal, wie oft du ihm gesagt hast, er soll Leine ziehen. Als du ihm zum zigsten Mal einen Korb gegeben hast, fragte er: ›Bist du etwa 'ne Lesbe?‹ Mittlerweile hat die halbe Bar eure Unterhaltung belauscht.«

Amanda stöhnte. So sehr sie auch aufmerksame Zuschauer in ihrem Beruf genoss, in ihrem Privatleben vermied sie für gewöhnlich, Aufsehen zu erregen.

»Du hast ihm in die Augen gesehen und ›Ja‹ gesagt.« Die Butch zuckte mit den Schultern. »Der Idiot hat dir nicht geglaubt und deshalb hast du wohl beschlossen, ihn zu überzeugen.«

Etwas kratzte an Amandas Gedächtnis. Nicht direkt eine Erinnerung, aber das Gesagte fühlte sich an wie die Wahrheit. »Was hab ich getan?« Irgendwie hatte sie das Gefühl, dass sie die Antwort nicht hören wollte.

»Du hast deinen Cocktail ausgetrunken, dich umgedreht und hast mich geküsst, wie ich noch nie in meinem

Leben geküsst worden bin.« Grinsend fächelte sich die Butch mit beiden Händen Luft zu.

»Hab ich nicht.«

»Doch hast du. Und es war sehr überzeugend. Nachdem er aufgehört hat zu sabbern, ist der Kerl endlich abgehauen.«

Amanda bedeckte ihr brennendes Gesicht mit den Händen. »Oh mein Gott. Das tut mir schrecklich leid.«

Sanfte Finger versuchten, Amandas Hände weg- zuziehen, aber sie wehrte sich. »Du brauchst dich ganz sicher nicht zu entschuldigen. Sogar stockbetrunken küsst du großartig.«

Amanda fühlte sich immer noch, als wären ihre Wangen ketchup-rot. Sie schielte zwischen ihren Fingern hindurch. Zum ersten Mal studierte sie das Gesicht der Butch. Trotz des kurzen Haares war es nicht so androgyn, wie sie zuerst gedacht hatte. Der markante Unterkiefer und die ausgeprägte Stirn wurden ausgeglichen durch volle Lippen und lange Wimpern, für die jede Schauspielerin in Hollywood, Amanda eingeschlossen, gemordet hätte. Eine kleine Narbe im linken Augenwinkel ließ sie aussehen, als würde sie ständig jemandem zuzwinkern. Es passte zu ihrer unbekümmerten Persönlichkeit.

Die Fremde schenkte ihr ein ermutigendes Lächeln.

Amanda ließ die Hände sinken und atmete tief durch, entschlossen, sich wie eine Erwachsene zu verhalten. »Na gut. Ich hab dich also geküsst und du hast nicht allzu sehr darunter gelitten. Das erklärt aber nicht, wie ich in dein Bett gekommen bin.« Sie versuchte, ihre Stimme neutral zu halten, frei von jedem vorwurfsvollen Unterton. Die

Frau neben ihr schien nicht der Typ Mensch, der sich an einer betrunkenen Person vergehen würde.

»Die Leute in der Bar haben dich angestarrt, deshalb hab ich dich nach draußen gebracht, bevor du noch einen dieser Cocktails bestellen konntest.«

»Ich wünschte, du wärst auf die Idee gekommen, bevor ich eine Menge intus hatte, die ein Nashorn eingeschläfert hätte«, murmelte Amanda und rieb sich die Schläfen.

Ein lausbübisches Grinsen breitete sich auf dem Gesicht der Butch aus. »Tut mir leid.«

»Und was ist dann passiert?«

»Ich hab angeboten, dich nach Hause zu fahren oder ein Taxi zu rufen, aber du hast dich geweigert, mir zu sagen, wo du wohnst. Jetzt bin ich mir allerdings nicht mehr sicher, ob du dich überhaupt an deine Adresse erinnern konntest. Also hatte ich die Wahl, dich mitten in der Nacht auf dem Parkplatz zurückzulassen oder dich mit zu mir zu nehmen.«

Das klang einleuchtend. Amanda war nicht stolz darauf, so viel getrunken zu haben, dass sie ihr Gedächtnis und jeglichen Orientierungssinn verloren hatte, aber wenigstens war sie nicht mit einer Wildfremden ins Bett gegangen. »Und warum hab ich nicht im Gästezimmer übernachtet?« Das Haus schien groß genug, um zumindest ein zweites Schlafzimmer zu haben.

»Ich hab keins. Als ich eingezogen bin, hab ich das zweite Schlafzimmer in ein Studio umgestaltet.«

Also arbeitete ihre Retterin als Künstlerin. Oder sprach sie von einem Tonstudio? Amanda schüttelte ihren noch immer schmerzenden Kopf. Es spielte keine Rolle, wie die Fremde ihren Lebensunterhalt verdiente, da sie sich ohnehin nie wiedersehen würden. »Und warum hab ich dann nicht auf der Couch geschlafen?«

»Weil ich da geschlafen habe«, sagte die Butch. »Mein Großvater würde sich im Grab umdrehen, wenn ich eine Dame auf der Couch übernachten lassen würde.«

Amanda seufzte. »Ich hab mich gestern Nacht nicht gerade wie eine Dame benommen.«

Die Butch lächelte. »Nein, das nun wahrlich nicht. Wegen deiner wandernden Hände sind wir zweimal fast im Straßengraben gelandet, bevor wir endlich hier angekommen sind.«

»Wie bitte?« Amanda kniff die Augen zusammen. *Sie macht doch sicher nur Scherze, oder?* Wegen der Narbe, die sie aussehen ließ, als würde sie ständig zwinkern, war sich Amanda nicht sicher.

»Meine Oberschenkel hatten's dir echt angetan und ... nun ja, ein paar andere meiner Körperteile auch.«

Amanda wollte sich unter dem Frühstückstresen verstecken und nie wieder rauskommen. Ihr Blick fiel auf die Oberschenkel der Butch. Normalerweise bevorzugte sie Frauen, die nicht ganz so athletisch gebaut waren, aber sie musste zugeben, dass die Beine der Fremden sexy waren. *Mensch, hör auf damit!* Sie zwang sich, wegzuschauen. Was zur Hölle war nur los mit ihr? Sie würde nie mehr im Leben auch nur einen *Mind Eraser* anrühren. Der Cocktail ließ ihr Gehirn völlig aussetzen, selbst jetzt, am Morgen danach. »Aber als wir dann hier ankamen, hab ich mich doch benommen, oder?«

»Ähm, na ja, du hast versucht, mich auszuziehen, aber … Versteh mich nicht falsch, wenn wir uns unter anderen Umständen kennengelernt hätten, hätte ich dich sicher nicht von der Bettkante geschubst.« Die Butch schenkte ihr ein Grinsen, das ihre strahlendweißen Zähne zeigte. »Aber mit einer betrunkenen Frau zu schlafen, ist nicht mein Ding. Ich hab dich ins Schlafzimmer gebracht und du hast dich aus deiner Kleidung gekämpft, bist aufs Bett gefallen und hast angefangen, zu schnarchen wie ein Holzfäller.«

*Okay, jetzt ist es offiziell. Ich bin diejenige, die heute sterben wird. Ich werd mich zu Tode schämen.* Amanda sah die Butch entschuldigend an. »Tut mir wirklich leid.«

»Wie ich schon sagte, es gibt nichts, für das du dich entschuldigen müsstest. Na gut, das Schnarchen war nicht halb so angenehm wie der Kuss, aber es war irgendwie süß.« Die Butch lachte.

Amanda schnitt eine Grimasse. »Nein, im Ernst. Es tut mir leid. Du hast dir echt Umstände gemacht, um mir aus der Patsche zu helfen, und ich blöde Kuh behandle dich die ganze Zeit, als hättest du was falsch gemacht.«

»Ist doch nur verständlich. Ich würde auch in Panik geraten, wenn ich in einem fremden Haus aufwachen würde, ohne zu wissen, was passiert ist.«

Für ein paar Minuten saßen sie da, ohne zu reden. Amanda war damit beschäftigt, das, was sie gerade erfahren hatte, zu verdauen, und die Butch aß ihre Pfannkuchen, die mittlerweile sicher kalt geworden waren.

»Hast du sonst noch irgendwelche Fragen zu letzter Nacht?«, fragte die Butch, während sie die Teller zur Spüle trug.

»Ich habe eine Frage«, sagte Amanda, »aber nicht zu letzter Nacht.«

»Oh. Was dann? Komm schon, raus damit.« Die Butch drehte sich um und zwinkerte mit dem rechten Auge, das keine Narbe hatte. »Nachdem du den Tonsillentango mit mir getanzt hast, brauchst du jetzt nicht schüchtern sein.«

Ihre heißen Wangen ignorierend, fragte Amanda: »Wie heißt du überhaupt?« Sie waren einander noch immer fremd, aber es fühlte sich falsch an, sie in Gedanken weiterhin ständig *die Butch* zu nennen.

Die Frau lachte. Sie stapelte das Geschirr in der Spüle, wischte sich die Finger an der Jeans ab und streckte die rechte Hand aus. »Michelle Osinski. Schön, dich kennenzulernen.«

»Amanda Clark.« Sie schüttelte Michelles Hand. »Und wie möchtest du genannt werden?«

Michelle runzelte die Stirn. Dann schmunzelte sie. »Ah, du meinst ein Spitzname oder so? Nein, einfach nur Michelle.«

»Oh. Okay.« Irgendwie hatte Amanda einen toughen Spitznamen erwartet. *Sieht so aus, als ob ein weiteres Vorurteil ins Gras beißt.*

Michelle lachte. »Dachtest du, jede Butch heißt Chris, Mel oder Sam? Tja, da muss ich dich leider enttäuschen.«

»Ähm, nein. Natürlich hab ich das nicht gedacht.«
Amanda rieb sich die Wangen. Sie glühten, genauso wie
ihre Ohrläppchen.

Michelle tätschelte ihr den Arm. »Entspann dich.
Ich neck dich doch nur.« Sie schob die Hände in
die Hosentaschen.

Amanda konnte nicht umhin, das eindrucksvolle Spiel
ihrer Armmuskeln zu bemerken. Normalerweise stand sie
nicht auf muskulöse Frauen, aber zu Michelle passte es
irgendwie. Amanda riss den Blick von ihr los und rieb sich
die Augen. *Nie wieder Wodka. Nie wieder.*

»Jetzt, da du was gegessen hast, kannst du Aspirin
nehmen«, sagte Michelle. »Ich hol dir gleich welche. Lass
uns ins Wohnzimmer gehen.« Sie legte eine Hand auf
Amandas Rücken, als wolle sie sie ins Wohnzimmer führen.

Amanda wurde ganz warm unter ihrer Berührung. Ver-
wundert über die seltsame Reaktion ihres Körpers wich
sie Michelles Hand aus. »Nein, danke. Die Kopfschmerzen
sind schon viel besser.« Sie wollte so schnell wie möglich
nach Hause, raus aus dieser peinlichen Situation.

Nachdem sie Amanda ausführlicher als so mancher
Besetzungsleiter betrachtet hatte, schüttelte Michelle
den Kopf und sagte: »Du kannst mich wirklich nicht
leiden, oder?«

»W... was?« Amanda stand auf und umfasste die Kante
des Frühstückstresens so fest, dass ihre Finger weiß anlie-
fen. »Wie kommst du denn darauf?« Hatte sie wirklich
diesen Eindruck vermittelt? Wenn überhaupt, dann war
sie Michelle dankbar für ihre Hilfe. Dankbar und verlegen.

»Du schaust mich ständig an, als ob du Angst hättest, ich könnte versuchen, dich ins Bett zu zerren und zu verführen.«

»Nein, das denke ich n...«

»Keine Sorge, ich hab's begriffen. Du stehst nicht auf maskulinere Frauen. Und das kann mir nur recht sein, denn ich«, Michelle tippte sich auf die Brust, »hab mir geschworen, mich nie wieder mit einer Schauspielerin einzulassen. Zwei meiner Ex-Freundinnen sind Schauspielerinnen, und ohne dir zu nahe treten zu wollen, ich kann ganz gut ohne all das Drama leben.«

*Wow.* Amanda sank gegen den Frühstückstresen. »Bist du immer so offen und direkt?« Ihr Leben war voller Schmeichler, Opportunisten und professioneller Selbstdarsteller. Niemand sagte ihr direkt ins Gesicht, was er dachte. Na ja, mit Ausnahme des Kamels, das ihr deutlich zu verstehen gegeben hatte, dass es sie nicht mochte, indem es sie gebissen hatte.

»Für gewöhnlich«, sagte Michelle und zuckte mit den Schultern. »Spart 'ne Menge Zeit.« Mit einem reuigen Lächeln fügte sie hinzu: »Es hat mir aber auch die eine oder andere Ohrfeige eingebracht.«

Ihr Gesichtsausdruck brachte Amanda zum Lachen. »Du meinst von deinen Ex-Freundinnen, den Schauspielerinnen?«

»Nein. Die haben lieber mit Geschirr um sich geworfen.«

*Oh, ja, das kenn ich.* Amanda hatte schon einmal eine Umkleide mit einer Seifenopern-Diva geteilt, die die gleiche Angewohnheit hatte. »Hast du daher die Narbe?« Sie deutete auf Michelles Augenwinkel und ließ dann hastig die Hand wieder sinken. Normalerweise stellte sie keine derart persönlichen Fragen, wenn sie jemandem zum ersten Mal begegnete. *Vielleicht ist ihre Direktheit ansteckend.*

Michelle hob die Hand und berührte ihren Augenwinkel. »Nein. Ich hab gelernt, fliegenden Untertassen auszuweichen. Die Narbe hatte ich schon, lange bevor ich meine Verflossenen kennengelernt hab. Aber die Story ist nicht annähernd so interessant wie die Geschichte, wie du zu deiner Narbe gekommen bist.«

Amanda stöhnte. »Hat die ganze Bar meine Schulter gesehen?«

»Nein, nicht die ganze Bar. Aber ich saß direkt neben dir, als du deine Narbe herumgezeigt hast.«

Amanda erinnerte sich noch immer nur schemenhaft daran, wie sie auf den Barhocker geklettert war. Ja, neben ihr hatte eine Frau gesessen, aber sie hatte ihr keinerlei Beachtung geschenkt. »Versuchst du gerade, das Thema zu wechseln? Wir haben eben über deine Narbe geredet, nicht über meine.«

»Schuldig im Sinne der Anklage, Ma'am.« Michelle hob beide Hände. »Na schön, ich erzähl dir die Geschichte. Als ich vier oder fünf war, haben mein Bruder und ich uns um irgendein Spielzeug gestritten. Ich hab mich auf ihn gestürzt und als er versucht hat, mit dem Spielzeug davonzukriechen, hab ich sein Bein gepackt. Da hat er um sich getreten.«

»Autsch.« Zum ersten Mal in ihrem Leben war Amanda froh, ein Einzelkind zu sein. »Und wer hat am Ende das Spielzeug bekommen?«

Michelle grinste. »Was denkst du?«

»Ich hab so das Gefühl, du bekommst immer, was du willst.«

Ein Lächeln zog die kleine Narbe nach oben. »Heißt das, du kommst mit mir ins Wohnzimmer?« Michelle wurde ernst. »Ich versuche wirklich nicht, dich anzumachen oder so, aber du siehst aus wie durchgekaut und wieder ausgespuckt. Du solltest eine Aspirin nehmen und warten, bis sie wirkt, bevor du dich hinters Steuer setzt.«

Ihre Offenheit war entwaffnend. Und sie hatte recht. Verkatert zu fahren war fast so schlimm wie sich betrunken hinters Steuer zu setzen. Es würde nicht schaden, ein paar Minuten länger zu warten, bevor sie zu ihrem Auto fuhren, vor allem, weil sie jetzt beide wussten, woran sie waren. »Einverstanden. Du hast gewonnen.«

Im Vergleich zu Michelles Wohnzimmer sah Amandas kleine Wohnung wie eine Notunterkunft aus. Zwei Sessel standen in einem rechten Winkel zueinander vor dem Kamin, der den eleganten Raum gemütlicher wirken ließ. Eine rote Fleecedecke war von der Ledercouch auf den Boden gerutscht.

Genau wie das Schlafzimmer wurde auch dieser Raum von riesigen Drucken dominiert. Neben dem Fernseher hing ein Bild von zwei knotigen, mit Altersflecken übersäten Händen, die ein Baby in den Schlaf wiegten. Der Druck daneben zeigte Michelle, die fast unter einem halben Dutzend Kindern zwischen zwei und zwölf Jahren begraben wurde. Sie hatten alle dieselbe Haar- und Augenfarbe, wie Schweizer Schokolade. Michelle hatte sich hingekniet, um auf Augenhöhe mit den kleineren Kindern zu sein, und sah aus, als würde sie jeden Moment unter den stürmischen Umarmungen zusammenbrechen, aber statt sich mit den Händen abzufangen, hielt sie das jüngste Kind fest und bewahrte es davor zu fallen.

»Das ist ein tolles Foto«, sagte Amanda und zeigte darauf.

Michelle drehte sich um und betrachtete das Bild mit einem liebevollen Gesichtsausdruck. »Ja. Das ist die Rasselbande von Marty, meinem Bruder.«

Amanda starrte sie an. »Dein Bruder hat sechs Kinder?«

»Tja, was soll ich sagen? Marty wusste noch nie, wann's genug ist.« Michelle stellte ein Glas Wasser auf den Couchtisch und legte eine Schachtel Aspirin daneben. Sie bückte sich, hob die Decke auf und faltete sie zusammen. Mit einer einladenden Geste bedeutete sie Amanda, sich zu setzen.

Amanda machte zwei Schritte auf sie zu, stoppte jedoch, als ihr Blick auf die größte DVD-Sammlung fiel, die sie je gesehen hatte. Selbst ihre eigene schien klein im Vergleich. Es mussten mindestens tausend DVDs sein, die

die Regale und einen deckenhohen Schrank füllten. »Wow. Offensichtlich weißt du auch nicht, wann's genug ist.«

Michelle lachte. Nicht das kurze, höfliche Auflachen oder das damenhafte Kichern, das sich einige von Amandas Kolleginnen angewöhnt hatten, sondern ein durchdringendes Lachen, das den Raum mit Freude zu füllen schien.

Das laute Geräusch verstärkte das Pochen in Amandas Schädel. Sie zuckte zusammen.

»Entschuldige.« Michelle hörte auf zu lachen und legte einen Finger gegen ihre vollen Lippen. Ihre Augen funkelten. »Ja, ich gebe zu, dass ich es ein wenig übertreibe, wenn es um Filme geht. Könnte ich irgendwas haben, in dem du mitgespielt hast?«

Amanda hatte gelernt, auf diese Frage gefasst zu sein, wenn jemand herausfand, dass sie Schauspielerin war. »Nimmst du Werbespots oder Seifenopern mit grottenschlechten Drehbüchern auf?«

»Äh, nein.«

»Dann hast du sicher nichts, in dem ich mitgespielt habe.«

Ein verständnisvolles Lächeln huschte über Michelles Gesicht. »Verstehe. Du wartest also noch auf den großen Durchbruch. Keine Sorge, das ist nur eine Frage der Zeit. Du hast das Aussehen dafür.«

Amanda beäugte sie kritisch. War Michelle eine von diesen aalglatten Butches, die links und rechts bedeutungslose Komplimente verteilten? Nach mehr als vier Jahren in Hollywood war Amanda gegen diese Art der Schmeichelei immun. »Danke«, sagte sie und durchquerte das Wohnzimmer. »Zumindest sind deine Anmachsprüche um einiges besser als die meines rothaarigen Saufkumpans.« Sie zuckte zusammen, als ihr bewusst wurde, was sie da gerade gesagt hatte. Verkatert zu sein machte sie nicht gerade taktvoller.

»Anmachsprüche?« Michelle schüttelte den Kopf. »Das war kein Anmachspruch. Das Auswendiglernen von schmeichelhaft klingenden Sätzen überlasse ich euch Schauspielerinnen. Ich hab's ernst gemeint. Weißt du, du erinnerst mich an meine Lieblingsschauspielerin. Ist mir sofort aufgefallen, als ich dich gestern Abend zum ersten Mal gesehen habe.«

»Wer ist deine Lieblingsschauspielerin? Sandra Bullock in *Achtundzwanzig Tage*?« Amanda konnte sich an einen Großteil der gestrigen Nacht nicht erinnern, aber ihr Verhalten musste genauso peinlich gewesen sein wie das der alkoholabhängigen Hauptfigur des Filmes. Sie ging auf den Couchtisch zu, um eine Aspirin zu nehmen.

Michelle lachte, diesmal aber nicht so laut wie zuvor. »Nein. Es waren nicht deine Trinkgewohnheiten, die mich an meine Lieblingsschauspielerin erinnert haben. Es ist die Art, wie du dich bewegst, und diese ernsten, blauen Augen. Du siehst wirklich wie eine jüngere Josephine Mabry aus.«

Amanda prallte gegen den Couchtisch. Sie ruderte mit den Armen, verzweifelt um ihr Gleichgewicht kämpfend.

Nur Michelles schnelle Reflexe bewahrten sie davor zu stürzen. »Vorsicht.« Michelle hielt noch immer Amandas Arm fest, lockerte aber ihren Griff. »Alles okay?«

»Ja. Danke.« Amanda wusste, dass sie mit offenem Mund dastand, aber sie konnte nicht anders. *Sie ist ihre*

*Lieblingsschauspielerin?* Hatte Michelle das nur gesagt, um ihr zu schmeicheln? Nein. Sie konnte es ja nicht wissen. Und Amanda glaubte ihr, wenn sie sagte, dass sie nicht irgendwelche schmeichelhaft klingenden Sätze verwendete, um sich lieb Kind zu machen. Sie sank auf die Couch und schluckte eine Aspirin. »Ich hätte nicht gedacht, dass du je von Josephine Mabry gehört hast.«

Michelle setzte sich neben sie und ließ Amandas Arm los. Sie lehnte sich zurück und lächelte. »Hast du etwa gedacht, ich schaue abgesehen von Sport und Pornos nur Filme wie *Terminator* und *Rocky*?«

Hitze durchströmte Amandas Gesicht. Michelle war keine stereotype Butch – wenn es so was überhaupt gab. Amanda musste wirklich aufhören, ständig vorschnelle Schlüsse zu ziehen. Sie ignorierte ihre glühenden Wangen und hielt Augenkontakt. »Nein, das meine ich doch gar nicht. Aber du bist nicht gerade im typischen Alter für einen Josephine-Mabry-Fan.«

Michelle fuhr sich durch ihr kurzes Haar. »Hey, ich habe schon zwei graue Haare, ja? Und ich bin seit fünfundzwanzig Jahren Fan.«

»Ja, klar.«

»Mann, ihr Hollywoodstars seid ja wirklich ein misstrauisches Völkchen. Fünfundzwanzig Jahre, ich schwöre es.« Michelle hielt drei Finger zu einem Schwur in die Höhe. »Ich hab mir alle ihre Filme mit meinem Großvater angesehen, als ich ein Kind war. Ich glaube, er war ein wenig in Ms. Mabry verschossen. Okay, ich vielleicht auch ein bisschen. Wer könnte uns das verdenken? Sie war eine richtige Schönheit, als sie jung war.«

»Ja«, sagte Amanda. »Und sie sieht immer noch gut aus für ihr Alter.«

»Bist du auch ein Fan von ihr?«, fragte Michelle.

Amanda lächelte. »Kann man so sagen. Sie ist meine Großmutter.«

Michelle riss die Augen auf. »Das ist kein Witz, oder?«

Amanda schüttelte den Kopf.

Das Leder knarrte, als sich Michelle auf der Couch mehr zu Amanda umdrehte. Ihr Knie berührte fast Amandas Oberschenkel, aber mittlerweile war ihre Nähe Amanda nicht mehr so unangenehm wie zuvor. »Wow. Das ist ja unglaublich. Plötzlich fühl ich mich wie ein Teenager, der seinen Lieblingsstar trifft.« Eine zarte Röte überzog ihre Wangen.

*Süß,* dachte Amanda und schüttelte dann über sich selbst den Kopf. »Ich bin kein Star. Meine Großmutter ist die berühmte Schauspielerin.«

»Ja, aber du bist auch Schauspielerin und ich wette, du wärst genauso gut wie sie, wenn man dir 'ne Chance gibt. Was hält sie davon, dass du auch Schauspielerin geworden bist?«

»Ich denke, sie hat da gemischte Gefühle«, sagte Amanda.

»Wirklich? Ich hätte gedacht, dass sie so stolz auf dich ist wie ein Pfau auf sein Schwanzgefieder.«

Amanda kicherte. »Das ist sie auch. Wenn es einen Oscar für Werbespots gäbe, hätte sie Himmel und Hölle in Bewegung gesetzt, damit ich dafür nominiert werde.«

Die Lachfalten um Michelles Augen vertieften sich. »Warum dann gemischte Gefühle?«

»Sie kennt sich im Showbusiness aus«, sagte Amanda und überraschte sich selbst damit, wie bereitwillig sie die Fragen dieser Fremden beantwortete. »Die meisten Schauspielerinnen schaffen nie den Durchbruch in Hollywood. Und selbst wenn sie es schaffen, zahlen sie einen hohen Preis dafür. Wenn man sein Geld als Schauspielerin verdienen will, muss man Rollen annehmen, die man nicht will, mit Leuten arbeiten, die man nicht mag, und währenddessen immerzu lächeln. Manche Leute sagen sogar, man muss ein Stück seiner Seele verkaufen, um Erfolg in Hollywood zu haben.«

»Ich hatte nie den Eindruck, dass deine Großmutter das getan hat.« Michelle rutschte noch etwas mehr herum, sodass sie Amanda nun direkt ansah, und legte den linken Arm auf die Rückenlehne der Couch. »Sie hat ein paar Filme gedreht, die damals ziemlich umstritten waren, und sie weigerte sich, sich auf die Rolle der schüchternen Jungfrau oder der Verführerin festlegen zu lassen.«

Amanda nickte. »Und genau aus diesem Grund hat kaum jemand außer dir und deinem Großvater je von ihr gehört. Sie wurde von ein paar Filmkritikern hoch gelobt, hat aber nie in einem Kinohit mitgespielt. Geld und Ruhm waren ihr egal. Sie wollte einfach nur schauspielern. Sie konnte sich erlauben, wählerisch zu sein, was ihre Rollen anging, denn sie hatte einen gut verdienenden Ehemann. Aber sie weiß, dass ich das nie haben werde. Darum sorgt sie sich um mich.«

»Sie weiß also, dass du lesbisch bist?« Michelle lief rot an. »Ich meine ... also, falls du lesbisch bist. Nur, weil du dem Typen in der Bar gesagt hast, du wärst lesbisch, und die Finger nicht von mir lassen konntest, als du betrunken warst, sollte ich nicht sofort davon ausgehen, dass ...«

Zur Abwechslung war diesmal nicht Amanda ins Fettnäpfchen getreten. Sie grinste. »Beruhig dich. Ich bin lesbisch. Und ja, meine Großmutter weiß das. Sie war die erste Person, der ich es erzählt habe.«

»Und sie hat es gut aufgenommen?«

»Sie sagt, solange es mich glücklich macht, ist sie auch glücklich.«

Michelle berührte flüchtig Amandas Schulter. »Das hat mein Großvater auch zu mir gesagt. Wow, schade, dass die beiden sich nie getroffen haben. Sie hätten ein schönes Paar abgegeben.«

Amanda zog es einen Moment lang in Erwägung. Wenn Michelles Großvater ihre Großmutter geheiratet hätte, wären sie Schwestern oder Cousinen gewesen. Sie schüttelte sich. Je länger sie mit Michelle sprach, desto mehr mochte sie sie – aber nicht auf die schwesterliche Art. Der Gedanke überraschte sie. *Du fühlst dich doch nicht etwa zu ihr hingezogen, oder?* Nein, natürlich nicht. Sie war ohnehin zu verkatert, um irgendwas außer Übelkeit zu spüren. »Ich bin sicher, sie hätten einander sympathisch gefunden«, sagte sie, »aber ich kann mir meine Großmutter beim besten Willen nicht mit einem anderen Mann außer meinem Großvater vorstellen.«

»Ich weiß, was du meinst«, sagte Michelle. »Ich kann mir meinen Großvater auch nicht mit einer anderen Frau als meiner Großmutter vorstellen.«

Sie schwiegen eine Weile, aber diesmal war die Stille Amanda nicht unangenehm.

Schließlich deutete Michelle auf eines der DVD-Regale. »Sollen wir uns einen ihrer Filme anschauen? Ich habe sie alle.«

Amanda sah auf die Uhr. Sie hatte reichlich Zeit, aber war es wirklich eine gute Idee, noch länger hierzubleiben? Nach allem, was Michelle schon für sie getan hatte, wollte sie ihre Gastfreundschaft nicht überstrapazieren.

»Ist nur ein Angebot«, sagte Michelle, als Amanda zögerte. »Ich kann dich jetzt auch zu deinem Auto fahren, wenn du möchtest, aber vielleicht ist es keine schlechte Idee, noch ein bisschen zu warten, damit sich der Restalkohol abbaut und die Aspirin Zeit hat zu wirken.«

Nach kurzem Überlegen zuckte Amanda mit den Schultern. »Warum eigentlich nicht?« Sie hatte die Filme ihrer Großmutter schon eine ganze Weile nicht mehr gesehen und selbst wenn sie jetzt zu Hause gewesen wäre, hätte sie auch nicht mehr getan, als auf der Couch herumzuliegen.

»Welchen willst du sehen?«

»Wie wäre es mit *Im Eifer des Gefechts*?«

»Gute Wahl. Das ist mein Lieblingsfilm. Es geht doch nichts über eine mutige Frau, die ganz allein einer Bande von skrupellosen Landspekulanten die Stirn bietet.« Michelle erhob sich, griff nach der richtigen DVD im Regal, ohne erst lange suchen zu müssen, und trug die DVD zum großen Flachbildfernseher in der Ecke. Auf dem Weg zurück vom DVD-Spieler zögerte sie erst kurz vor dem Sessel, kehrte aber dann zur Couch zurück und setzte sich wieder neben Amanda. »Willst du die Ehre haben?« Sie verbeugte sich, als würde sie ein Zepter überreichen, und hielt Amanda die Fernbedienung hin.

»Danke, edle ... ähm ... Lady.« Als Amanda nach der Fernbedienung griff, berührten ihre Finger einander. Sie biss sich auf die Lippe und startete den Film.

Als der Abspann über den Bildschirm lief, stellte Amanda fest, dass ihre Kopfschmerzen sich von einem konstanten Hämmern in einen dumpfen Druck verwandelt hatten. Sie hatte die Schuhe ausgezogen und die Beine untergeschlagen, selbst überrascht davon, wie wohl sie sich in Michelles Wohnzimmer fühlte. Ihre Schulter berührte Michelles – vermutlich schon seit einer ganzen Weile.

Michelle rutschte ein paar Zentimeter nach rechts, weg von Amanda, als hätte sie es ebenfalls erst jetzt bemerkt. Sie drehte den Kopf und ließ den Blick über Amandas Gesicht gleiten. »Ich hab es mir nicht nur eingebildet. Du siehst deiner Großmutter wirklich sehr ähnlich.«

Amanda blinzelte. »Echt?« Sie empfand es als Kompliment, aber die meisten Menschen meinten, sie ähnelte ihrer Mutter, die so gar nicht wie ihre Großmutter aussah. »Meinst du wirklich?«

»Ja, natürlich. Du hast diese ...« Michelle streckte die Hand aus, als wollte sie Amandas Wange mit einem Finger berühren. Im letzten Moment zog sie die Hand wieder zurück. »Äh ... Deine Wangenknochen sind genau wie ihre. Und dein Lächeln.«

Sie starrten einander an.

Amandas Haut schien sich unter Michelles eindringlichem Blick zu erwärmen.

Dann sah Michelle zur Seite und räusperte sich. »Wie geht's deinem Kopf?«

*Ein bisschen durcheinander.* Aber das meinte Michelle natürlich nicht. »Mir geht's gut«, sagte Amanda. Sie leerte ihr Wasserglas mit einem einzigen, großen Schluck.

»Prima. Dann lass uns gehen.« Michelle schaltete den Fernseher aus und sie gingen zur Tür.

Amanda grinste. Zumindest ein Stereotyp entsprach wohl der Wahrheit – Michelles Fortbewegungsmittel war ein Geländewagen.

»Also, warum glaubt die vielversprechende Enkelin der Grande Dame romantischer Filme nicht an die Liebe?«, fragte Michelle, während sie das Auto aufschloss und Amanda die Beifahrertür aufhielt.

Amanda wartete, bis Michelle eingestiegen war und den Motor startete, bevor sie antwortete: »Wer sagt denn, dass ich nicht an die Liebe glaube?«

Michelle ließ ein anderes Auto passieren, bevor sie aus der Auffahrt ihres Hauses fuhr. Geschickt lenkte sie den Wagen über die kurvigen Straßen der Hollywood Hills und warf Amanda einen kurzen Blick zu. »Tust du's?«

War da ein hoffnungsvoller Unterton in ihrer Stimme?

Amanda schüttelte innerlich den Kopf. Nein. Sie hatten ein für alle Mal geklärt, dass sie nicht aneinander interessiert waren. »Na ja, vielleicht nicht in der Woche, als meine Ex-Freundin mich für eine Tussi mit riesigen Silikonbrüsten verlassen hat, weil die eine Rolle in einer brasilianischen Telenovela ergattert hatte. Aber ansonsten, klar. Natürlich glaube ich an die Liebe.«

»Warum warst du dann auf der Anti-Valentinstag-Party?«

Michelles Hände, die auf dem Lenkrad ruhten, sahen solide und stark aus. Aus irgendeinem Grund wanderte Amandas Blick immer wieder zu ihnen zurück und sie betrachtete die langen Finger und die Sehnen, die auf ihren Handrücken verliefen. Resolut richtete sie ihren Blick auf die Schlusslichter des Autos vor ihnen. »Ich glaube nicht an die kommerzialisierte Version von Liebe. Zwei meiner Freunde haben mich zu einem Blind Date mit der einzigen anderen Lesbe, die sie kennen, überredet, weil sie dachten, ich würde am Valentinstag die große Liebe finden. Aber natürlich war das Date eine einzige Katastrophe.«

»Verstehe.« Michelle nickte, als hätte sie solche Dates auch schon durchgestanden. »Ich werde wohl nie begreifen, warum manche Menschen glauben, zwei Lesben müssten sich automatisch ineinander verlieben, nur weil sie beide lesbisch sind.«

»Ich auch nicht.« Sogar Val, die äußerlich wie ihre Traumfrau wirkte, passte bei näherer Betrachtung kein bisschen zu ihr. »Und du? Warum warst du auf der Anti-Valentinstag-Party?«, fragte Amanda und gestattete sich, Michelle wieder anzusehen.

»Durch all die sexy Fotos auf der Arbeit hab ich mich so langsam gefühlt, als wäre ich die einzige Frau auf Erden, die noch single ist«, sagte Michelle. »Die Party schien wie ein gutes Gegenmittel.«

Amanda hob ihre Augenbrauen. Sexy Fotos auf der Arbeit? Was zum Teufel machte Michelle beruflich?

Michelle bremste, als sie auf den Sunset Boulevard einbogen, wo der Verkehr fast zum Stillstand gekommen war. Sie sah zu Amanda und blickte dann zurück auf die Straße. »Schau mich nicht so an.« Sie lachte. »Ich bin keine Perverse, die auf der Arbeit den *Playboy* liest, wenn der Chef eben mal wegsieht. Ich bin Fotografin. Diese Woche hatte ich eine Menge Kunden, die erotische Fotos für ihre bessere Hälfte machen wollten.«

»Ach so. Dann sind also alle Fotos in deiner Wohnung deine eigenen? Ich meine, du hast sie gemacht?«

»Ja, die sind von mir. Bis auf das, auf dem ich auch zu sehen bin. Das hat eine meiner Angestellten gemacht.«

Amanda konnte sich noch lebhaft an die Bilder vom fauchenden Tiger und den Händen des alten Mannes, die ein Baby hielten, erinnern. Sie stieß einen leisen Pfiff aus. »Wow, du bist gut.«

Michelle nahm eine Hand vom Lenkrad und polierte ihre Fingernägel an ihrem T-Shirt. »Danke. Das sagen alle Frauen, die mit mir die Nacht verbracht haben.«

Schnaubend stupste Amanda sie mit dem Ellenbogen an. »Angeberin.«

Michelle stupste zurück und grinste. »Hey, du solltest kein Urteil abgeben, bevor du es nicht versucht hast.«

»Na ja, ich hab's versucht ... oder war zumindest auf dem besten Weg dazu.« Amanda schmunzelte und zuckte mit den Schultern. »Kann ja nicht so umwerfend gewesen sein, wenn ich mich nicht mal dran erinnern kann.«

»Autsch.« Michelle presste eine Hand gegen die Brust. »Mit solchen Sprüchen könntest du das Ego einer Frau ganz schön verletzen, weißt du?«

»Ich hab so das Gefühl, dass du da nicht so gefährdet bist.« Michelle schien ein gesundes Selbstvertrauen zu haben, das aber nicht in Arroganz umschlug, wie das bei einigen von Amandas Kolleginnen der Fall war.

Als sie den nun verlassen daliegenden Parkplatz der Bar erreichten, hielt Michelle ihren Geländewagen an. »Wo hast du geparkt?«

»Auf der anderen Straßenseite. Du kannst mich hier aussteigen lassen.«

Michelle zog die Handbremse an und schaltete den Motor aus.

Für einige Momente herrschte Stille.

Amanda fummelte mit dem Sicherheitsgurt herum, bevor sie es schaffte, ihn zu lösen. Sie versuchte, die richtigen Worte zu finden. »Danke, dass du mich gestern Nacht gerettet hast und deinen verkaterten, biestigen Gast heute Morgen nicht rausgeworfen hast.«

»Gern geschehen.« Der Ausdruck in Michelles braunen Augen war aufrichtig. »Pass einfach nächstes Mal besser auf dich auf.«

»Mach ich.« Obwohl die Situation doch noch gut geendet hatte, wollte Amanda letzte Nacht nicht wiederholen. *Okay, alles ist gesagt und getan. Jetzt sieh zu, dass du deinen verkaterten Hintern nach Hause bekommst.* Sie griff nach dem Türöffner, um auszusteigen.

»Es gäbe da einen Weg, um ganz sicher zu gehen, dass so was nicht wieder passiert.«

Amanda drehte sich um. »Wie bitte?«

»Ach, du weißt doch selbst, wie das läuft«, sagte Michelle. »Sobald Valentinstag näher rückt, versuchen deine in einer Beziehung lebenden Freunde wieder, Amor zu spielen. Sie werden dich nicht in Ruhe lassen, bis du ein Date für Valentinstag hast.«

Amanda verzog das Gesicht. »Vielleicht buche ich eine Kreuzfahrt für nächsten Februar. Ich hab gehört, die Antarktis soll um diese Jahreszeit ganz nett sein.«

»Das könnte auch funktionieren, aber da gibt es billigere Möglichkeiten.«

»Einem Konvent beitreten?«

Michelle lachte. »Ich hatte da eher an etwas nicht ganz so Extremes gedacht. Lass uns einen Pakt schließen. Falls wir beide nächsten Februar noch single sind, gehen wir am Valentinstag miteinander aus.«

Amanda kniff die Augen zusammen und betrachtete sie. Scherzte Michelle oder meinte sie es ernst?

Ein Lächeln lag auf Michelles vollen Lippen, aber ihr Blick war ernst auf Amanda gerichtet.

»Aber ich verabrede mich nicht mit maskulinen Frauen und du dich nicht mit Schauspielerinnen.«

Michelle zuckte mit den Schultern. »Vielleicht sollten wir beide unser Repertoire erweitern. Ist ja auch kein Heiratsantrag. Nur eine einzige Verabredung, das ist alles.« Sie zwinkerte Amanda zu. »Ich verspreche auch, dich davon abzuhalten, Cocktails mit Namen wie *Mind Eraser* zu bestellen. Na? Wie wär's?«

Amanda dachte eine Weile darüber nach. Ihr Date mit Val, einer femininen Frau, die genau ihr Typ zu sein schien, war eine Katastrophe gewesen. Egal, was auch passierte, eine Verabredung mit Michelle konnte auch nicht schlechter laufen. »Na gut«, sagte sie. »Dann verspreche ich, dass ich dich diesmal nicht begrapschen werde.«

»Mist«, sagte Michelle.

Amanda stupste sie mit dem Ellenbogen an, konnte aber ihr Grinsen nicht verbergen.

»Äh, ich meine natürlich … einverstanden.«

Sie schüttelten einander die Hände und hielten die Finger der anderen dabei ein wenig länger als zwingend notwendig.

Schließlich löste Amanda ihre Hand aus Michelles.

Bevor sie die Tür öffnen konnte, war Michelle ausgestiegen, ums Auto herumgeeilt und hielt ihr die Tür auf.

»Danke«, sagte Amanda.

Michelle griff in die Gesäßtasche ihrer Jeans und zog ihren Geldbeutel heraus. »Hier ist meine Karte. Ruf mich mal an, dann können wir uns treffen, um unser Valentinstagsdate zu besprechen.«

»Du willst dich verabreden, um unsere Verabredung zu planen? Korrigier mich, falls ich mich irre, aber wären das dann nicht zwei Dates?«

»Oh, nein«, sagte Michelle, schaffte es aber nicht ganz, unschuldig zu erscheinen. »Lass es uns einfach als Probe ansehen. Schauspielerinnen proben doch immer zuerst, bevor sie drehen, oder?«

»Hmm.« Amanda beschloss, nicht zu widersprechen. Wenn sie ehrlich war, wollte sie Michelle auch wiedersehen, bevor ein ganzes Jahr verging. Wenigstens würde ihr das die Gelegenheit geben, ihr zu danken, indem sie sie zum Essen einlud. Sie nahm die Karte, die Michelle ihr hinhielt, und betrachtete sie. Michelle V. Osinski. Fotografin.

Michelle klapperte mit ihren Schlüsseln. »Tja, dann also bis bald.«

»Ja. Bis bald. Und noch mal danke für alles.«

Ein letztes Nicken und ein Lächeln, dann umrundete Michelle den Geländewagen und stieg ein. Sie streckte die Hand aus, um die Tür zu schließen.

»Michelle«, rief Amanda.

Michelle hielt inne und sah auf. »Ja?«

»Was bedeutet das V?«

»Was meinst du?«

Amanda hob die Visitenkarte in die Höhe. »Dein zweiter Vorname.«

»Ach so.« Michelle rümpfte die Nase, als ob sie einen ekelhaften Geruch gewittert hätte. »Veronica.«

*Nicht Valentina.* Amanda lächelte und beschloss, es als gutes Omen anzusehen.

»Warum fragst du?«

»Ach, nur so«, sagte Amanda. »War bloß neugierig. Fahr vorsichtig, ja?«

»Jetzt, wo mich niemand mehr begrapscht, sollte das kein Problem sein.« Grinsend schloss Michelle die Tür und schob den Schlüssel ins Zündschloss.

Amanda winkte und sah Michelle nach, bis die Rücklichter des Geländewagens in der Ferne verschwunden waren, bevor sie zu ihrem Auto hinüberging. Ein weiterer Flyer, der für die Anti-Valentinstag-Party Werbung machte, steckte an der Windschutzscheibe. Sie zog ihn unter dem Scheibenwischer vor und zerriss ihn. Nächstes Jahr würde sie ihn nicht brauchen.

# KAPITEL 3

EINE HUNGRIGE KATZE UND DAS blinkende rote Licht ihres Anrufbeantworters erwarteten Amanda, als sie ihre Wohnung betrat und die Tür mit ihrem Absatz hinter sich zuschob. Sie kraulte Schabernack hinter einem Ohr und hörte sich auf dem Weg zur Küche seine Beschwerden an. »Ja, ich weiß, ich bin eine schlechte Mutter und wenn du Hände statt Pfoten hättest, hättest du den Tierschutzverein angerufen.« Sie füllte seinen Fressnapf, stellte ihn am Boden ab und sah zu, wie Schabernack sich darüber hermachte. »Wenn ich's recht bedenke, hättest du dann wohl eher ein Restaurant angerufen, das Hähnchenschenkel liefert.«

Jetzt, wo sie sich um den dringendsten Notfall gekümmert hatte, lehnte sie sich gegen die Arbeitsfläche und blätterte einen Stapel Werbung durch. »Gräfin de Rutherford, Hellseherin, beschert Ihnen das wundervolle Geschenk, in Ihre Zukunft zu blicken.« Sie schnaubte. Hundert Dollar pro Stunde war nicht gerade das, was sie ein Geschenk genannt hätte. Außerdem brauchte sie keine Hellseherin, um zu wissen, warum das Licht an ihrem Anrufbeantworter blinkte. Höchstwahrscheinlich hatte Kathryn versucht sie anzurufen, um ihr mitzuteilen, dass die Rolle in dem Horrorfilm, für die sie vorgesprochen hatte, an jemand anderen vergeben worden war.

Seufzend ging sie zum Anrufbeantworter.

Als ihr Handy begann, die Melodie von Madonnas *Hollywood* zu dudeln, ließ sie fast den Stapel Werbung fallen. Sie nahm den Anruf entgegen, ohne aufs Display zu schauen. »Hi, Kath. Ich war eben dabei, dich anzurufen.«

»Wo warst du denn die ganze Zeit? Ich hab den ganzen Morgen lang versucht, dich zu Hause und auf dem Handy zu erreichen, aber es gingen ständig nur der Anrufbeantworter und die Mailbox dran. Sag nicht, du bist doch mit der Verabredung des Grauens nach Hause gegangen!«

»Dir auch einen wunderschönen Nachmittag und danke der Nachfrage. Deiner Lieblingsschauspielerin geht's bestens.«

»Ja, ja, ja, ja. Also?« Kathryn dehnte das Wort, als bestände es aus fünf Silben.

Amanda schlenderte ins Wohnzimmer und warf sich auf die abgewetzte Ledercouch. »Nein, ich bin nicht mit Val nach Hause gegangen.«

Einen Augenblick lang herrschte Schweigen.

*Wenn sie ein Bluthund wäre, könnte man sie jetzt schnüffeln hören.* Irgendwie schien ihre Agentin immer zu wissen, wenn Amanda ihr irgendetwas vorenthielt.

»Aber?«, fragte Kathryn. »Sag nicht, du hast sie mit zu dir genommen?«

»Großer Gott, nein. Wenn ich sie mit zu mir genommen hätte, wären wir jetzt gerade dabei, nach einem Priester zu suchen, der lesbische Hochzeiten durchführt.«

»Das wäre keine gute Idee. Weiß steht dir nicht.«

»Herzlichen Dank. Rufst du aus einem bestimmten Grund an oder nur, um mich fertigzumachen?«

»Du wirst es nicht glauben, aber ich rufe an, weil ich gute Nachrichten habe.«

Amanda setzte sich auf. Ein Kribbeln durchlief sie. War sie etwa doch für die Hauptrolle in dem Horrorfilm genommen worden?

»Ich hab auch schlechte Nachrichten«, fügte Kathryn hinzu. »Womit soll ich anfangen?«

Nach der Nacht und dem Morgen, den sie hinter sich hatte, konnte nichts sie so leicht schrecken. »Lass es uns hinter uns bringen. Gib mir zuerst die schlechten Nachrichten.«

»Max Benton hat mich in aller Herrgottsfrühe angerufen. Er sagte, es war ein Kopf-an-Kopf-Rennen, aber schließlich haben sie doch beschlossen, die Hauptrolle jemand anderem zu geben. Tut mir leid, Schätzchen.«

Amanda ließ sich gegen die Rückenlehne der Couch sinken und rieb sich die Stirn, als die Kopfschmerzen vom Morgen sich wieder ankündigten. »Wer hat das Rennen gemacht?«

Kathryn hüstelte, antwortete aber nicht.

»Sag's nicht. Lizzy, stimmt's?« Seit sie vor zwei Jahren Schluss gemacht hatten, sprach ihre Ex ständig für dieselben Rollen vor, die Amanda auch wollte. Sie seufzte. Vielleicht hatte Michelle ja recht. Sich mit einer Schauspielerin einzulassen, war keine gute Idee.

»Tut mir leid«, sagte Kathryn erneut.

»Ich werd schon drüber wegkommen. Also, was sind die guten Nachrichten?«

»Sie haben noch eine kleine Nebenrolle zu vergeben.«

»Lass mich raten. Sie wollen, dass ich das Monster spiele.«

Kathryn kicherte. »Nicht ganz. Sie bieten dir die Rolle der Hundebesitzerin an.«

*Na prima.* Amanda hatte das Skript gelesen und wusste daher, dass die Hundebesitzerin die ersten fünf Minuten des Filmes nicht überlebte. »Ich hab dir doch nach dem Werbespot mit dem Kamel gesagt, dass ich nie wieder mit Tieren arbeiten will.« Durch die Bluse hindurch rieb sie die Narbe, die plötzlich zu jucken begann. Vor ihrem inneren Auge sah sie, wie sie Michelle und der halben Bar die Narbe gezeigt hatte.

»Komm schon«, sagte Kathryn. »Es ist doch bloß ein winziger Chihuahua. Hat deine Großmutter nicht in einem ihrer Filme einem Löwen ins Auge geblickt? Das ist das Material, aus dem echte Hollywoodstars geschnitzt sind!«

Amanda rollte mit den Augen. »Ich glaube kaum, dass man mir einen Stern dafür verleihen wird, dass ich von einer riesigen Eidechse gefressen wurde, während ich hinter Bello hergejagt bin.«

»Vermutlich nicht, aber es ist eine Sprechrolle mit zwei Zeilen Dialog und du wirst im Abspann genannt. Vielleicht wird so ein anderer Besetzungsleiter auf dich aufmerksam.«

»Okay, okay. Sag ihnen, dass ich die Rolle annehme. Irgendwelche anderen Anrufe?«

»Einer von Rob«, sagte Kathryn. »Er wollte wissen, wie deine Verabredung lief.«

»Warum hat er mich nicht angerufen und mich selbst gefragt?«

»Hat er, aber du hast nicht abgenommen.«

*Weil ich im Schlafzimmer einer Fremden meinen Rausch ausgeschlafen habe.* Amanda rieb sich die Wangen.

»Er glaubt, du hast nicht abgenommen, weil du damit beschäftigt warst, dich von einem halben Dutzend Orgasmen mit Val zu erholen«, sagte Kathryn.

Amanda schnaubte. »Wohl kaum. Ich war damit beschäftigt, mich von einem halben Dutzend Mind Erasern zu erholen.«

»Mind Eraser?«

»Das ist ein Gemisch aus Wodka, Kaffeelikör und …«

»Ich weiß, was es ist, aber ich dachte immer, du trinkst keinen Wodka.«

»Tue ich auch nicht mehr, seit ich meinen einundzwanzigsten Geburtstag über der Kloschüssel verbracht habe«, sagte Amanda und verzog bei dem Gedanken daran das Gesicht. »Aber nach einer solchen Verabredung hättest du auch einen Drink gebraucht, glaub mir.«

»Einen? Du sagtest ein halbes Dutzend. Muss ich irgendwelche Schadensbegrenzung betreiben, um den guten Ruf meiner Lieblingsklientin zu retten?«

Amandas Erinnerung an gestern Nacht war immer noch ein wenig löcherig. Wer weiß, was sie angestellt hätte, wenn Michelle sie nicht mit zu sich genommen hätte? Je länger sie darüber nachdachte, desto dankbarer wurde sie.

»Keine Schadensbegrenzung notwendig. Paparazzi interessieren sich ohnehin nicht für peinliche Schnappschüsse von Möchtegernschauspielerinnen, die Eidechsenfutter in drittklassigen Horrorfilmen spielen.«

»Ooohooo! Vielleicht interessieren sich die Paparazzi nicht dafür, aber ich will wissen, was los war.« Kathryns Stimme vibrierte förmlich vor Ungeduld. »Komm schon. Sag's mir. Was hast du getan?«

»Nicht viel.« Amanda betrachtete eingehend ihre Fingernägel.

»Genau das hat der letzte Klient, den ich feuern musste, auch gesagt, nachdem man ihn dabei geschnappt hatte, wie er in den Brunnen vor dem Bellagio gepinkelt und eine Prügelei mit einem Kollegen angefangen hat.«

Amanda runzelte die Stirn. Davon hatte sie noch nie gehört. »Welcher Klient war das denn?«

»Weich bitte nicht aus und sag mir endlich, was du getan hast.«

Es nützte nichts. Kath war so neugierig wie eine Katze und auch genauso dickköpfig. Sie würde nicht aufhören, nachzufragen, bis sie alles wusste. »Ich hab mich betrunken und bin mit einer Frau nach Hause gegangen.« Schnell fügte sie hinzu: »Aber es ist rein gar nichts passiert.«

Nun ja, nichts außer einem ziemlich heißen Kuss und ein bisschen Gegrapsche ihrerseits. Wenn man Hollywoodmaßstäbe anlegte, dann war das nichts.

»Na klar«, sagte Kathryn in einem sarkastischen Tonfall. »Das hat mein dritter Ex-Mann auch gesagt, als ich ihn mit diesem blonden Flittchen erwischt habe.«

»Hey, keine bissigen Bemerkungen über Blondinen, bitte. Ich schwöre, es ist nichts gelaufen.«

»Warum nicht? War sie hetero oder was?«

Amanda lachte. Nicht mal ihre Großmutter hätte Michelle für hetero gehalten. »Danke für dein Vertrauen in meine Verführungskünste. Nein, sie ist so lesbisch, wie's nur geht. Sie ist bloß zu ehrenwert, um mit einer betrunkenen Frau zu schlafen.« Ja, das Wort traf es ziemlich genau. Michelle war die Ehrenhaftigkeit in Person.

»Hört sich nett an«, sagte Kathryn. »Wirst du sie wiedersehen?«

Amanda zog Michelles Visitenkarte aus der Hosentasche und fuhr mit der Fingerspitze ihren Namen nach. »Ich weiß nicht.« Ein Teil von ihr war fasziniert von Michelle, aber ein anderer Teil war überzeugt davon, dass es nie funktionieren würde.

»Ach, komm schon. Eine ehrenwerte Frau in Hollywood zu finden ist ungefähr so, als fände man eine Jungfrau in einem Harem. Warum gibst du ihr keine Cha...?«

Das Klingeln von Amandas schnurlosem Telefon unterbrach sie.

Das nenn ich mal Timing. »Tut mir leid, Kath, ich muss rangehen. Das ist bestimmt meine Großmutter. Ich hab ihr versprochen, dass ich nach der Schicht in der Saftbar vorbeikomme.«

»Na schön. Richte meiner Lieblingsschauspielerin bitte Grüße von mir aus.«

»Ich hab gedacht, ich wäre deine Lieblingsschauspielerin?«

»Äh ...« Kathryn räusperte sich. »Solltest du nicht langsam mal rangehen?«

Lachend verabschiedete sich Amanda und legte auf.

»Es tut mir so leid, Schatz«, sagte ihre Großmutter statt einer Begrüßung. »Ich hab eben auf dem *Hollywood-Insider*-Blog gelesen, dass sie deine Rolle dieser furchtbaren Lizzy Flittchen gegeben haben.«

Amanda verkniff sich ein Grinsen. »Ihr Nachname ist Ritchen, Oma, das weißt du genau.« Ihre Großmutter lag aber gar nicht so falsch. Amanda wurde den Verdacht nicht los, dass Lizzy es sich auf der einen oder anderen Besetzungscouch gemütlich gemacht hatte, auch schon während ihrer kurzen Beziehung.

»Die wissen gar nicht, was sie verpassen. Das Furchteinflößendste an dem ganzen Film werden jetzt die Schauspielkünste der Hauptdarstellerin sein.«

Eis klirrte am anderen Ende der Leitung und verriet Amanda, dass ihre Großmutter gerade ein Glas Bourbon auf dem Couchtisch neben ihrem iPad abgestellt hatte. »Der Arzt sagt, du sollst keinen Alkohol trinken.«

Ihre Großmutter schnaubte. »Was weiß denn das Jüngelchen schon? Ich bin zweiundachtzig. Wenn ich sterbe, dann wird es nicht der Bourbon sein, der mich dahinrafft.«

Amanda hasste den Gedanken daran, dass ihre Großmutter irgendwann sterben würde, deshalb wechselte sie schnell das Thema und sprach den nächstbesten Gedanken aus, der ihr in den Sinn kam. »Ich hab gestern eine Frau kennengelernt.«

»Ich weiß«, sagte ihre Großmutter. »Ich war schließlich diejenige, die dich dazu überredet hat, am Valentinstag mit einer Frau auszugehen, statt zu Hause zu sitzen und die hundertste Wiederholung der *Golden Girls* mit einer alten Frau zu schauen.«

»Ich mag es, die *Golden Girls* mit dir zu schauen. Außerdem hab ich nicht von der Frau gesprochen, mit der Rob und Kathryn mich verkuppeln wollten.«

»Ach nein? Dann hast du zwei Frauen an einem Abend kennengelernt? Oh, là là! Du kommst offenbar ganz nach mir.«

»Ha! Oma, du hast nie einen anderen Mann als Opa auch nur angesehen!«

»Stimmt«, sagte ihre Großmutter in einem verträumten Tonfall. Eis klirrte, als würde sie ihr Glas schwenken. »Also, was war das für eine Frau, die du da kennengelernt hast?«

»Sie heißt Michelle.«

»Ich hab mal eine Saloontänzerin gespielt, die so hieß«, sagte ihre Großmutter.

Kichernd stellte sich Amanda Michelle im Rüschenkleid einer Saloontänzerin vor. Die Vorstellung passte überhaupt nicht zu ihr. Amanda mochte sie lieber in Jeans und dem engen Muskelshirt. Der Gedanke überraschte sie, aber dann zuckte sie mit den Schultern und gestand sich ein, dass Michelle eine gut aussehende Frau war.

»Also?«, drängte ihre Großmutter, als Amanda nichts sagte. »Erzähl mir mehr von ihr.«

Was konnte sie von Michelle erzählen? »Ich kenn sie nicht besonders gut. Ich weiß nur, dass sie Fotografin ist. Eine richtig gute. Sie hat erstklassige Manieren, eine große Familie und eine Küche, in die man meine ganze Wohnung stecken könnte.«

»Das ist mehr, als ich über deinen Großvater wusste, als ich ihn geheiratet hab.«

»Ich werde sie nicht heiraten.«

»Wer spricht denn von Heirat?«, sagte ihre Großmutter. »Aber sie klingt nett. Wirst du sie wiedersehen?«

Warum fragte sie das nur jeder? Sie wusste keine Antwort darauf. »Ich weiß nicht. Sie ist nett, aber …« Amanda zuckte mit den Schultern. »Sie ist nicht wirklich mein Typ.«

»Was meinst du damit? Du hast doch gesagt, sie hat gute Manieren und ist erfolgreich im Beruf. Ist es nicht das, was du dir von einer Partnerin wünschst?«

»Ja, schon, aber …« Amanda fuhr sich mit der freien Hand durchs Haar. »Ich mag feminine Frauen und Michelle ist … Na ja, sie ist es eben nicht. Sie sieht ziemlich butch aus.«

Ihre Großmutter schien einen Moment lang darüber nachzudenken. »Und das ist der Grund, warum du dich nicht wieder mit ihr treffen willst? Mandy, für ein lesbisches Mädchen klingst du ziemlich voreingenommen.«

Amanda glotzte das Foto ihrer Großmutter auf dem Bücherregal an. »Ich bin nicht voreingenommen.« Oder etwa doch? Zugegeben, einige ihrer Annahmen über Butches hatten sich als ziemlich stereotyp herausgestellt und passten so überhaupt nicht zu Michelle. Aber es war nun mal eine Tatsache, dass sie sich noch nie für eine Butch interessiert hatte. »Ich weiß einfach, auf welchen Typ Frau ich stehe, und eine Butch gehört definitiv nicht dazu.«

»Dein Großvater war auch nicht mein Typ.«

»Wie bitte? Ich hab immer gedacht, es war Liebe auf den ersten Blick.«

»War es auch. Für deinen Großvater. Bei mir hat es ein oder zwei Tage gedauert, bis ich mich in ihn verliebt habe. Als ich jung war, hab ich für James Dean und Marlon Brando geschwärmt. Ich stand auf diese toughen, launischen Rebellen und dein Großvater war weiß Gott keiner.«

Amandas Blick wanderte zum nächsten Bild auf dem Bücherregal. Es zeigte ihre Großeltern am Tag ihrer Silberhochzeit. Sie hielten einander an den Händen und sahen sich in die Augen, während sie den Fotografen ignorierten. Amanda betrachtete die schwielenbesetzten Hände ihres Großvaters und die tiefen Lachfalten um seine Augen. Das, woran sie sich am besten erinnern konnte, waren seine sanfte Art und seine unbedingte Ehrlichkeit, ganz anders als die wilden, oberflächlichen Schauspieler, die ihrer Großmutter in ihrer Jugend den Hof gemacht hatten.

»Du hast den Jackpot geknackt, als du Opa getroffen hast«, sagte Amanda. »Aber das heißt nicht, dass es mir ebenso ergehen wird. In letzter Zeit sind meine Dates genauso wie das Vorsprechen für eine Rolle. Ich hoffe auf den großen Durchbruch, aber alles, was ich kriege, sind kurzlebige Nebenrollen.«

»Das kommt, weil du immer nur dieselben Rollen besetzt«, sagte ihre Großmutter.

Amanda runzelte die Stirn und bereute es, dass sie damit angefangen hatte, ihr Liebesleben mit der Schauspielerei zu vergleichen. »Rollen?«

»Du lässt dich ständig mit Frauen wie dieser Lizzy Flittchen …«

»Ritchen.«

Das Eis im Glas ihrer Großmutter klirrte erneut, als nähme sie gerade einen großen Schluck Bourbon. »Ja, genau. Die und all die anderen Frauen, mit denen du dich eingelassen hast.«

»Gott, das klingt, als wären es Hunderte gewesen.«

»Nein, das wollte ich nicht andeuten. Aber alle waren derselbe Typ Frau. Durch die Bank alle richtige Schönheiten, die meisten davon Schauspielerinnen. Und du weißt, wie Schauspielerinnen sind. Sie wollen Ruhm, Geld und Spaß, nicht Liebe und Monogamie. Anwesende natürlich immer ausgenommen.«

»Natürlich.« Amanda musste zugeben, dass ihre Großmutter recht hatte. »Du glaubst also, ich sollte die Rolle meiner Partnerin an einen anderen Typ Frau vergeben?«

»Ein Versuch kann nicht schaden, oder?«

Amanda spielte mit der Karte in ihrer Hosentasche herum. »Vielleicht ruf ich sie ja an«, sagte sie schließlich.

»Sie ist ein Fan von dir. Guten Geschmack hat sie also.«

»Oh, sie ist ein Fan? Dann bring sie mit und stell sie mir vor. Ich würde sie gerne mal kennenlernen.«

»Damit du das Fotoalbum aus dem Schrank kramen und ihr peinliche Nacktbilder von mir zeigen kannst? Nein, danke.«

»Nacktbilder? Du warst ein süßer dreijähriger Fratz, der *Flipper* im Planschbecken nachgespielt hat!«

»Okay, aber trotzdem. Wenn ich sie wiedersehe, dann will ich die Ärmste nicht gleich wieder vertreiben, indem ich sie schon bei der zweiten Verabredung meiner Familie vorstelle.«

Ihre Großmutter brummte zustimmend. »Ich schätze, das ginge ein wenig zu schnell, selbst für zwei Lesben.«

Nachdem sie erfahren hatte, dass ihre Enkelin lesbisch war, hatte sie sich sämtliche lesbischen Filme und Fernsehserien der Filmgeschichte angesehen – und sich währenddessen lauthals darüber beschwert, dass die Darstellerinnen nicht schauspielern konnten. Nun erstaunte sie Amandas Freunde immer wieder mit ihrem Wissen um Insiderwitze und Anspielungen wie Toaster und Umzugswagen.

»Ich muss los«, sagte Amanda. »Meine Schicht fängt in einer Stunde an. Ich komm nach der Arbeit vorbei und bring dir etwas Saft.«

»Fahr vorsichtig. Und ruf diese Frau an.«

»Mach ich«, sagte Amanda, ohne zu wissen, welche der beiden Aufforderungen sie meinte. Sie betrachtete das Foto ihrer Großeltern noch einen Moment länger, gab sich dann einen Ruck und eilte ins Schlafzimmer, um sich umzuziehen.

Amanda lag auf ihrem Bett, die Beine angezogen, um Platz zu machen für die Katze, die zusammengerollt am Fußende des Bettes lag. Sie hielt das Telefon in einer Hand, während sie mit dem Daumen der anderen über die etwas mitgenommene Visitenkarte rieb. Rechnete Michelle überhaupt noch mit einem Anruf von ihr? Oder hatte sie in der Woche seit Valentinstag das Warten bereits aufgegeben?

»Was meinst du, Schabernack? Soll ich sie anrufen oder nicht?«

Der Klang ihrer Stimme ließ Schabernack den Kopf heben und sie schläfrig ansehen. »Miau.«

»Ist das ein Ja?«

»Mrrrrrau.«

»Schätze ja, hm?« Mit dem Daumennagel strich sie ein Eselsohr in der Ecke der Visitenkarte glatt. Nicht, dass sie die Karte noch gebraucht hätte. Nachdem sie Michelle in der vergangenen Woche dreimal angerufen und immer aufgelegt hatte, bevor sie abnehmen konnte, wusste sie die Nummer auswendig. Mit dem Finger über der ersten Taste zögerte sie. »Komm schon. Tu es.«

Das Schlimmste, das passieren konnte, war, dass sie feststellte, dass Michelle überhaupt nicht ihr Typ war und die Anziehung, die sie letzte Woche gespürt hatte, nur eine Nachwirkung dieser teuflischen Cocktails gewesen war.

Entschlossen tippte sie die Nummer ein und hob den Telefonhörer mit klopfendem Herzen zum Ohr.

Nach dem ersten Klingeln setzte ihre Unsicherheit wieder ein und sie bewegte den Daumen zur Beenden-Taste, aber bevor sie auflegen konnte, wurde das Telefon abgenommen.

»Michelle Osinski.«

Amanda erstarrte mit dem Daumen über der Beenden-Taste. Warum hatte sie nicht vorher geprobt, was sie sagen wollte? *Eine schöne Schauspielerin bist du!* »Ähm, hallo. Hier spricht Amanda.«

»Hallo, Amanda.« Michelles Stimme klang warm und herzlich. »Ich war mir nicht sicher, ob du anrufen würdest.«

Ihre Direktheit überraschte Amanda erneut, aber sie stellte fest, dass sie ihre Offenheit mochte. »Ich war mir auch nicht so sicher.«

»Ich bin froh, dass du es dann doch getan hast«, sagte Michelle.

Stille breitete sich aus, während Amanda überlegte, ob sie dasselbe sagen sollte.

»Und? Wie geht's denn so im Showbusiness?«, fragte Michelle, bevor Amanda sich entscheiden konnte. »Haben diese Woche irgendwelche großen, gemeinen Kamele deinen beruflichen Weg gekreuzt?«

Amanda lachte und ließ sich zurück aufs Kissen sinken. »Nein. Gott sei Dank keine Kamele, aber da kommt in nächster Zukunft ein Chihuahua auf mich zu.«

»Ein Chihuahua? In einem Werbespot für Hundefutter?«

»Nein, ich hab 'ne Rolle in einem Film ergattert.«

»Wow, das ist ja toll. Gratuliere.«

Amanda rieb sich den Nacken. Die Begeisterung in Michelles Stimme machte sie ganz verlegen. »Nichts Großartiges. Nur eine kleine Nebenrolle in einem Horrorfilm. Ich sterbe schon fünf Minuten nach dem Vorspann einen grausamen Heldentod.«

»Immerhin. Ist doch ein guter Anfang.«

»Ja, schätze, das ist es.« Amanda stellte fest, dass sie Michelles positive Lebenseinstellung mochte. Sie räusperte sich, unsicher, wie sie eine Butch um ein Rendezvous bitten sollte. War es nicht normalerweise die Butch, die fragte? Schließlich beschloss sie, all ihre Vorurteile über Butches über Bord zu werfen und einfach zu fragen. »Hör mal, ich würde dich gern mal zum Essen einladen, einfach als kleines Dankeschön für alles, was du für mich getan hast.«

»Das ist wirklich nicht nötig.« Lachend fügte Michelle hinzu: »Das heißt natürlich nicht, dass ich ablehne. Sag mir einfach wann und wo und ich werde da sein.«

Seltsam, wie interessiert sie daran war, mit Amanda auszugehen. Hatte sie nicht gesagt, sie würde sich nie wieder mit einer Schauspielerin einlassen? Amanda wollte fragen, was aus diesem Vorsatz geworden war, aber sie hatte nicht den Mut dazu. Stattdessen hörte sie sich selbst sagen: »Wie wäre es mit Freitag? So gegen sieben?«

»Freitag um sieben passt mir gut.«

Amanda ging in Gedanken die Liste der Restaurants durch, die Michelle vermutlich mögen würde. Es gab ja nicht gerade einen Mangel an Restaurants in Los Angeles.

»Wie wäre es mit dem Mexikaner in der Oxnard Street? Magst du es scharf?«

»Oh, ja. Je schärfer, desto besser.« Michelle lachte.

Das sinnliche Geräusch jagte Amanda eine Gänsehaut über den Rücken, so als hätte Michelle mit einem Finger über ihre Haut gestreichelt. »Ich hab vom Essen gesprochen«, sagte sie, froh, dass sie am Telefon waren, sodass Michelle nicht sehen konnte, wie sie errötete.

»Natürlich. Was dachtest du denn, wovon ich rede?« Michelle schmunzelte. »Aber mal im Ernst. Ich mag mexikanisches Essen. Soll ich dich abholen?«

»Da ich dich eingeladen habe, gebietet es der Anstand, dass ich diejenige bin, die dich abholt, meinst du nicht?«

Michelle zögerte einen Moment lang, so als wäre sie nicht daran gewöhnt, abgeholt zu werden. »Ich würde mich freuen, wenn du mich abholst«, sagte sie schließlich. »Weißt du noch, wo ich wohne?«

»Ja, ich glaub schon.«

»Bist du sicher? Du hast nicht sonderlich gut aufgepasst, als wir das letzte Mal zu mir nach Hause gefahren sind. Zumindest galt deine Aufmerksamkeit nicht dem Weg.«

Hitze stieg Amandas Hals hinauf. Sie konnte es nicht fassen, dass sie Michelle im Auto begrapscht hatte, auch wenn sie zugeben musste, dass sie gern gewusst hätte, wie sich ihre muskulösen Beine unter den abgetragenen Jeans anfühlten. Sie räusperte sich. »Ich werd's schon finden.« Sie hatte immer noch Michelles Visitenkarte mit ihrer Adresse und würde einfach online nachschauen, um sicherzugehen.

»Gut«, sagte Michelle. Ein Lächeln schwang in ihrer Stimme mit. »Ich freu mich auf Freitag.«

»Ich auch.« Es war keine der kleinen Notlügen und Schmeicheleien, die sie so oft in Hollywood hörte. Zum ersten Mal seit einer ganzen Weile freute sich Amanda auf eine Verabredung. Noch lange, nachdem sie sich verabschiedet hatten, lag sie auf dem Bett, das Telefon am Ohr, und grinste vor sich hin.

# KAPITEL 4

MICHELLE SASS AUF DER OBERSTEN Treppenstufe ihrer weißen Veranda, als Amanda mit einer halben Stunde Verspätung in ihre Auffahrt einbog. *Mist. Ich hinterlasse nicht gerade einen guten ersten Eindruck.* Dann fiel ihr ein, dass Michelles erster Eindruck von ihr der einer betrunkenen Fremden war, die sie einfach am Kragen gepackt und geküsst hatte.

Noch bevor sie ihren fünfzehn Jahre alten Mazda richtig zum Stillstand gebracht hatte, sprang Michelle auf und eilte die Stufen hinunter. »So langsam hab ich angefangen, mir Sorgen zu machen«, sagte sie, als sie auf der Beifahrerseite einstieg. »Ich hab schon gedacht, du hättest dich verirrt.«

Das war nicht das Problem gewesen. Dank Google hatte Amanda Michelles Zuhause ohne irgendwelche Schwierigkeiten gefunden, aber sie hatte ewig gebraucht, um sich für ihre Verabredung fertigzumachen. Sie hatte hin- und herüberlegt, wie sie ihr Haar tragen und was sie anziehen sollte. Nachdem sie fünf verschiedene Kombinationen anprobiert hatte, entschied sie sich schließlich doch für die erste, bestehend aus einer nicht zu tief ausgeschnittenen Bluse und einem schwarzen Minirock. »Tut mir leid. Irgendwie hab ich wohl ... ähm ... die Zeit aus den Augen verloren.«

Michelle sah sie an und hob eine Braue. Ein Grinsen schlich sich auf ihr Gesicht.

Amanda verschränkte die Arme vor der Brust und warf ihr einen strengen Blick zu. »Warum grinst du so? Glaubst du mir etwa nicht?«

»Grinsen? Ich?« Michelle versuchte, unschuldig auszusehen, war aber nicht sonderlich erfolgreich.

»Du versuchst doch nicht etwa, einer Schauspielerin was vorzuspielen, oder?«

»Ich?« Michelle fasste sich an die Brust. »Nein, so was würde ich nie tun.«

»Gut. Mich kannst du nämlich nicht reinlegen, Michelle Veronica Osinski.«

Bei der Erwähnung ihres zweiten Vornamens verzog Michelle das Gesicht. Dann hörte sie auf zu grinsen und sah Amanda ernst an. »Ich versuche nicht, dich reinzulegen. Ich bin kein Mensch, der Spielchen spielt.«

Ihre Blicke trafen einander.

»Bevor ich's vergesse zu erwähnen«, sagte Michelle. »Du siehst wunderschön aus.«

Amanda zupfte am Saum ihres Rocks. »Danke. Meine Großmutter sagt immer, als Blondine kann man mit einem schwarzen Minirock nie was verkehrt machen.«

»Eine weise Frau, deine Großmutter. Sollen wir los?«

Als Michelle nach dem Sicherheitsgurt griff, nutzte Amanda die Gelegenheit, um sie unbeobachtet zu mustern. In einer schwarzen Hose und einer gleichfarbigen

Weste sah sie gepflegt und elegant aus. Ihre elfenbeinfarbene Bluse brachte ihre gebräunte Haut gut zur Geltung und ließ ihre Augen noch dunkler wirken. Nachdem der Sicherheitsgurt einrastete, zupfte sie an ihren Ärmeln und fuhr sich durch ihr kurzes Haar, so als wollte sie sichergehen, dass es nicht in alle Richtungen abstand.

Amanda grinste. Gut zu wissen, dass sie nicht als Einzige nervös war.

»Warum grinst du so?«, fragte Michelle, als sie aufsah.

»Grinsen? Ich?« Amanda nutzte ihre schauspielerischen Fähigkeiten, um unschuldig auszusehen, und war dabei natürlich sehr viel überzeugender, als Michelle es gewesen war.

Michelle streckte die Hand aus und stupste sie an. »Netter Versuch. Aber mich kannst du nicht reinlegen, Amanda Keine-Ahnung-wie-du-mit-zweitem-Vornamen-heißt Clark.«

Die Berührung brachte Amandas Arm zum Kribbeln. »Gut.« Zur Abwechslung wollte sie mal mit jemandem zu Abend essen, ohne sich verstellen zu müssen. Sie warf einen letzten Blick zur Frau auf dem Beifahrersitz, dann drehte sie den Schlüssel im Zündschloss und fuhr rückwärts aus der Auffahrt. »Josephine, im Übrigen.«

»Äh, was?«

»Mein zweiter Vorname. Ich heiße Amanda Josephine Clark.«

»Oh, cool. Ich nehme mal an nach deiner Großmutter?«

Amanda nickte. Jahre später hatten ihre Eltern ihre Entscheidung bereut, weil sie der Meinung waren, ihre

Großmutter hätte einen schlechten Einfluss auf Amanda. Seufzend beschloss sie, sich ganz auf die Gegenwart zu konzentrieren und die Vergangenheit ruhen zu lassen.

»Wissen Sie schon, was Sie trinken möchten?«, fragte der Kellner.

Amanda dachte einen Moment lang darüber nach. Beim Essen mit Val hatte sie Rotwein heruntergeschüttet, als wäre es Wasser, um den Abend halbwegs überstehen zu können, aber heute war das nicht nötig. Michelles Gesellschaft war angenehm. Während der Fahrt zum Restaurant hatte sie Amanda mit witzigen Geschichten über ihre Kunden unterhalten, bis Amandas Wangen vor lauter Lachen schmerzten.

»Die machen hier eine großartige Pfirsich-Mango-Margarita«, sagte Michelle, als Amanda zögerte.

Amanda schüttelte den Kopf. »Für mich nur ein Wasser mit Zitrone, bitte«, sagte sie zum Kellner, bevor sie sich wieder Michelle zuwandte. »Schließlich bin ich heute die Fahrerin und ich hab so das Gefühl, dass es gefährlich ist, in deiner Anwesenheit zu trinken.«

»Wie kommst du denn auf die Idee? Das letzte Mal, als du Alkohol getrunken hast, war ich diejenige, die einfach geschnappt und um den Verstand geküsst wurde – nicht, dass ich mich darüber beschweren wollte.«

Der Kellner räusperte sich neben ihnen. »Und was kann ich Ihnen bringen, mein Herr?«

Amanda blinzelte und starrte ihn an. War er blind? Klar, Michelle hatte kurze Haare und bevorzugte eher androgyne Kleidung, aber mit ihrem sinnlichen Mund und den langen Wimpern konnte man sie unmöglich für einen Mann halten.

Ehe Amanda ihm sagen konnte, er solle die Augen aufmachen, sagte Michelle ruhig: »Es muss ›meine Dame‹ heißen. Und bringen Sie mir bitte auch ein Wasser.«

Mit einer gemurmelten Entschuldigung eilte der Kellner davon.

Amanda griff über den Tisch und drückte kurz Michelles Hand. »Tut mir leid.«

Michelle lächelte nur. »Mach dir nichts draus. Ich bin dran gewöhnt. Die Leute sehen eben, was sie sehen wollen.«

»Stört dich das nicht?« Michelle schien sich durch kaum etwas aus der Ruhe bringen zu lassen und Amanda stellte fest, dass sie ihre ruhige Art mochte. Sie war so anders als die anstrengenden Hollywood-Diven, mit denen sie arbeitete.

»Früher hat es mich gestört, besonders, wenn jedes Mal Frauen angefangen haben zu schreien, wenn ich die Gemeinschaftsdusche in meinem Fitnessstudio betreten habe. Jetzt zieh ich mich einfach aus, bevor ich in die Dusche komme.« Michelle grinste. »Wenn dann eine anfängt zu schreien, dann nur deshalb, weil sie hin und weg von meinem Sixpack ist.«

Ein Bild von Michelles Sixpack – und dem Rest ihres nackten Körpers – schoss Amanda durch den Kopf und ließ sie erröten. Sie versteckte das Gesicht hinter der Speisekarte und versuchte, sich auf die angebotenen Gerichte zu konzentrieren, bevor sie wieder zu Michelle hinüberschielte. »Hast du schon auf irgendwas ein Auge geworfen?«

Michelle sah zu ihr hinüber und ließ ihren Blick langsam über Amanda gleiten. »Ja. Auf dich. Du bist ziemlich süß, wenn du rot wirst. Oder redest du wieder übers Essen?«, fragte sie grinsend.

Amanda rollte mit den Augen und gab ihr einen Klaps mit der Speisekarte. »Natürlich rede ich übers Essen. Tu nicht, als ob du das nicht wüsstest.« Trotz ihrer Beschwerde musste sie zugeben, dass Michelles unverhohlene Bewunderung ihr schmeichelte.

»Na gut. Ich ...«

Der Kellner unterbrach sie erneut, als er mit dem Mineralwasser an den Tisch zurückkehrte. »Möchten Sie schon bestellen?«

Der Kerl begann langsam, Amanda auf die Nerven zu gehen. Als sie mit Val zu Abend gegessen hatte, hätte sie sich einen Kellner gewünscht, der sie dauernd unterbrach, aber jetzt wollte sie sich in Ruhe mit Michelle unterhalten. »Ich hätte gerne die Carne Asade mit den Patatas Fritas, bitte.«

Der Kellner wandte sich Michelle zu.

»Für mich die Enchiladas mit Hühnchenfleisch, bitte.«

Als der Kellner davonging, beugte sich Amanda vor. »Du hast doch nicht etwa das billigste Gericht auf der Karte bestellt, weil du den Geldbeutel einer armen Schauspielerin schonen willst, oder?«

»Ich hab die Enchiladas bestellt, weil ich sie hier schon mal gegessen habe und sie großartig geschmeckt haben.«

Weil Michelle durch ihre Narbe aussah, als zwinkerte sie ständig, konnte Amanda nicht sagen, ob es die komplette Wahrheit war. Sie beschloss, Michelle beim Wort zu nehmen. »Du warst schon mal hier?«

Michelle nickte. »Ist aber schon eine Weile her. Damals haben sie hier noch Kochunterricht gegeben, aber inzwischen hat der Besitzer gewechselt und jetzt machen sie das nicht mehr.«

»Du kochst wirklich gerne, oder?«

»Für mein Leben gern«, sagte Michelle. Ihre Lider waren gesenkt, so als konzentrierte sie sich ganz auf das, was in ihrem Kopf vorging. »Der Geruch, der Geschmack, das Gefühl auf der Zunge ... Kochen kann eine so intime, sinnliche Erfahrung sein. Und wenn ich für jemanden koche, den ich liebe, ist das etwas ganz Besonderes.« Sie sah auf und blickte Amanda in die Augen.

Amanda fuhr mit dem Zeigefinger über ihre Gabel. »Hmm. So hab ich Kochen noch gar nicht gesehen.« Für gewöhnlich machte sie sich einen Salat oder etwas Suppe, das reichte ihr.

»Dann machst du irgendwas falsch«, sagte Michelle lächelnd. »Ich muss irgendwann mal für dich kochen.«

»Du meinst, wenn ich nicht gerade verkatert bin und bloß Toast möchte.«

Michelle lachte. »Genau. Und du? Was machst du so in deiner Freizeit?«

Amanda spielte mit ihrer Serviette herum. Normalerweise erzählte sie ihren Verabredungen nicht, dass sie einen Großteil ihrer Freizeit damit zubrachte, von einer Horde achtzigjähriger Damen beim Bridge geschlagen zu werden. Das ließ sie bloß wie eine Langweilerin erscheinen. »Na ja, durch die Schauspielerei und die Arbeit in der Saftbar bleibt mir nicht viel Zeit für …«

Michelle bremste sie, indem sie eine Hand auf Amandas legte. Sie sah Amanda nur an, auffordernd, aber ohne jegliche Vorwürfe.

Nachdem sie tief Luft geholt hatte, sagte Amanda: »Um ehrlich zu sein, verbringe ich meine Freizeit meistens mit meiner Großmutter. Nichts Aufregendes. Ich helfe ihr bloß mit der Hausarbeit, spiele Karten mit ihr und vertreibe ihr die Zeit.«

»Das ist doch toll. Als mein Großvater noch lebte, hab ich auch viel Zeit mit ihm verbracht. Ich konnte ihm stundenlang dabei zusehen, wie er Dinge repariert hat.« Michelle sprach so leise, dass Amanda sich vorbeugen musste, um jedes Wort zu verstehen. »Er war früher Mechaniker. Er konnte einfach alles reparieren. Ständig haben ihm Leute defekte Geräte gebracht. Toaster, Uhren, Radios oder irgendwelche anderen Sachen, die nicht mehr funktioniert haben. Ich saß nur da und hab seinen Händen zugesehen. Es war die reinste Zauberei.«

Amanda sah zu der Hand, die immer noch auf ihrer lag und mit ihren langen Fingern stark und geschickt aussah. Sie drehte ihre Hand und drückte sanft Michelles Finger. Ein Kribbeln lief ihren Arm hinauf. *Zauberei.*

Erneut unterbrach der Kellner sie, als er das Essen an den Tisch brachte.

*Okay, jetzt ist die Sache entschieden. Der Kerl kriegt kein Trinkgeld.* Amanda zog ihre Hand weg, damit er die Teller auf den Tisch stellen konnte.

Als sie zu essen begannen, wanderte ihr Blick immer wieder zu Michelles Händen. »Das riesige Foto neben deinem Fernseher ... das von den Händen des alten Mannes, der ein Baby wiegt ...«

Michelle nickte lächelnd. »Das sind die Hände meines Großvaters und das Baby ist meine älteste Nichte.« Schlagartig ernst werdend, fügte sie hinzu: »Er ist gestorben, bevor meine übrigen Nichten und Neffen auf die Welt kamen.«

Amandas Hals war wie zugeschnürt, sodass sie nichts sagen oder den Bissen Fleisch in ihrem Mund hinunterschlucken konnte.

»Hey, ich wollte dir nicht die Stimmung verderben«, sagte Michelle nach einem Moment des Schweigens. »Mein Großvater hatte ein gutes, langes Leben. Er hätte nicht gewollt, dass wir hier sitzen und während unseres ersten Dates Trübsal blasen.«

»Erstes Date?« Amanda schüttelte den Kopf. »Das ist kein Date, schon vergessen? Du hast gesagt, es wäre eine Probe.«

»Ach ja, stimmt.« Michelle kratzte sich am Kopf und sah sie über den Tisch hinweg an. Ihre Augen funkelten. »Heißt das, ich kriege nachher keinen Gutenachtkuss?«

Der Gedanke daran, Michelle zu küssen, trieb Amanda die Hitze ins Gesicht. Sie griff nach ihrem Wasserglas und nahm zwei große Schlucke, als helfe ihr das dabei, sich abzukühlen. »Tut mir leid, dir das sagen zu müssen, aber bei Proben wird nicht geküsst.«

»Es sei denn, man dreht einen Porno«, sagte Michelle grinsend.

Amanda verschluckte sich beinahe an ihrem Wasser. »Ich drehe keine Pornos.«

»Gut«, sagte Michelle in einem ernsteren Tonfall. »Also, erzähl mir mehr über dich. Bist du in Kalifornien aufgewachsen?«

Dieser Abend verlief bisher völlig anders, als Amanda das gewöhnt war. Normalerweise stellten die Frauen, mit denen sie sich verabredete, nicht so viele Fragen über sie. Die meisten sprachen nur über sich selbst. *Na ja, das ist ja auch keine Verabredung, schon vergessen?* Sie schob sich ein Stück Kartoffel in den Mund und kaute es, bevor sie antwortete: »Willst du dir wirklich meine traurige Lebensgeschichte anhören?«

»Sonst hätte ich nicht gefragt. Aber wenn es dir lieber wäre, nicht darüber zu sprechen ...«

»Nein, ist schon okay. Es ist nur ...« Sie spießte ein Stück Fleisch mit ihrer Gabel auf, aber statt es zu essen, betrachtete sie es nur.

»Keine schönen Erinnerungen?«, fragte Michelle.

»Doch, einige davon schon. Ich hatte eigentlich eine schöne Kindheit. Bis zu dem Zeitpunkt, an dem ich meinen Eltern mit sechzehn gesagt habe, dass ich lesbisch bin und Schauspielerin werden will. Schwer zu sagen, was sie mehr hassen: dass ich Schauspielerin oder dass ich lesbisch bin.«

Ohne zu zögern, griff Michelle nach ihrer Hand und drückte sie. »Aber deine Großmutter hat beides akzeptiert?«

»Oh, ja. Sie war meine Heldin. Sie hat mich bei sich aufgenommen, als ich es zu Hause bei meinen Eltern nicht mehr ausgehalten habe.«

»Und seither verdienst du deine Brötchen als Schauspielerin?«

»Nicht ganz«, sagte Amanda. »Erst hab ich Sozialarbeit studiert. Meine Eltern haben darauf bestanden, dass ich was Anständiges lerne, nur falls es mit meiner ›hirnrissigen Idee‹, Schauspielerin zu werden, nicht klappt. Nachdem ich meinen Abschluss in der Tasche hatte, hab ich noch etwas Geld angespart und mir dann fünf Jahre gegeben. Wenn ich bis dahin nicht den großen Durchbruch geschafft habe, suche ich mir einen Job als Sozialarbeiterin.«

»Wie lang ist das jetzt her?«

»Vier Jahre, drei Monate und zehn Tage. Nicht, dass ich mitzähle.« Amanda schnitt ein weiteres Stück von ihrem Steak ab und kaute es.

Michelle verharrte mit der Gabel über ihrer Enchilada und sah Amanda an. »Gib deine Träume nicht auf. Als ich in meinem Beruf angefangen habe, haben mir viele Leute gesagt, dass L.A. eine weitere Fotografin ungefähr so dringend braucht wie einen Kropf, aber zum Glück war ich zu eigensinnig, um drauf zu hören. Am Anfang musste ich einen Haufen Fotos von schreienden Kleinkindern, verwöhnten Möchtegernstars und übergewichtigen Hausfrauen machen, die sich eingebildet haben, sexy auszusehen in einem Dessous, das zwei Größen zu klein ist. Ich mach hin und wieder immer noch solche Fotos, aber heute kann ich mir größtenteils aussuchen, was ich fotografieren will.«

»Und was willst du fotografieren?«

»Motive wie die, die du bei mir zu Hause gesehen hast. Kunst.«

Obwohl sie vollkommen verkatert gewesen war, konnte sich Amanda noch gut an die Schwarz-Weiß-Bilder in Michelles Haus erinnern, die Nahaufnahme von dem fauchenden Tiger, das Gänseblümchen, das aus einem Spalt im Asphalt wuchs, und das runzelige Gesicht eines alten Mannes, der in die Sonne blinzelte. »Ich versteh nicht viel von Fotografie, aber sogar mir ist klar, dass deine Fotos großartig sind.«

»Danke«, sagte Michelle und strahlte.

»Stellst du deine Bilder in Kunstgalerien aus?«

Michelle nickte. »Ich bin nicht gerade Annie Leibovitz, aber meine Bilder verkaufen sich recht gut in einigen der kleineren Galerien. Du wirst diesen Punkt in deiner Karriere ganz sicher auch erreichen. Versprich mir nur eines.«

Amanda legte die Gabel beiseite. »Ja? Was denn?«

»Dass du immer noch mit mir ausgehen wirst, wenn du ein berühmter Filmstar bist.«

»Das hier ist kein Date. Du erinnerst dich?« Dennoch konnte Amanda sich ein Lächeln nicht verkneifen. Michelles Beharrlichkeit war irgendwie süß.

Michelle zuckte mit den Schultern. »Na ja, aber selbst berühmte Schauspielerinnen brauchen doch jemanden, mit dem sie proben können, oder?«

»Stimmt«, sagte Amanda und machte sich über ihre Patatas Fritas her.

Mit einer Frau auszugehen, die keine Schauspielerin oder anderweitig im Showbusiness tätig war, hatte definitiv seine Vorteile, stellte Amanda fest, als sie einen Käsekuchenflan und ein Stück Boca Negra mit Michelle teilte.

Die meisten ihrer Ex-Freundinnen behielten ständig die Kalorien im Auge und bestellten niemals ein Dessert oder aber sie jammerten bei jedem Bissen darüber, wie lange sie zum Ausgleich ins Fitnessstudio gehen mussten.

Michelle schien jedoch keine solchen Bedenken zu haben. Ein genießerisches Stöhnen kam von ihrer Seite des Tisches. Michelles Lider klappten zu, als sie sich eine Gabel Schokoladenkuchen in den Mund schob. Ihre Zunge glitt über ihre volle Unterlippe, um einen Krümel von ihrem Mundwinkel zu lecken.

Amanda rutschte auf ihrem Stuhl herum. Als Michelle die Augen öffnete, sah sie schnell weg und tat, als wäre sie ganz damit beschäftigt, einen Löffel Flan in die Karamell-soße zu tauchen. Der Geschmack von Vanille, Zitrone und Karamell ließ ihre Geschmacksknospen jubilieren. Jetzt war es an ihr, genießerisch zu stöhnen.

Als sie aufsah, um Michelle ein bisschen von ihrem Dessert anzubieten, hatten sich Michelles Augen verdunkelt, sodass sie fast schwarz wirkten. Sie starrte wie hypnotisiert auf Amandas Lippen.

Langsam, immer noch Michelle ansehend, schluckte Amanda den Bissen Flan hinunter.

Die Desserts standen vergessen auf dem Tisch, während sie einander anstarrten.

Das Klingeln eines Handys zerriss die Stille.

Benommen sah sich Amanda um, bis sie begriff, dass es ihr Handy war. »Oh. Tut mir leid. Ich hab vergessen, es auszuschalten.«

»Nimm ruhig ab. Es könnte ja ein Anruf von Hollywood sein.« Michelle lächelte, ohne dabei spöttisch zu wirken.

Amanda drückte auf die grüne Taste und hob das Handy ans Ohr. »Amanda Clark.«

»Hallo, Liebling. Ich weiß, du hast ungeheuer viel um die Ohren und hast mich nur deshalb nicht angerufen. Deshalb dachte ich mir, ich ruf dich mal an und frage, wann ich dich für unser zweites Rendezvous abholen soll.«

So viel Pech hatte auch nur sie. Statt dem Anruf ihrer Träume bekam sie den Anruf ihrer Albträume, während sie mit Michelle zu Abend aß. Sie seufzte und rieb sich die Stirn. »Hör mal, Val.« Sie öffnete den Mund, um sich damit herauszureden, dass sie keine Zeit für Verabredungen hatte, wenn sie in Hollywood Karriere machen wollte, aber dann beschloss sie, ehrlich zu sein. Letzten Endes war es besser, es ein für alle Mal klarzustellen, sonst machte sich Val weiterhin falsche Hoffnungen. »Du bist eine nette und gut aussehende Frau, aber zwischen uns funkt es einfach nicht.«

»Wie kannst du nur so was sagen? Zwischen uns hat es ganz heftig gefunkt!«

»Nein, jedenfalls nicht von meiner Seite. Tut mir leid, Val, aber so ist es einfach.«

»Aber vielleicht brauchst du nur ein bisschen mehr Zeit. Gib uns eine Chance. Siehst du denn nicht, dass wir füreinander bestimmt sind?«

»Nein«, sagte Amanda sanft, aber bestimmt. »Tut mir leid, aber eine Beziehung zwischen uns würde nicht funktionieren.«

Val schnäuzte sich lautstark. »Sind da andere Frauen im Spiel?«

Amanda sah zu Michelle hinüber, die den Blick auf ihren Teller gerichtet hielt in dem sinnlosen Bemühen, das Gespräch nicht zu belauschen. »Na ja, ich esse eben mit jemandem zu Abend, aber ...«

»Du betrügst mich?«, schrie Val.

Amanda bedeckte mit der freien Hand ihre Augen. »Bitte beruhig dich. Ich betrüge dich nicht.«

»Aber du hast doch eben gesagt ...«

»Ich betrüge dich nicht, weil wir gar nicht in einer Beziehung sind. Wir sind bloß ein einziges Mal zusammen ausgegangen. Und da bin ich früher gegangen, weil ...« Sie bremste sich. Komm schon. Sei nicht gemein. »Weil ich meine Agentin trösten musste, nachdem ihr Ehemann die Scheidung eingereicht hat. Tut mir leid, Val, aber ich bin nicht die Seelengefährtin, nach der du suchst. Ich bin

sicher, du wirst sie irgendwann finden. Viel Glück dabei.«
Sie legte auf, bevor Val versuchen konnte, sie umzustimmen.

Michelle sah zu ihr herüber. »Es geht mich zwar nichts
an, aber … was war das denn?«

»Das war der Grund, warum ich mich am Valentinstag
sinnlos betrunken habe. Bitte glaub nicht, dass ich so was
öfter …«

Amandas Handy klingelte erneut.

»Gott im Himmel. Tut mir echt leid, Michelle.«

Michelle warf ihr ein mitleidiges Lächeln zu. »Manche
Lesben brauchen einfach ein bisschen länger, bis sie
es begreifen.«

»Ich schalt das blöde Ding jetzt wirklich aus.« Als
sie den Aus-Knopf suchte, viel Amandas Blick auf das
Display und den angezeigten Namen. Ihr Herz begann
zu rasen, diesmal aus Sorge. »Ich muss abnehmen. Das ist
meine Großmutter.«

»Oh, klar. Nimm ab.«

Amanda drückte schnell auf den Knopf, um den Anruf
anzunehmen. »Alles in Ordnung, Oma?«

»Oh, ja, natürlich. Alles bestens, bis auf diesen
blöden Fernseher.«

Amanda atmete auf. »Du hast mich vielleicht erschreckt! Ich dachte, es wäre ein Notfall.«

»Das ist es doch auch«, sagte ihre Großmutter. »Der
Ton an meinem Fernseher hat den Geist aufgegeben und
ich kann nicht Lippen lesen. Bist du immer noch bei
deinem Rendezvous?«

Mit einem Blick hinüber zu Michelle, die aufgehört hatte zu essen, sagte Amanda: »Es ist kein Rendezvous, aber ja, wir sind immer noch im Restaurant.«

»Da kann man wohl nichts machen. Ich wollte mir eigentlich Ellens Sendung ansehen, die ich heute Mittag aufgenommen habe, bevor ich ins Bett gehe, aber ich schätze, das muss dann bis morgen warten. Tut mir leid, dass ich euch gestört habe. Genießt den Rest des Abends.«

»Warte«, sagte Amanda, ehe ihre Großmutter auflegen konnte. »Ich komm rüber und schau mir den Fernseher mal an, sobald ich mit meinem ... äh ...«

»Sobald du mit deinem Rendezvous, das eigentlich keins ist, fertig bist.« Ihre Großmutter kicherte.

Amanda rollte mit den Augen. »Ich versuche, in spätestens einer Stunde da zu sein, okay?«

»Danke. Und fahr bitte vorsichtig.«

»Mach ich.« Nachdem sie aufgelegt hatte, sah sie Michelle entschuldigend an. »Tut mir leid. Meine Großmutter ruft mich normalerweise nicht an, wenn ich ... wenn ich in einem Restaurant bin, aber es war ein Notfall. Sozusagen.«

»Geht es ihr gut?«, fragte Michelle. Ihre Stirn legte sich in Sorgenfalten.

»Alles bestens, sie ist nur ein bisschen verärgert, weil ihr Fernseher nicht funktioniert und sie so ihre tägliche Dosis *Ellen* nicht bekommen kann.«

Die Falten auf Michelles Stirn glätteten sich und die Lachfältchen um ihre Augen kamen zum Vorschein, als sie loslachte. »Deine Großmutter sieht sich die *Ellen DeGeneres Show* an? Das ist ja cool!«

»Vor ein paar Jahren, als Ellen zum ersten Mal die Oscarverleihung moderiert hat, hat Oma sich als Zeichen ihrer Unterstützung sogar eine flotte Ellen-Kurzhaarfrisur verpassen lassen.«

Sie mussten beide lachen.

»Es ist mir ein bisschen peinlich, das zu fragen, aber würde es dir was ausmachen, wenn wir dir ein Taxi rufen?«, fragte Amanda. »Ich muss gleich noch zu meiner Großmutter fahren.«

»Du versuchst doch nicht etwa, mich loszuwerden, oder?« Michelle lächelte, aber sie klang ernst und ein verletzter Eindruck lauerte in ihren Augen. »Das ist doch der älteste Trick der Welt. Du vereinbarst vorher mit einer Freundin, dass sie dich anruft, nur für den Fall, dass das Date nicht so gut läuft, und dann täuscht du einen Notfall vor. Genau auf diese Weise bist du doch die Frau losgeworden, mit der du am Valentinstag ausgegangen bist.«

Amanda öffnete den Mund, um zu protestieren, aber Michelle schüttelte den Kopf.

»So was musst du bei mir nicht machen«, sagte Michelle. »Wenn du gehen willst, dann ...«

»Nein!«, sagte Amanda so laut, dass die Leute am Nachbartisch schon begannen, zu ihnen hinüberzusehen. Sie wurde rot und senkte den Kopf. »Nein. Ich schwöre hoch und heilig, dass das kein Trick ist. Na schön, ich gebe zu, dass ich Val auf diese Weise losgeworden bin, aber das hier ist was ganz anderes.« Nicht eine Minute lang hatte sie heute Abend das Gefühl gehabt, gerettet werden zu müssen. »Meine Großmutter hat wirklich ein Problem mit ihrem Fernseher. Ich weiß, das klingt nicht nach einem Notfall, aber für sie ist es das. Seit mein Großvater vor vier Jahren gestorben ist, läuft bei ihr ständig der Fernseher. Sie sagt, dann vermisst sie seine Stimme nicht so sehr. Ich würde wirklich gerne versuchen, ob ich ihn nicht heute noch reparieren kann.«

Michelle sah ihr einen Moment lang forschend in die Augen.

Amanda hielt ihrem Blick stand.

Schließlich nickte Michelle. »Na gut. Wie wäre es, wenn ich mitkomme? Ich kann dir helfen.«

»Das kann ich unmöglich von dir verlangen.«

»Du verlangst es ja nicht. Ich biete es an. Jetzt hör auf, mit mir herumzudiskutieren und sag einfach Ja.« Michelle streckte den Arm aus und stupste sie an. »Komm schon.« Sie senkte die Stimme zu einem verführerischen Schnurren. »Du weißt, dass du es willst.«

Amandas Wangen begannen zu glühen, aber sie tat, als bemerkte sie es nicht. »Weißt du, wie man einen Fernseher repariert?«

»Ich hab meinem Großvater hundert Mal dabei zugesehen.« Michelle verschlang den Rest ihres Schokoladenkuchens und hob die Hand, um den Kellner heranzuwinken. »Na, dann mal los. Lass uns eine Jungfrau in Nöten retten.«

Amanda wusste sofort, dass etwas Merkwürdiges vorging, als ihre Großmutter die Tür öffnete. Normalerweise fand man sie nach dem Abendessen in Nachthemd und Bademantel vor, wenn sie nicht gerade Besuch erwartete, aber jetzt trug sie den Rock und die Bluse, die sie an Bridge-Abenden anzog – und das, obwohl heute nicht Dienstag war. Hatte sie sich schick angezogen, nur für den Fall, dass Amanda Michelle mitbrachte?

»Hallo, Oma.« Sie bückte sich, drückte ihrer Großmutter einen Kuss auf die Wange und trat dann beiseite, damit auch Michelle hereinkommen konnte. »Oma, darf ich dir Michelle Osinski vorstellen? Michelle, das hier ist meine Großmutter, Josephine ...«

»Mabry. Ich weiß. Es ist mir eine große Ehre, Sie kennenzulernen. Ich bin ein treuer Fan von Ihnen.« Michelle trat ein und nahm die Hand von Amandas Großmutter zwischen ihre. Einen Moment lang wirkte es, als ob sie ihr gleich die Hand küssen wollte.

»Ich hab auch schon viel von Ihnen gehört«, sagte Amandas Großmutter.

Michelle hob eine Augenbraue. »Ach ja? Wirklich?« Sie warf Amanda einen neugierigen Blick zu.

Amanda errötete. »Psst, Oma! Hör nicht auf sie, Michelle. Ich hab ihr gar nichts erzählt.«

Ihre Großmutter nahm Michelles Arm und zog sie hinüber ins Wohnzimmer. »Stimmt und das allein ist schon verdächtig. Dann erzählen Sie mir mal, wie Sie sich kennengelernt haben.«

*Mist.* Amanda rannte ihnen hinterher. Sie wollte nicht, dass ihre Großmutter erfuhr, dass Michelle sie aufgegabelt hatte, als sie betrunken auf dem Parkplatz einer Bar herumgestolpert war und sich nicht mal an ihre eigene Adresse erinnern konnte. »Äh, ich ... wir ...«

»Wir haben uns auf einer Anti-Valentinstags-Party kennengelernt«, sagte Michelle, bevor sich Amanda eine Ausrede einfallen lassen konnte.

»Eine Anti-Valentinstags-Party?«, wiederholte ihre Großmutter. »Ich wusste gar nicht, dass es so etwas überhaupt gibt.«

»Scheinbar geht es vielen Menschen wie mir.« Michelle zuckte mit den Schultern. »Ich hatte bisher nicht gerade viel Glück in der Liebe. Aber ich hab so ein Gefühl, dass sich das in Zukunft ändern wird.«

Amandas Großmutter tätschelte ihr den Arm. »Ich bin sicher, das wird es, meine Liebe.«

»Dann lasst uns mal nach dem Fernseher schauen«, sagte Amanda, bevor die beiden die Hochzeitstorte bestellen konnten.

Michelle führte Amandas Großmutter zu ihrem Sessel und wartete, bis sie darin Platz genommen hatte, bevor sie ihre Weste auszog und die Ärmel ihrer elfenbeinfarbenen Bluse hochkrempelte.

Amanda beäugte unauffällig ihre muskulösen Unterarme.

Als ihre Großmutter zu ihr herübersah und sie angrinste, richtete Amanda ihren Blick eilig auf den Fernseher. Bilder der heutigen Nachrichten flackerten über die Mattscheibe, aber der Ton fehlte.

Ohne darauf zu achten, welchen Schaden ihre eleganten Klamotten nehmen könnten, quetschte sich Michelle hinter den Fernsehtisch in der Ecke des Wohnzimmers.

Amanda kam näher und reckte den Hals, um sie zu beobachten.

Michelles lange Finger glitten über die Kabel und prüften die Stecker, um zu sehen, ob einer lose war.

*Zauberei.* Ungewollt schossen Amanda Bilder durch den Kopf, wie diese Finger über ihre nackte Haut glitten.

»Hmm, seltsam«, murmelte Michelle. »Alles ist genau so, wie es sein soll, aber der Ton funktioniert immer noch nicht. Scheinbar hab ich die Fähigkeiten meines Großvaters doch nicht geerbt. Ich wette, der hätte das Problem innerhalb von zwei Sekunden gefunden und beseitigt.«

»Lass mich mal.«

Als Michelle sich hinter dem Fernseher vorschob, berührten sich ihre Körper.

Amanda hielt die Luft an. Sie wollte sich vorbeugen, den betörenden Duft von Michelles Männerparfüm einatmen und ihre Körperwärme spüren, aber unter dem wachsamen Blick ihrer Großmutter trat sie hastig beiseite. In der Deckung des Fernsehers atmete sie tief durch. *Wow.* Wann hatte je eine Frau eine solche Wirkung auf sie ausgeübt, ohne sie auch nur zu berühren?

*Hey, du bist hier, um den Fernseher zu reparieren, nicht, um einer Frau hinterherzuhecheln!* Mit leicht zitternden Fingern steckte sie das Audio/Video-Kabel aus und wieder ein.

Noch immer kein Ton.

»Ich geb's auf. Tut mir leid, Oma. Ich ruf gleich morgen früh beim Reparaturdienst an. Der kommt dann sofort und kümmert sich um alles.« Als sie hinter dem Fernsehtischchen hervorkletterte, reichte ihr Michelle die Hand und Amanda nahm sie dankbar, um das Gleichgewicht nicht zu verlieren.

Selbst als sie sicher mitten im Wohnzimmer stand, ließ Michelle nicht los. Nicht, dass Amanda das gestört hätte. Die starke, warme Hand in ihrer fühlte sich gut an.

»Mach dir keine Sorgen, Schatz. Die eine Nacht werde ich schon mal ohne Ellen auskommen.« Ihre Großmutter streckte die Hand aus und tätschelte Amandas Wange.

Als sich Amanda hinabbeugte, um ihr einen Abschiedskuss zu geben, fiel ihr Blick auf die Fernbedienung auf dem Couchtisch. Normalerweise war sie ständig unter einem Berg Fernsehzeitschriften, Tratsch-und-Klatsch-Blättchen und Rätselheften begraben, aber jetzt lag sie ganz oben auf dem Stapel. Daran konnte es doch jetzt wirklich nicht liegen, oder? Vermutlich nicht, aber ein Versuch würde nicht schaden. Sie nahm die Fernbedienung, richtete sie auf den Fernseher und drückte die Stummschalt-Taste.

Die aufgeregte Stimme des Nachrichtensprechers drang aus den Lautsprechern.

»Ach du meine Güte!« Ihre Großmutter klatschte in die Hände. »Da muss ich wohl aus Versehen auf den Knopf gekommen sein, ohne es zu merken.«

Amanda verengte die Augen, aber ihre Großmutter sah aus wie ein Unschuldslamm. Nicht umsonst war sie eine der besten Schauspielerinnen der fünfziger und sechziger Jahre gewesen.

Sie gab ihr einen Kuss auf die Wange. »Ich hab dich durchschaut, du listige alte Frau«, flüsterte sie ihr ins Ohr.

Ihre Großmutter sah sie mit ihren großen, blauen Augen an. »Ich weiß nicht, was du meinst, Schatz.«

Lachend gab ihr Amanda noch einen Kuss und wünschte ihr eine gute Nacht, bevor sie Michelle zur Tür folgte.

»Ich bin froh, dass wir deiner Großmutter helfen konnten«, sagte Michelle, als Amanda den Motor anließ. »Obwohl ja du eigentlich die Retterin in der Not warst, während ich nur hilflos danebenstand.«

»Oh, du hast ihr ganz vorzüglich geholfen.«

Auf ihren sarkastischen Tonfall hin sah Michelle zu ihr herüber. »Wie meinst du das?«

»Meine Großmutter ist keine der alten Damen, die keine Ahnung von moderner Technik haben. Sie hat einen Laptop, ein iPad und einen Computer mit genug Arbeitsspeicher, um ein ganzes Raumschiff zu steuern.«

Michelle runzelte die Stirn. »Du willst doch nicht etwa sagen, dass diese harmlos aussehende alte Dame uns gerade ausgetrickst hat?«

»Und wie sie das hat! Sie wollte dich kennenlernen, also hat sie einen Weg gefunden, uns in ihr Haus zu locken.«

Michelles Gelächter schallte durch den Wagen, ein tiefer, melodiöser Laut, der bei Amanda eine Gänsehaut auslöste. »Sie ist wirklich einmalig.«

Amanda schmunzelte voller Zuneigung. »Ja, das ist sie.«

»Genau wie ihre Enkelin«, sagte Michelle sanft.

Amanda wandte kurz den Blick von der Straße ab und sah sie an. Unsicher, wie sie auf Michelles Worte und den Ausdruck in ihren Augen reagieren sollte, schaute sie schnell wieder zur Straße zurück.

Als sie an Michelles Haus in den Hollywood Hills ankamen, hielt Amanda den Wagen an und schaltete den Motor aus.

Ein paar Augenblicke lang war es still im Auto.

»Na dann«, sagte Amanda, als sie es nicht länger ertragen konnte, sich selbst beim Atmen zuzuhören.

Michelle sah sie an, ihr Blick wie eine zarte Berührung. »Na dann …«

Madonnas *Hollywood*, das plötzlich hinter ihr erklang, ließ Amanda zusammenzucken. »Puh.« Sie fasste sich an die Brust. Als sie sich umdrehte, um auf dem Rücksitz durch ihre Handtasche zu kramen, streifte ihre Schulter Michelles und das fast schon vertraute Kribbeln lief wieder durch jede einzelne Zelle ihres Körpers. Endlich fand sie das klingelnde Handy und drehte sich wieder um. Sofort vermisste sie die warme Berührung. »Kannst du's bitte kurz machen, Kath?«

»Äh, ja, klar. Ich dachte nur, du wolltest die guten Nachrichten sicher gleich hören.«

»Welche guten Nachrichten?«, fragte Amanda. Ihre Aufmerksamkeit galt mehr den Schatten, die die Straßenbeleuchtung auf Michelles attraktives Gesicht zauberte, als dem Telefongespräch. »Hat man mich für diesen Tamponwerbespot ausgewählt?«

Kathryn lachte und klang dabei vergnügter, als Amanda es je gehört hatte. »Nein. Besser. Viel, viel besser. Hast du schon mal von *Central Precinct* gehört?«

»Diese neue Krimiserie, die für die erste Staffel mit drei Emmys ausgezeichnet wurde?«

»Ja, genau. Scheinbar hat die weibliche Hauptdarstellerin gerade das Handtuch geworfen und die Produzenten wollen, dass du sie ersetzt!«

Einen Moment lang saß Amanda nur da und blinzelte. »Aber ... aber ich hab doch gar nicht für die Rolle vorgesprochen.«

»Egal. Sie wollen dich trotzdem.«

»Oh, wow. Das ist ... Das ist einfach ...« Sie ließ das Handy auf ihren Schoß fallen, hüpfte auf dem Fahrersitz auf und ab und kreischte los.

»Äh, was ist passiert?«, fragte Michelle. Ihre Lippen kräuselten sich zu einem Lächeln, als sie Amanda beobachtete.

»Man hat mir die Hauptrolle in *Central Precinct* angeboten!« Ein letzter Hüpfer, dann wirbelte Amanda herum und strahlte Michelle an.

»Was? Das gibt's ja nicht! Das ist ja toll. Gratuliere!«

Amanda lachte, schwindelig vor Glück. Sie fühlte sich, als könnte sie die ganze Welt umarmen, aber stattdessen schlang sie die Arme um Michelle und küsste sie.

Für einen Moment erstarrte Michelle.

Sofort ließ Amanda sie los. »Oh, Gott, bitte verzeih mir. Ich wollte nicht … Himmel, erst küsse ich dich, als ich betrunken war, und jetzt …«

Michelle brachte sie zum Schweigen, indem sie ihren Mund auf Amandas presste.

Hitze durchzuckte Amanda. Sie schlang die Arme um Michelle und zog sie näher. Berauscht vor Freude und dem Gefühl von Michelles Lippen auf ihren intensivierte sie den Kuss und stöhnte, als Michelles warme Zunge ihre berührte. Ihre Finger glitten durch Michelles kurzes Haar.

Irgendwann wurde ihr bewusst, dass immer noch eine blechern klingende Stimme aus dem Handy auf ihrem Schoß drang. Schwer atmend unterbrach sie den Kuss und hob das Handy zurück ans Ohr. »Ich muss Schluss machen, Kath. Ich ruf dich morgen an, um alle Details zu erfahren«, sagte sie und legte auf, ohne auf eine Antwort zu warten.

Dann trafen sich ihre Lippen erneut.

Eine halbe Stunde später konnte Amanda den unangenehmen Druck der Mittelkonsole gegen ihre Rippen einfach nicht mehr ignorieren. Unwillig löste sie ihre Lippen von

Michelles, lehnte sich gegen die Fahrertür und ließ ihren Blick über Michelle gleiten.

Michelles Brustkorb hob und senkte sich unter ihren schnellen Atemzügen. Ihr Haar war verstrubbelt, was bei Amanda sofort den Wunsch auslöste, es mit den Fingern zurechtzukämmen. Langsam hob Michelle die Hand und berührte ihre eigenen Lippen.

Allein für diese Geste wollte Amanda sie erneut küssen, aber stattdessen zupfte sie eine Spinnwebe von Michelles Bluse, die dort kleben geblieben war, als sie versucht hatte, den Fernseher zu reparieren. Als sie Michelles Wärme durch den Stoff der Bluse hindurch spürte, ließ sie die Hand auf ihrer Schulter liegen.

»Es ist länger her, als ich zugeben möchte, dass ich in einem Auto rumgeknutscht habe«, sagte Michelle mit heiserer Stimme. Sie deutete aufs Haus. »Willst du reinkommen?«

»Besser nicht«, sagte Amanda. »Ich muss Kathryn, meine Agentin, morgen ganz früh anrufen, um rauszufinden, wann die Produzenten mich sehen wollen.«

Michelle nickte und berührte sanft Amandas Wange. »Es ist eine großartige Rolle. Nochmals Gratulation.«

»Danke«, sagte Amanda, weil sie nicht wusste, was sie sonst sagen sollte.

»Ich hab deine Nummer immer noch nicht, deshalb wirst du mich anrufen müssen. Vielleicht hast du es nicht gemerkt, aber wir sind gar nicht dazu gekommen, über unser Valentinstagsdate zu sprechen.« Mit dem Auge ohne

Narbe zwinkerte Michelle ihr zu. »Schätze, wir müssen uns noch mal treffen, um das zu besprechen.«

Amanda lachte. »Sieht wohl so aus.« Sie lehnte sich zu Michelle hinüber, um das Handschuhfach erreichen zu können. Ihre Augenlider schlossen sich ohne ihr Zutun, als sie Michelles Duft einatmete, und sie brauchte länger als nötig, um sich wieder aufzurichten. »Hier.«

Michelle sah hinab auf die Visitenkarte, die Amanda ihr in die Hand drückte. Ein Grinsen huschte über ihr Gesicht. »Bist du sicher, dass du mir die geben willst? Dann gibt's kein Entrinnen mehr.«

»Ich bin sicher.« Flucht war das Letzte, woran Amanda im Moment dachte. Ihr war immer noch ganz warm von Michelles Küssen.

Nach einem letzten Kuss, der Amanda fast dazu brachte, ihre Meinung zu ändern und doch mit rein zu kommen, steckte Michelle die Visitenkarte ein, verabschiedete sich und stieg aus.

Amanda saß in ihrem Auto in der Auffahrt und sah zu, wie Michelle mit großen, selbstbewussten Schritten aufs Haus zuging. Es spielte keine Rolle mehr, dass sie sich nie zuvor zu einer Butch hingezogen gefühlt hatte. Michelle brachte mit einer einfachen Berührung und einem einzigen Blick ihr Blut in Wallung.

An der Tür angekommen, drehte sich Michelle noch mal um und hob die Hand.

Amanda winkte.

Keine von beiden rührte sich von der Stelle, sie sahen einander nur von gegenüberliegenden Seiten der Auffahrt an. Dann ließ Amanda mit einem Blick auf die Uhr am Armaturenbrett den Motor an und parkte nach einem letzten Winken rückwärts aus.

Auf dem Weg nach Hause sang sie laut ein Liebeslied, das gerade im Radio gespielt wurde, und merkte, dass sie sich fast genauso auf ihr nächstes Date, das keines war, freute wie auf ihre neue Rolle in der Krimiserie.

# KAPITEL 5

»Rate mal, wo ich bin«, sagte Amanda, als sie durchs Tor des Filmstudios fuhr und ihren Wagen parkte.

Das Lachen ihrer Großmutter drang durchs Headset. »Immer noch bei deiner attraktiven Fotografin?«

»Sie ist nicht meine Fotografin.« Amanda konnte aber nicht abstreiten, dass sie Michelle attraktiv fand. Der Gedanke an die Küsse, die sie gestern ausgetauscht hatten, brachte immer noch ihren ganzen Körper zum Kribbeln. »Und nein, ich bin nicht bei Michelle.«

Einige Sekunden lang herrschte Schweigen.

»Es hat sie doch nicht etwa abgeschreckt, dass sie in ihren guten Kleidern hinter meinen Fernseher krabbeln musste, oder?« Ihre Großmutter klang besorgt.

»Nein. Sie gehört nicht zu der Sorte Frau, die sich durch ein wenig Staub abschrecken lassen – oder von einer Großmutter, die sich immer überall einmischen muss.«

»Einmischen? Ich?« Als Amanda schwieg, seufzte ihre Großmutter und gab es auf, das Unschuldslamm zu spielen. »Ich wollte mich nicht wie eine überfürsorgliche Glucke verhalten, aber nachdem ich dich überredet habe, sie anzurufen, wollte ich sichergehen, dass sie wirklich die Richtige für dich ist.«

»Und?«, fragte Amanda, bevor sie sich davon abhalten konnte. »Ist sie es?« Eigentlich hätte sie sich im Moment auf ihre neue Rolle und die einmalige Karrierechance konzentrieren sollen, nicht auf eine Beziehung, aus der vielleicht ohnehin nichts wurde, aber dennoch hielt sie die Luft an, während sie auf die Antwort ihrer Großmutter wartete.

»Na ja, ich sag's mal so ... wenn ich fünfzig Jahre jünger wäre ...«

»Dann wärst du aber immer noch hetero.«

»Ich hab mal eine Frau geküsst«, sagte ihre Großmutter, als wäre es eine Auszeichnung.

Amanda rollte mit den Augen. »Es war bloß ein Filmkuss, Oma.«

»Ja, aber alle haben gesagt, wie überzeugend ich war.«

»Das warst du. Ich hoffe nur, ich bin in meiner neuen Rolle nur halb so überzeugend.« Der Gedanke erinnerte sie daran, wo sie sich befand, und sofort bekam sie schwitzige Hände.

»Pah. Es erfordert nicht übermäßig viel Finesse, sich von einer riesigen Eidechse fressen zu lassen. Die Rolle könntest du im Schlaf spielen, also mach dir keine Sorgen.«

Leider war es dann doch ein wenig anspruchsvoller, eine Polizistin, die an einer Spielsucht litt, zu verkörpern. Ein Bote hatte heute Morgen um sechs das Skript für die erste Folge ihrer Figur vorbeigebracht. Um acht musste sie sich bei der Kostümbildnerin zur Anprobe und dann bei der Maskenbildnerin melden und um neun sollte sie vor der Kamera stehen.

Nach vier Jahren, in denen ihre Karriere nicht die geringsten Fortschritte gemacht hatte, ging jetzt alles so schnell, dass Amanda fast befürchtete, nicht Schritt halten zu können. Sie holte tief Luft und sagte: »Ich rede von einer ganz anderen Rolle. Hast du mal die Serie *Central Precinct* gesehen?«

Ihre Großmutter stieß ein undamenhaftes Schnauben aus. »Benutzt Julia Roberts Botox?«

Amanda grinste. »Ich hab vergessen, dass ich mit der größten Krimiserienfanatikerin der Weltgeschichte spreche. Der Serie ist gerade mitten in der Staffel die Hauptdarstellerin abgesprungen und ...«

»Jennifer Carson ist ausgestiegen?« Ihre Großmutter schnaufte. »Das Mädchen hat weniger Verstand als eine Schüssel durchweichter Cornflakes! Das ist doch wirklich unglaublich. Wer steigt denn bitte aus einer so gut laufenden Serie aus? Sie hätte wirklich Karriere machen können. Aber nun ja, sie war ohnehin nie sonderlich überzeugend als Polizistin. Hast du mal gesehen, was für Schuhe sie in der Serie trägt? Es ist doch wirklich nicht glaubhaft, dass sie mit diesen Pfennigabsätzen Verbrechern nachjagt.«

»Stimmt.« Sie würde wohl mal ein Wörtchen mit der Kostümassistenz reden müssen. Krimiserienfans wie ihre Großmutter achteten auf solche Details. Es gab so viel, woran sie denken musste. Ihre Gedanken überschlugen sich und sie war noch nicht mal vor die Kamera getreten.

»Siehst du, sogar du hast das bemerkt. Wer auch immer die Hauptrolle übernimmt, sollte ...«

»Sie haben mir die Hauptrolle angeboten.«

Der Monolog ihrer Großmutter brach sofort ab. »Oh, Schatz, das ist ja wundervoll! Herzlichen Glückwunsch. Ich freu mich so für dich.« Die Geräusche im Hintergrund klangen, als führe sie einen Freudentanz auf. Nach einer Weile hielt sie inne und sagte: »Du hast mir gar nicht gesagt, dass du für die Rolle vorgesprochen hast.«

»Hab ich auch nicht.«

»Du musstest gar nicht vorsprechen? Sie haben dir die Rolle einfach so gegeben? Das ist ja, als würde man jemanden heiraten, ohne vorher mit ihm ... oder ihr ... geschlafen zu haben.«

»Lalalalala. Ich kann dich nicht hören.« Amanda hielt sich die Ohren zu, so gut das mit dem Headset eben ging.

Ein Auto parkte neben ihrem ein und eine gut aussehende Brünette stieg aus.

Amanda erstarrte, als sie Lorena Gonzales erkannte, die die Gerichtsmedizinerin in *Central Precinct* spielte und für die Rolle mit einem Emmy ausgezeichnet worden war. Plötzlich war sie froh, dass sie immer noch im Auto saß, denn ihr wurden die Knie weich. »Ich muss los, Oma. Drück mir die Daumen.«

»Mach ich, aber du hast es nicht nötig. Du hast jede Menge Talent.«

Sich an den ermutigenden Worten ihrer Großmutter festhaltend, als wären sie ein Rettungsring, legte Amanda auf, schloss die schweißnassen Finger enger um ihre Kopie des Skripts und stieg aus dem Wagen aus.

Neben ihr stieg gerade Lorena Gonzales aus ihrem Cabrio und lächelte sie freundlich an. »Hallo. Sie sind sicher die neue Ermittlerin. Ich meine ... Sie spielen Linda Halliday.«

»Äh, ja, genau. Ich bin Amanda Clark.«

»Lorena Gonzales«, stellte sich Lorena vor, obwohl es unnötig war.

Wie surreal. Amanda hatte sie jahrelang im Fernsehen gesehen und kannte daher ihr Gesicht und ihre Stimme, aber natürlich waren sie einander völlig fremd.

Sie schüttelten sich die Hände und Amanda hoffte inständig, dass ihre Finger nicht zu feucht waren.

»Spielen Sie das erste Mal in einer Fernsehserie mit?«, fragte Lorena.

Amanda nickte. »Ich hatte ein paar Gastauftritte in Seifenopern, aber nichts, was man mit *Central Precinct* vergleichen könnte.«

»Dann genießen Sie den heutigen Tag mal lieber. Sie kennen ja das alte Sprichwort: Der aufregendste Tag deines Lebens ist der erste Tag am Set. Der langweiligste Tag deines Lebens ist der zweite Tag am Set.«

Amandas Herz schlug viel zu schnell und sie bezweifelte ernsthaft, dass sie sich hier jemals langweilen würde.

Als Antwort auf Amandas zweifelnden Gesichtsausdruck lächelte Lorena nur. »Kommen Sie. Ich zeige Ihnen den Weg zur Maske.«

Nachdem sie sich von einer Sadistin, die sich als Film-friseuse ausgab, hatte piesacken lassen, warf Amanda einen letzten Blick auf ihre Dialogzeilen, während die Masken-bildnerin ihr Make-up auftrug. Als sie endlich fertig war, machte sich Amanda auf die Suche nach Studio drei, das Lorena ihr vorhin gezeigt hatte.

Eine riesige Fabrik mit mehreren Lagerhallen war zu einem Filmstudio umgebaut worden. Der Set von *Central Precinct* sah aus wie eine Polizeiwache, bei der die Archi-tekten eine Wand vergessen hatten. Kontrolliertes Chaos herrschte. Zwei Techniker kletterten auf Leitern, um die Beleuchtung auszurichten, Bühnenarbeiter schoben die Schreibtische und Aktenschränke in die richtige Position und Produktionsassistenten sprachen in ihre Funkgeräte.

Der bärtige Mann in den abgewetzten Jeans musste Walt Bishop sein, der bei den meisten Folgen der Serie Regie führte. Er sprach gerade mit Lorena Gonzales und zwei anderen Darstellern, die Amanda bisher nur im Fernsehen gesehen hatte. Sie fühlte sich plötzlich wie ein Teenager, der seinen Lieblingsstars gegenüberstand. Das hier war so völlig anders als die Werbespots für Tampons, Seife und dergleichen, die sie für gewöhnlich drehte.

Sie straffte die Schultern, trat über die Kabel, die sich am Boden schlängelten, und gesellte sich zu den übrigen Teammitgliedern. »Mr. Bishop? Ich bin Amanda Clark.«

Der Regisseur drehte sich zu ihr um. Sein Blick glitt über ihr Gesicht und dann über ihren Körper und die Ermittlerkleidung, die ihr in der Garderobe verpasst worden war.

Amanda zappelte und zog die Ärmel der schokoladenfarbenen Lederjacke gerade. Sie entsprach nicht ganz ihrem Stil, aber Michelle hätte sie sicher großartig gestanden. *Hör endlich auf, an sie zu denken, und konzentriere dich auf deinen Job!*

Nach einem weiteren Moment nickte ihr der Regisseur zu und stellte sich vor.

Der Mann neben ihm, der Inbegriff des dunkelhaarigen, gut aussehenden Schauspielers, grinste sie an. »Hallo, schöne Frau. Ich bin Nick Hagan, Ihr neuer Partner. Und ich gebrauche das Wort im völlig nicht-sexuellen Polizistensinn, versteht sich.«

War das seine Art, mit der neuen Kollegin ins Gespräch zu kommen, oder flirtete er etwa mit ihr? Falls er das tat, war er definitiv an die Falsche geraten. »Schon klar.« Amanda schüttelte seine Hand.

Walt winkte seinem Regieassistenten zu. »Jetzt, wo alle da sind, lasst uns die heutigen Szenen proben und dann loslegen. Wir haben einen Mordfall zu lösen, Leute!«

Vierzehn lange Stunden später wollte Amanda eher einen Mord begehen, als ihn im Fernsehen aufzuklären. Sie musste all ihr schauspielerisches Geschick aufwenden, um zu verbergen, wie hundsmiserabel sie sich fühlte. Ihre Füße schmerzten, sie schwitzte im heißen Scheinwerferlicht und sie war so hungrig, dass ihr Magen sicher gerade dabei war, ihre Eingeweide zu verdauen.

Eine Fernsehserie zu drehen, war offensichtlich nicht so glamourös, wie sie gedacht hatte. Der Großteil des Tages hatte aus ständigen Wiederholungen bestanden. Einige Male hatten sich die Requisiten in der falschen Position befunden oder der Tonassistent hatte versehentlich die Angel mit dem Mikrofon ins Bild gehalten oder Nick, der Lindas Partner spielte, konnte sich seinen Dialog nicht merken, also mussten sie die Einstellung erneut drehen. Erst in der Totale, dann in der Halbtotale, gefolgt von den Nahaufnahmen, von links, von rechts …

Und zwischen den Einstellungen mussten sie ständig warten … auf die Maske, die noch schnell eine Nase pudern musste, auf die Kameras, die in die Ausgangsposition zurückgefahren wurden, oder auf die Anweisungen des Regisseurs.

»Okay, das ist der letzte Dreh des Tages«, sagte Walt endlich.

Amanda atmete auf.

»Lasst uns mal versuchen, das beim ersten Versuch im Kasten zu haben«, sagte Lorena. »Ich will zur Abwechslung mal vor Mitternacht nach Hause kommen.«

Wenigstens war sie nicht die Einzige, die es kaum erwarten konnte, dass der Drehtag endete. Amanda ertastete mit dem Fuß das Sandsäckchen, das ihre Position markierte, um sicherzugehen, dass sie richtig stand. Dann wartete sie auf die nun schon vertraute Abfolge von Ansagen.

»Ruhe bitte, wir drehen!«, rief der Regisseur. »Ton ab!«

»Ton läuft«, antwortete der Tontechniker von seinem Mischpult aus.

»Kamera ab!«

»Kamera läuft.«

»Klappe!«, rief der Regieassistent.

Der Kameraassistent trat mit der schwarz-weißen Klappe vor die Kamera. »Folge elf, Szene drei, Einstellung zwei, die Erste.« Er hob das oberste Brettchen, ließ es mit einem lauten Krachen nach unten klappen und rannte aus dem Bild.

Amanda versetzte sich in die Kommissarin, die sie verkörperte, während sie auf die Anweisung des Regisseurs wartete.

Als er »Und bitte« rief, drehte sie sich langsam um und sah die Gerichtsmedizinerin über den Stahltisch hinweg an. »Was haben Sie gerade gesagt?«

»Ich sagte, ich hab Sie gesehen, Detective. Ich weiß, dass Sie gespielt haben.«

Mit demselben kühlen Kopf, der es ihr ermöglicht hatte, weiter mit Lizzy zusammenzuarbeiten, nachdem sie sie mit ihrer Produzentin im Bett erwischt hatte, musterte Amanda die Gerichtsmedizinerin. »Was ich in meiner Freizeit tue oder nicht tue, geht Sie gar nichts …«

Das Klingeln eines Telefons unterbrach sie mitten im Satz.

»Aus!«, brüllte der Regisseur.

Amanda biss die Zähne zusammen. Welcher Idiot hatte vergessen, vor Drehbeginn sein Handy auszuschalten?

Das Telefon klingelte immer noch und ihre Kollegen warfen einander anklagende Blicke zu, aber niemand rührte sich, um das Handy auszuschalten.

»Ich glaube, das ist deins.« Lorena zeigte auf Amandas Handtasche, die über der Lehne ihres Klappstuhles hing.

*Mist. Der Idiot bin ich.* »Tut mir furchtbar leid. Ich dachte, ich hätte es ausgestellt.« Amanda eilte zu ihrer Handtasche hinüber und kramte darin herum, um das verdammte Handy zu finden. Als sie es ausschaltete, erhaschte sie einen Blick aufs Display.

*Michelle.*

Trotz ihrer Anspannung lächelte sie, als sie zurück in die nachgestellte Gerichtsmedizin ging.

Lorena stupste sie an und grinste. »Hast du später ein heißes Date mit deinem Freund, oder was?«

Mit glühenden Wangen schüttelte Amanda den Kopf, sagte aber nichts. Sie war nicht sicher, ob sie ihren Kollegen erzählen sollte, dass sie lesbisch war. Nichts sollte diese einmalige Chance beeinträchtigen.

»Lasst uns das noch mal drehen, Leute«, rief Walt. »Ab ›Ich sagte, ich hab Sie gesehen, Detective‹.«

Amanda schob jegliche Gedanken an Michelle beiseite und konzentrierte sich ganz auf ihre Rolle.

Amanda ließ sich auf den Fahrersitz ihres Autos plumpsen und stöhnte erleichtert auf, als sie ihre schmerzenden Füße endlich entlasten konnte. Eine Weile saß sie einfach nur da, ohne den Wagen zu starten. Ihr schwirrte der Kopf von allem, was sie heute erlebt hatte. Schließlich kramte sie ihr Handy aus der Handtasche und schaltete es wieder an. Sie konnte es kaum erwarten, jemandem von ihrem ersten Tag am Set von *Central Precinct* zu erzählen.

Der entgangene Anruf von vorhin wurde auf dem Display angezeigt und sie drückte auf die Rückruftaste, um Michelle zurückzurufen.

Michelle nahm schon nach dem ersten Klingeln ab, so als hätte sie neben dem Telefon gewartet. »Hallo, Amanda.« Ihre warme Stimme umhüllte Amanda wie eine kuschelige Decke. »Wie geht's dir? Hast du schon von den Leuten dieser Fernsehserie gehört?«

Neben ihr hupte es, als Lorena Gonzales vom Parkplatz fuhr.

»Ob ich von ihnen gehört habe? Ich hab die letzten fünfzehn Stunden vor der Kamera gestanden.«

»Wow. Die verlieren ja wirklich keine Zeit.«

Amanda zuckte mit den Schultern. »Zeit ist ja bekanntlich Geld, besonders im Showbusiness.«

»Wie war's denn?«, fragte Michelle. Sie klang aufrichtig interessiert.

Zur Abwechslung musste Amanda nach den richtigen Worten suchen. »Aufregend, langweilig, erschöpfend, wundervoll, beängstigend.«

Michelle lachte. Nicht das höfliche Kichern, das Amanda heute den ganzen Tag über von ihren Schauspielkollegen gehört hatte, sondern herzhaftes Gelächter, das auch sie zum Lachen brachte. »Ziemlich viel für den ersten Tag, oder? Bist du überhaupt dazu gekommen, auch mal Pause zu machen und was zu essen?«

Wie auf dieses Stichwort hin knurrte Amandas Magen lautstark. »Nein. Ich hatte gerade mal Zeit, um mir in der Mittagspause schnell ein Sandwich vom Cateringtisch zu holen.«

Weitere Wagen hupten, als einige der Nebendarsteller davonfuhren.

»Wo bist du eigentlich?«, fragte Michelle.

Amanda rieb sich das Gesicht. Es machte sie etwas verlegen, es zugeben zu müssen. »Immer noch auf dem Studiogelände.«

»Willst du vorbeikommen? Ich könnte was für dich kochen.«

Ein Teil von Amanda sehnte sich danach, etwas Zeit mit Michelle zu verbringen, und ihr Magen jubelte bei dem Gedanken an etwas zu essen, aber sie wusste, dass es keine gute Idee war. »Ich kann nicht. Es ist schon spät und ich muss morgen um sechs wieder am Set sein. Ich fahr jetzt wohl besser nach Hause.«

»Morgen? Ihr dreht an einem Sonntag?«

»Wir haben ein paar Drehtage verloren, bevor die Entscheidung, mir die Hauptrolle anzubieten, gefallen ist, deshalb müssen wir jetzt Überstunden machen, um die verlorene Zeit wieder aufzuholen.« Das hätte Amanda nichts ausgemacht, wenn es nicht bedeuten würde, dass sie Michelle so bald nicht wiedersehen würde.

»Mist. In Hollywood hält sich wohl keiner an eine Vierzigstundenwoche. Bitte iss was, bevor du ins Bett gehst.«

Außer ihrer Großmutter hatte sich nie jemand darum gesorgt, ob sie genug aß. Amanda stellte fest, dass sie es mochte, wenn jemand aufrichtig an ihrem Wohlergehen interessiert war. »Ich werd mir noch schnell was warm machen«, sagte sie und merkte, dass sie das Gespräch gar nicht beenden wollte.

Michelle schwieg, als wäre auch sie nicht erpicht darauf, sich zu verabschieden. »Fahr vorsichtig«, sagte sie nach einer Weile.

»Mach ich. Gute Nacht.«

»Gute Nacht. Ach, und Amanda?«

Die Art, wie Michelle ihren Namen sagte, jagte Amanda eine Gänsehaut über den Rücken. »Ja?«

»Hals und Beinbruch für morgen.«

Lachend legte Amanda auf und startete den Wagen.

Um halb fünf morgens – oder genauer gesagt mitten in der Nacht – taumelte Amanda vom Badezimmer in ihre winzige Küche und starrte mit verschlafenem Blick in den Kühlschrank. Sie schob einen verschrumpelten Salatkopf und ein fast leeres Glas Mayonnaise beiseite und roch an einer Pappbox mit chinesischem Essen, das sie sich vor zwei Tagen bestellt hatte. »Igitt.«

Als sie den Kühlschrank wieder zuschlug und sich der Kaffeemaschine zuwandte, klingelte es an der Tür.

Sie zuckte zusammen. Wenigstens half ihr der Adrenalinstoß beim Wachwerden. Grummelnd schleppte sie sich zur Gegensprechanlage. Wer zum Teufel klingelte zu dieser unchristlichen Zeit schon bei ihr? *Bitte, bitte, lass es keinen Boten sein, der mir die neuesten Drehbuchänderungen bringt.*

Sie war gestern bis ein Uhr nachts aufgeblieben, um ihren Text auswendig zu lernen, aber ihre Kollegen hatten sie bereits vorgewarnt und angekündigt, dass das Skript jederzeit geändert werden konnte. Müde drückte sie die Taste, die es ihr erlaubte, mit dem Besucher vor ihrer Haustür zu sprechen. »Ja?«

»Äh, ich bin es. Michelle. Ich hoffe, ich hab dich nicht aufgeweckt.«

Amanda starrte den Lautsprecher an. »Was machst du denn hier?«

»Dir Frühstück bringen.«

Amanda glotzte noch immer. Michelle war mitten in der Nacht aufgestanden und hatte den ganzen Weg von den Hollywood Hills auf sich genommen, nur um ihr Frühstück zu bringen?

»Tut mir leid«, sagte Michelle, als Amanda schwieg. »Vielleicht war das ja doch keine so gute Idee. Ich geh dann besser wieder.«

Endlich drückte Amanda auf den Türöffner. »Nein, bitte geh nicht. Komm hoch. Oberste Etage.«

»Sicher?«

»Ganz sicher. Jetzt beeil dich und bring mir mein Essen, Weib!«

Gelächter drang durch die Sprechanlage, gefolgt vom Geräusch der Haustür, die hinter Michelle ins Schloss fiel.

Amanda wippte auf den Zehenspitzen auf und ab, während sie wartete. Sie warf einen Blick in den Spiegel im Flur und fuhr sich mit den Händen durchs Haar. Sie trug kein Make-up, weil sie wusste, dass die Maskenbildnerin es ohnehin abwaschen und wieder von vorne anfangen würde. Jetzt konnte sie bloß hoffen, dass man ihr die drei Stunden Schlaf nicht allzu sehr ansah.

Als der Aufzug polternd auf ihrer Etage hielt, entfernte sie die Kette und öffnete die Tür.

Michelle stand vor ihr in Jeans und Lederjacke, mit verstrubbelten Haaren, einer Thermoskanne und einem Berg Schüsseln.

Der Impuls, sie in ihre Wohnung zu zerren und zu küssen, überraschte Amanda. Stattdessen stand sie nur da und sah sie an.

»Oberste Etage, hmm?« Michelle scharrte mit den Füßen.

»Ja. Ich hab sogar einen Meerblick.« Amanda merkte, dass sie mitten im Eingang stand und Michelle so den Zutritt verwehrte. Hastig trat sie beiseite. »Komm doch rein. Die Küche ist gleich da drüben.«

Michelle quetschte sich im engen Gang an ihr vorbei und Amanda nutzte die Gelegenheit, um gierig ihren Geruch nach frischer Luft, Leder und einem Männerparfüm einzuatmen. Diese Kombination hatte noch nie so gut gerochen.

»Wann musst du los?«, fragte Michelle.

Amanda blickte auf ihre Armbanduhr. So früh am Morgen war selbst auf den Straßen von L.A. noch nicht so viel los, aber sie würde trotzdem fast eine Stunde bis zum Studio brauchen. »In etwa einer halben Stunde.«

»Gut.« Michelle betrat die Küche, stellte die mitgebrachten Schüsseln ab und schlüpfte aus der Lederjacke. »Bratpfanne?«

»Äh. Hier.« Amanda trat näher und griff um Michelle herum, um eine Pfanne aus dem Schrank zu holen. Ihr wurde schwindelig, als sie Michelles Parfüm erneut aus nächster Nähe wahrnahm, und sie hielt sich an Michelle fest, um nicht umzufallen.

»Vorsicht.« Michelle umfasste mit beiden Händen ihre Hüften und zog sie an sich, um sie mit ihrem eigenen Körper abzufangen.

Hitze pulsierte zwischen ihnen. Amandas Blick huschte von Michelles Augen zu ihrem Mund. Stöhnend gab sie ihrem Verlangen nach und tat das, was sie schon seit Michelles Eintreffen hatte tun wollen. Sie schlang die Arme um Michelle und küsste sie.

Michelle presste sich gegen sie und erwiderte den Kuss. Sie knabberte an Amandas Lippen und streichelte ihre Zunge mit der ihren, bis Amanda weiche Knie bekam.

Als sie voneinander abließen, atmeten sie beide schwer.

Immer noch Michelles Schultern umklammernd, flüsterte Amanda: »Gott, das war …«

»Ja, das war es.« Michelle nahm Amanda die ins Vergessen geratene Bratpfanne aus der Hand. »Du.« Sie tippte Amanda auf die Brust. »Raus aus der Küche. Du lenkst mich zu sehr ab.«

Amanda stahl einen letzten Kuss, hob dann die Hände und trat den Rückzug zur Tür an. Von da aus sah sie Michelle beim Kochen zu. Schon bald durchzogen himmlische Düfte die Küche, aber trotz ihres knurrenden Magens war Amanda mehr an Michelles Hinterteil interessiert. Sie musste zugeben, dass sie so langsam eine Vorliebe für Frauen in Jeans entwickelte. Zumindest für diese Frau in Jeans.

»Setz dich doch schon mal. Die Pfannkuchen sind in zwei Minuten fertig. Wo hast du denn die …?« Michelle drehte sich um und ertappte sie beim Starren. »Was ist?«

Amanda sagte das Erstbeste, was ihr einfiel. »Du bist zu gut, um wahr zu sein.«

»Quatsch. Du arbeitest hart, also verdienst du es, ein wenig verwöhnt zu werden. Wo sind die Teller?«

Amanda ging zu ihr und griff um sie herum nach den Tellern, diesmal darum bemüht, einen Sicherheitsabstand zwischen ihren Körpern zu wahren. Wenn sie sich wieder in Michelles Küssen verlor, würde sie zu spät zur Arbeit kommen.

Michelle grinste, als wüsste sie genau, was Amanda tat. Sie nahm ihr die Teller aus der Hand und deutete auf den kleinen Tisch in der Ecke der Küche. »Setz dich. Ich bring dir gleich die Pfannkuchen.«

Gehorsam setzte sich Amanda. Das Drehbuch für die heutige Folge lag noch auf dem Tisch, wo sie es gestern Nacht zurückgelassen hatte. Während sie aufs Frühstück wartete, schlug sie das Skript auf, um einen letzten Blick auf ihre Dialogzeilen zu werfen.

Sie war erst bis zur zweiten Seite gekommen, als ein erschreckter Aufschrei von Michelle sie aufsehen ließ.

»Ähm, Amanda? Dein Mitbewohner versucht gerade, an mir emporzuklettern.«

Wohl angelockt von den Geräuschen in der Küche, hatte sich Schabernack von seinem Platz am Fußende des Bettes erhoben und kraxelte nun Michelles Körper hinauf, als wäre sie ein Baum.

Amanda konnte es ihm nicht verdenken. Noch vor wenigen Minuten hätte sie gerne dasselbe getan. Aber das bedeutete natürlich nicht, dass sie zulassen würde, dass er seine messerscharfen Klauen in Michelles Schenkel bohrte. »Schabernack! Runter da!«

Was die Katze natürlich nur dazu brachte, noch höher zu klettern.

Amanda eilte herbei, um ihn von Michelles Beinen zu pflücken, und setzte ihn am Boden ab. »Und da bleibst du jetzt gefälligst.«

Michelle rieb sich die Oberschenkel. »Autsch.«

»Alles in Ordnung?«

»Ja, alles bestens. Hat bloß für einen Moment wehgetan, als er seine Krallen benutzt hat.«

Amanda widerstand nur mit Mühe dem Drang, mit den Händen Michelles Beine zu betasten, um sicherzugehen, dass wirklich alles in Ordnung war. Es war wohl noch etwas früh in ihrer Beziehung, um Michelle dazu aufzufordern, ihre Hose auszuziehen.

Schabernacks Krallen im Auge behaltend, beugte sich Michelle zu ihm hinab und kraulte ihn hinter einem Ohr. »Man kann unschwer erkennen, warum du ihn Schabernack genannt hast.«

»Hab ich gar nicht. Er hatte diesen Namen schon, als ich ihn während der Dreharbeiten zu einem Werbespot für Katzenfutter kennengelernt habe. Er hat seinem Namen alle Ehre erwiesen und allen möglichen Unfug angestellt und dadurch die Dreharbeiten drei Stunden lang aufgehalten. Der Tiertrainer war drauf und dran, ihn einschläfern zu lassen, und der Hauptdarsteller wäre ihm gern dabei behilflich gewesen.«

»Und du?«

»Na ja, sonderlich lustig fand ich's auch nicht. Ich hab an diesem Abend meinen Job als Kellnerin verloren, weil ich zu spät zur Arbeit gekommen bin.« Ohne ihre Großmutter wäre sie in diesem Monat verhungert, weil sie zu stolz war, bei ihren Eltern um Geld zu bitten. Kurz darauf hatte sie dann in der Saftbar eines Fitnessstudios angefangen. »Aber nur weil Schabernack nicht das Zeug zum Schauspieler hatte, konnte ich nicht zulassen, dass sie ihm was antaten, deshalb hab ich sie überredet, ihn mir zu geben.«

Michelle lächelte, trat näher und gab Amanda einen Kuss auf die Wange, der so sanft war, dass Amandas beinahe zu einer Pfütze auf dem Küchenfußboden zerflossen wäre. »Vielleicht bist du ja diejenige, die zu gut ist, um wahr zu sein.«

Sie sahen einander in die Augen, bis Michelle zum Herd herumwirbelte. »Mist. Die Pfannkuchen.« Sie ließ die Pfannkuchen auf die Teller gleiten und streute Zimt darüber. »Setz dich.«

Der Geruch von Zimt, Bananen und Michelle lockte Amanda zum Tisch zurück.

Schabernack folgte ihnen, verlor aber schnell das Interesse, als er merkte, dass es nur Pfannkuchen, keinen Speck gab. Beleidigt stapfte er zurück ins Schlafzimmer.

Michelle zog einen Stuhl für Amanda heran und stellte einen Teller vor ihr ab. »Guten Appetit.« Sie setzte sich ihr gegenüber, aber anstatt zu essen, sah sie zu, wie Amanda ihren Pfannkuchen verschlang.

»Oh Gott.« Amanda stöhnte schon zum zweiten Mal an diesem Morgen. »Die sind unglaublich gut. Isst du gar nichts?«

Lächelnd stützte Michelle den Kopf in eine Hand und sah sie weiterhin an. »Ich bin zu sehr damit beschäftigt, den Anblick zu genießen.«

Amanda spürte, wie sie rot wurde. »Mir beim Verschlingen meines Frühstücks zuzuschauen, ist kein sonderlich attraktiver Anblick.«

Michelle lächelte nur. »Lass mich das mal beurteilen.«

Da sie nicht wusste, was sie dazu sagen sollte, nahm Amanda noch einen Bissen von ihrem Frühstück. Wenig später hatte sie nicht nur ihren, sondern auch Michelles Pfannkuchen gegessen und trug die Teller zur Spüle. »Tut mir leid, dass ich keine Zeit habe, dir die Wohnung oder meinen Meerblick zu zeigen«, sagte sie über die Schulter.

»Nächstes Mal. Falls du überhaupt willst, dass ich dich wieder besuche.«

Ihre Blicke trafen sich von gegenüberliegenden Seiten des Raumes.

»Ich will«, sagte Amanda und merkte, dass es sich anhörte, als würde sie zu mehr Ja sagen als nur einem Wiedersehen. Vor ein paar Tagen hätte ihr das noch Angst eingejagt, aber irgendwie fühlte es sich gut und richtig an, mit Michelle zusammen zu sein. Sie würde den Ratschlag ihrer Großmutter befolgen und dem Ganzen eine Chance geben.

Um Punkt fünf Uhr verließ Amanda das Haus, bestens ausgerüstet mit einem vollen Magen, einer Thermoskanne gefüllt mit Kaffee und einem letzten, leidenschaftlichen Kuss. Sie hoffte, dass die Maskenbildnerin irgendetwas zur Hand hatte, was ihre leicht geschwollenen Lippen verbergen würde. Sonst würde Detective Linda Halliday aussehen, als wäre sie lange und gründlich geküsst worden, von jemandem, der etwas davon verstand.

# KAPITEL 6

Als Amanda den Namen sah, der auf dem Display ihres Handys angezeigt wurde, war sie froh, dass sie beschlossen hatte, den Anruf anzunehmen. Sie hatte Michelle seit ihrem frühmorgendlichen Frühstück letzte Woche nicht mehr gesehen und stellte zu ihrer Überraschung fest, dass sie sie vermisste. Sie hielt sich ein Ohr zu, um die Geräusche im Hintergrund auszublenden. »Hallo, Michelle.«

»Hallo, du. Bist du noch im Bett?«

Amanda sah sich auf dem Parkplatz des Filmstudios um, wo sich eine Menschenmenge versammelt hatte. Neben ihr lehnte das große, rote Schild, das sie bis eben hochgehalten hatte, an einer Mauer. Auf ihm stand: »Gute Unterhaltung = gutes Geld.« Nein, das hier sah nicht gerade aus wie ihr friedliches Schlafzimmer. »Ähm, nein, warum?«

»Meine Quellen haben mir verraten, dass die Schauspieler streiken.«

»Du hast Quellen in der Filmindustrie?«

»Wir sind in L.A.« Michelle lachte. »Hier hat jeder Quellen in der Filmindustrie. Also, hab ich richtig gehört?«

Amanda nickte, obwohl Michelle es nicht sehen konnte. »Ja, hast du. Die Schauspielergewerkschaft hat heute Morgen zum Streik aufgerufen.«

Jubel brach rings um Amanda aus, als eine Handvoll bekannter Schauspieler sich zu den Streikenden gesellte.

»Offensichtlich nutzt du deinen freien Tag nicht, um auszuschlafen«, sagte Michelle. »Wo bist du denn?«

»Vor dem größten Filmstudio in Hollywood.«

»Du streikst auch?« Michelle klang überrascht. »Entschuldige, wenn ich das so offen sage, aber ich könnte mir vorstellen, dass du mehr als einen bescheidenen Lebensunterhalt verdienst, seit du zur Besetzung von *Central Precinct* gehörst.«

Amanda konnte sich über ihre Bezahlung ganz sicher nicht beschweren und wenn sie ehrlich war, so war sie auch nicht gerade glücklich darüber, dass der Streik die Dreharbeiten aufhielt, aber sie wollte sich solidarisch mit ihren weniger erfolgreichen Kollegen zeigen. »Ich kann mich nicht beklagen«, sagte sie. »Aber ich hab noch nicht vergessen, wie es ist, von der Hand in den Mund zu leben, so wie das die meisten Schauspieler tun.«

Michelle schwieg einen Moment lang. »Was du da tust, ist wirklich toll.«

Amanda zuckte mit den Schultern. »Es ist nicht viel. Aber wenn wir so weitermachen, hören die großen Studios vielleicht auf uns.«

»Brauchst du ein bisschen Unterstützung? Ich könnte vorbeikommen, ein paar Schilder hochhalten oder Fotos machen, wenn ihr welche braucht.«

Amanda hielt gerade noch ein spontanes Ja zurück und fragte stattdessen: »Aber musst du nicht arbeiten?«

»Ja, muss ich, aber … Na ja, ich könnte ja auch streiken.«

»Äh, du bist doch selbstständig.«

»Tja, was soll ich sagen? Die Chefin ist ein Sklaventreiber.«

Amanda lachte. »Das glaub ich dir nicht. Sie ist doch ein richtiger Teddybär.«

»Teddybär?« Michelle knurrte. »Erzähl das bitte nicht weiter, sonst ruinierst du meinen Ruf.«

»Keine Sorge. Ich werde dein Geheimnis mit ins Grab nehmen.«

Beide schwiegen für eine Weile, dann fragte Michelle: »Also, was ist jetzt? Soll ich auch in den Streik treten?«

»Das musst du wirklich nicht. Wir stehen hier eigentlich nur rum und tratschen über die neuesten Hollywoodgerüchte. Du würdest dich bloß langweilen.«

»Nicht, solange du da bist«, sagte Michelle.

Ihre Offenheit verschlug Amanda erneut die Sprache.

»Na schön, wenn du nicht möchtest, dass ich dazukomme, wie wäre es dann, wenn wir uns zu einem Date … äh, ich meine natürlich, wenn wir uns später zum Proben treffen? Oder würdest du dann als Streikbrecherin angesehen werden?«

Amanda grinste. »Nein, ich bin sicher, ein bisschen Proben ist in Ordnung.«

»Super. Wie wäre es dann, wenn ich dich um sieben abhole und wir zu dem Mexikaner gehen, bei dem wir letztes Mal waren?«

»Ähm ...« Amanda wollte nicht riskieren, schon wieder von dem unhöflichen Kellner bedient zu werden. »Sieben geht klar, aber wie wäre es stattdessen mit dem kleinen italienischen Restaurant in der Hillhurst Avenue?«

»Hört sich gut an. Ich freu mich drauf.«

»Ich mich auch.«

»Hey, Amanda«, rief Lorena, die ein Schild mit der Aufschrift *Schauspielerin außer Betrieb* trug. »Hör auf, mit deinem Freund zu flirten, und halt dein Schild hoch!«

»Nur immer langsam mit den jungen Gäulen. Ich komm ja schon.« Zu Michelle sagte sie: »Ich muss auflegen. Die Hollywood-Diva neben mir wird langsam ungeduldig.«

»Das hab ich gehört!«, rief Lorena.

Amanda lachte. Während der vergangenen Wochen hatte sie sich mit ihren Kollegen, besonders aber mit Lorena, angefreundet.

»Dann mal bis später«, sagte Michelle. »Viel Spaß beim Tratschen.«

»Werd ich sicher haben.« Voller Vorfreude lächelnd steckte Amanda das Handy weg und hielt ihr Schild in die Höhe.

»Ähem, ich bin sicher, dass das Restaurant genügend Getränke haben wird«, sagte Michelle, als Amanda mit vier Plastikbechern auf den Beifahrersitz des Geländewagens kletterte.

Amanda lachte. »Das ist nicht für mich. Macht es dir was aus, wenn wir einen kleinen Abstecher machen? Ich wollte die hier eigentlich vorhin noch abliefern, aber ich war spät dran.«

»Kein Problem.« Michelle schlug die Beifahrertür für Amanda zu und stieg auf der Fahrerseite ein. »Also, wo soll's denn hingehen, Mylady?«

Amanda gab ihr die Adresse.

»Ach so, du willst nach deiner Großmutter sehen?«

»Nicht nur nach ihr. Nach den Nachbarn auch. Die Getränke sind für sie.«

Michelle hob eine Augenbraue. »Du bringst den Nachbarn deiner Großmutter ...« Sie sah von der Straße weg und warf einen kurzen Blick auf die durchsichtigen Plastikbecher. »... Saft?«

»Sie sind drei nette alte Damen, die jeden Dienstag mit meiner Oma Bridge spielen«, sagte Amanda und merkte dann, dass das auch nicht erklärte, warum sie ihnen Saft brachte. »Als ich anfing, in der Saftbar zu arbeiten, hab ich mir angewöhnt, ihnen etwas Saft mitzubringen, wenn ich meine Großmutter besucht habe.«

»Aber du arbeitest da doch gar nicht mehr.«

Amanda zuckte mit den Schultern. »Ja, aber das wissen sie ja nicht.« Und sie hatte nicht vor, es ihnen zu erzählen. Auch ihre Großmutter hatte sie zur Geheimhaltung verpflichtet.

»Ich versteh nicht ganz.«

»Die drei haben nicht viel Geld, aber sie sind zu stolz, um Almosen anzunehmen. Ich möchte, dass sie genügend Vitamine bekommen, deshalb lasse ich sie in dem

Glauben, dass ich den Saft umsonst bekomme, weil ich in der Saftbar arbeite.«

»Oh, wow. Das ist ja gewieft. Und sehr nett von dir.«

Amanda tippte sich an die imaginäre Hutkrempe. »Das hab ich von meiner Großmutter geerbt.«

»Was? Die Gewieftheit oder die Nettigkeit?«

Amanda ahmte Michelles typische Geste nach und zwinkerte ihr zu. »Beides.«

Als sie gemütlich ihre Desserts aßen, sagte Amanda: »Erzähl mir von deiner Ex, der Schauspielerin.«

Michelle nahm einen Löffel Sahne. »Von welcher?«

»Ach ja, stimmt, du hast ja gesagt, es wären zwei.«

»Ja. Eine war aber Theaterschauspielerin.«

Amanda leckte einen Krümel Käsekuchen von ihrer Gabel. »Und die andere?«

»Die hatte hauptsächlich kleine Rollen in Fernsehfilmen, aber sie hat sich eingebildet, die nächste Jodie Foster, Angelina Jolie und Marilyn Monroe in Generalunion zu sein.«

Das klang eigentlich nicht nach jemandem, mit dem die bodenständige Michelle sich abgeben oder gar eine Beziehung anfangen würde. »Wie habt ihr euch kennengelernt?«

Michelle schob ihren Eisbecher beiseite, als wäre ihr der Appetit vergangen. »Das war während meiner kurzen Karriere als Paparazzo.«

Amanda starrte sie an. »Du warst ein Paparazzo?« Sie konnte sich die sanfte, ehrliche Michelle beim besten Willen nicht als einen der Pressehaie vorstellen, die hinter berühmten Persönlichkeiten herjagten.

»Nur ein paar Wochen lang. Ich bin nicht stolz darauf, aber ich hatte mich eben erst mit meinem Fotostudio selbstständig gemacht und …«

Amanda streckte den Arm aus und legte ihre Hand auf Michelles. »Ich verstehe.«

Michelle sah auf. »Tust du das wirklich?«

»Du kannst dir gar nicht vorstellen, welche Jobs ich angenommen habe, um was dazuzuverdienen, während ich für Kleinstrollen und Werbespots vorgesprochen habe.«

»Ach ja?«

»Ja. Aber wir reden gerade nicht von meiner peinlichen Zeit als Aktmodell für eine Kunstschule. Wir reden über deine Ex.«

Michelle bekam glasige Augen. »Ähm, du weißt aber schon, dass wir Fotografen eine exzellente visuelle Vorstellungskraft haben, oder? Und meine läuft jetzt gerade auf Hochtouren.«

Amanda ignorierte die Bemerkung und ihre heißen Wangen. »Deine Ex«, erinnerte sie.

»Na schön. Da gibt's nicht viel zu erzählen. Ich war jung und dumm und nur auf der Suche nach einem hübschen Gesicht und einem heißen Körper, statt auf die Dinge zu achten, die wirklich zählen, also hab ich sie gefragt, ob sie mit mir ausgehen würde. Und sie hat Ja gesagt. Elf Monate lang haben wir eine ziemlich turbulente Beziehung geführt, bis ich rausgefunden habe, dass sie mich betrügt, während sie in anderen Städten dreht.« Michelle verzog das Gesicht. »Als ich sie darauf angesprochen habe, sagte sie nur, dass das, was bei Außendrehs passiert, gar nichts zu bedeuten habe, nur könne ich das als Normalsterbliche eben nicht verstehen.«

Amanda kannte genügend Schauspieler, die ebenso dachten. Sie hatte sogar feststellen müssen, dass einige ihrer Verflossenen diese Auffassung teilten, aber Amanda hatte es nie verstanden. Plötzlich war es ihr wichtig, dass Michelle sie nicht mit solchen Schauspielerinnen in einen Topf warf. »Unsinn.«

Ein Grinsen umspielte Michelles Lippen. »Unsinn?«

»Ja, das ist kompletter Unsinn. Ich behaupte nicht, dass ich eine bessere Partnerin wäre als deine Ex-Freundinnen, aber ...«

»Ach? Bisher kann ich mich nicht beschweren.« Michelle nahm Amandas freie Hand und küsste sie.

Sah Michelle sie wirklich bereits als ihre Partnerin? *Ach, du sie etwa nicht?* Wenn sie ehrlich mit sich selbst war, musste sie zugeben, dass sie seit Valentinstag nicht mal einer anderen Frau hinterhergesehen hatte. Sie räusperte sich. »Wart mal ab, bis ich deinen Geburtstag vergesse, weil ich damit beschäftigt bin, eine Rolle zu ergattern. Oder bis ich dich mit dem Namen der Geliebten in einem Indie-Film anspreche, für den ich vorspreche.«

»Autsch. Das ist dir in früheren Beziehungen passiert?«

Amanda presste die Lippen zusammen und nickte. »Ja. Ich hab meine Partnerinnen nie betrogen, aber ansonsten werde ich sicher nicht als Freundin des Jahres ausgezeichnet werden.« Mit ihrer Gabel spielend, sah sie Michelle über den Tisch hinweg an und nahm allen Mut zusammen, um endlich zu fragen, was ihr schon seit Wochen durch den Kopf ging. »Deshalb verstehe ich nicht, warum du so versessen darauf bist, mit mir auszugehen, vor allem, weil du dir ja hoch und heilig versprochen hast, dich nie wieder mit einer Schauspielerin einzulassen. Was hat dich dazu gebracht, den Vorsatz über Bord zu werfen? Ganz sicher nicht meine charmante, verkaterte Art am Morgen, nachdem wir uns kennengelernt haben.« Gott, sie war eine so undankbare Kuh voller Vorurteile gewesen.

Michelle lächelte. »Ja, ich muss zugeben, du kamst wirklich wie eine anstrengende Hollywood-Diva rüber. Eine ziemlich scharfe Diva, aber eine Diva eben. Ich war mir nicht sicher, ob ich über deine Vorurteile Butches gegenüber lachen oder sauer werden sollte.«

Amanda rieb sich die Nase. »Das tut mir wirklich leid. Jetzt komm ich mir ziemlich blöd vor, aber ich hab einfach ... Ich weiß auch nicht. Vielleicht bin ich ja tatsächlich eine anstrengende Hollywood-Diva. Ich schätze, ich arbeite schon zu lange im Showbusiness, wo man ständig die Hollywoodmaßstäbe vorgesetzt bekommt, wie eine Frau auszusehen und sich zu verhalten hat. Ich weiß, das ist keine Entschuldigung, aber ...«

»Ist schon okay. Schwamm drüber«, sagte Michelle und klang dabei, als ob sie es ernst meinte.

Amanda warf ihr einen dankbaren Blick zu. »Also, was hat dich dazu gebracht, trotzdem mit mir ausgehen

zu wollen? Ist es, weil ich meiner Großmutter ähnle? Ich
weiß ja, dass du als kleines Mädchen in sie verschossen
warst, und man sagt ja immer, dass man seine erste Liebe
nie vergisst, deshalb ...«

Michelle streckte die Hand aus und stoppte ihr
nervöses Geplapper mit einer sanften Berührung ihrer
Lippen. »Ich gebe zu, als ich dich das erste Mal gesehen
habe, war es deine Ähnlichkeit mit Josephine, die meine
Aufmerksamkeit erregt hat, aber das allein hätte mich
nicht meinen Vorsatz über Bord werfen lassen, mich von
Schauspielerinnen fernzuhalten.«

Amanda sah keinen Grund, ihr nicht zu glauben.
Bisher war Michelle immer offen und ehrlich zu ihr gewesen. »Was war es dann?«

»Deine Großmutter.« Sie hob eine Hand, bevor Amanda
sie unterbrechen konnte. »Nicht so, wie du denkst. Als wir
uns ihren Film *In der Hitze des Gefechts* angesehen haben
und wann immer du über sie gesprochen hast, war deutlich
zu spüren, wie viel sie dir bedeutet. Das haben wir gemeinsam. Unsere Liebe zu unseren Großeltern, meine ich.
Das war es, was mich dazu gebracht hat, dir eine zweite
Chance zu geben.«

»Und du findest, dass ich sie verdient habe?« Amanda
fand das immer noch schwer zu glauben, wenn sie an den
Morgen nach Valentinstag dachte.

»Ja, finde ich. An diesem ersten Morgen warst du so
verwirrt und tödlich verlegen, als du in meinem Bett auf-
gewacht bist. Mir war klar, dass du keine der partysüchti-

gen Möchtegernstars bist, die zu viel trinken und dann mit der nächstbesten Fremden im Bett landen.«

Amanda schüttelte den Kopf. »So was hab ich noch nie im Leben gemacht.«

»Das mochte ich so an dir. Ich mag es, dass du keine typische Schauspielerin bist. Meine Ex-Freundinnen, Elizabeth und Jessica, konnten nicht mal die Zeitung lesen, ohne einen Schreikrampf zu kriegen, wenn sie nicht in den Schlagzeilen waren. Sie wollten zu jeder Party gehen und mit den coolen Leuten rumhängen. Du hingegen liest die Zeitung wegen der Nachrichten und dem Kreuzworträtsel, hängst mit deiner Großmutter rum, rettest Katzen, wegen denen du deinen Job verlierst, streikst deinen Kollegen zuliebe und kaufst älteren Leuten Saft.« Michelle bedachte sie mit einem zärtlichen Lächeln. »Von Anfang an hast du so gar nicht meinem Bild von der typischen Schauspielerin entsprochen. Als Fotografin sollte ich eigentlich das sehen, was sich unter der Oberfläche verbirgt, und da merkte ich, dass ich das nicht getan habe. Ich hatte Vorurteile gegenüber Schauspielerinnen und glaubte, dass alle wie meine Ex-Freundinnen sind und ich mich deshalb von ihnen fernhalten sollte.«

Im Grunde genommen hatten sie also beide denselben Fehler gemacht und waren Opfer ihrer Vorurteile geworden. Amanda musste aber zugeben, dass sie ein bisschen länger gebraucht hatte, um ihre vorgefasste Meinung über Butches aufzugeben. Sie schüttelte über sich selbst den Kopf. »Wir sind ja vielleicht ein tolles Paar.«

Ein sanftes Lächeln umspielte Michelles Lippen. »Ja, find ich schon.«

»Amanda?« Jemand blieb neben ihrem Tisch stehen. »Hallo. Ich hab doch gleich gedacht, dass du das bist.«

Amanda spürte, wie sie bleich wurde. *Mist. Wenn man von Ex-Freundinnen spricht ...* »Hallo, Lizzy«, sagte sie und versuchte erst gar nicht, freundlich zu lächeln. »Was willst du? Langweilst du dich etwa schon mit deiner Produzentin?«

Lizzy fasste sich ans Herz. »Es gibt keinen Grund, so gemein zu sein. Ich bin nur rübergekommen, um dir zu deiner neuen Rolle zu gratulieren. Du machst eine gute Figur im Fernsehen. Obwohl ...« Sie beugte sich vor. »In den Nahaufnahmen sind ein paar Fältchen sichtbar. Hier und hier und ganz besonders hier.« Sie berührte Amandas Stirn, ihre Wange und ihren Augenwinkel.

Die Berührung jagte Amanda einen Schauder über den Rücken und es war keiner der angenehmen Sorte. Nur mit Mühe widerstand sie der Versuchung, Lizzy auf die Finger zu klopfen und schob stattdessen den Stuhl zurück, um ihrer Nähe zu entgehen.

Lizzy tat immer noch so, als betrachte sie Amandas Gesicht. »Du bist jetzt über dreißig, Schätzchen. Vielleicht ist es an der Zeit für eine Rundumerneuerung. Und wenn du schon dabei bist, kannst du ja gleich noch über eine Brustvergrößerung nachdenken.«

Amanda zwang sich, nicht darauf zu reagieren, und setzte eine gleichgültige Miene auf. Um kein Geld der

Welt wollte sie Lizzy die Genugtuung geben, sich über ihre Kommentare aufzuregen.

Michelle knallte ihren Löffel auf den Tisch und zog so zum ersten Mal Lizzys Aufmerksamkeit auf sich. »Damit kennst du dich ja bestens aus. Falten und Brustvergrößerungen.«

Lizzys Augen weiteten sich wie die einer Comicfigur. »Du …?« Sie starrte erst Michelle an und sah dann zwischen ihr und Amanda hin und her. »Sag nicht, ihr zwei seid …? Ich wusste gar nicht, dass du auf ihresgleichen stehst, Amanda.« Sie verzog das Gesicht, als hätte sie faule Eier gerochen, und zeigte mit dem Daumen auf Michelle.

»Was soll das denn bitte heißen?«, fragte Amanda, ohne zu wissen, warum sie sich überhaupt die Mühe machte, mit Lizzy zu reden.

»Ach, nichts.« Lizzy bedachte sie mit einem zuckersüßen Lächeln. »Ich dachte nur, du würdest lieber mit einer richtigen Frau ins Bett gehen.«

Hitze schoss Amanda in die Wangen. Sie sprang auf und hob die Dessertgabel, als wäre sie ein Dolch. »Es reicht!« Lizzy konnte über sie herziehen, so viel sie wollte, aber nicht über Michelle. »Michelle ist eine bessere Frau, als du es je sein wirst.«

»Oh, ich weiß zufälligerweise genau, dass sie …«

»Halt den Mund!« In Amandas Ohren rauschte es.

Bevor sie die Selbstkontrolle verlieren konnte, schloss sich eine Hand um ihre Faust, die noch immer die Gabel umklammerte. »Sie ist es nicht wert, Amanda«, sagte Michelle hinter ihr.

Amanda atmete tief durch, erstaunt darüber, wie heftig sie reagiert hatte. Außer ihrer Großmutter löste sonst niemand einen so starken Beschützerinstinkt in ihr aus.

Einer der Kellner eilte an ihren Tisch. »Irgendetwas nicht in Ordnung?«

Ohne den Blick von Lizzy abzuwenden, sagte Amanda: »Alles bestens. Sie wollte ohnehin gerade gehen.«

Schnaubend warf Lizzy den Kopf zurück und marschierte davon.

Sobald die Tür hinter ihr zufiel, sank Amanda auf ihren Stuhl zurück und bedeckte das Gesicht mit einer ihrer Hände. Warum endeten ihre Verabredungen – oder vielmehr ihre Proben – immer in einem Desaster? »Es tut mir schrecklich leid. Wie du dir vermutlich schon gedacht hast, war das …«

»Lizzy Ritchen, deine Ex.«

Amanda sah auf. »Du kennst sie?«

Michelle ließ sich auf ihren Stuhl plumpsen. Ihr Gesicht war unter ihrer Bräune ungewöhnlich blass. »Unglücklicherweise kenne ich sie nur zu gut. Im biblischen Sinne. Elizabeth ist auch meine Ex.«

»Was?« Die Gabel fiel klappernd auf den Teller. »Im Ernst?«

»Todernst.«

Amanda rieb sich mit beiden Händen die Schläfen. »Kein Wunder, dass du nichts mehr mit Schauspielerinnen zu tun haben wolltest.« Sie schüttelte sich. »Oh Gott, wir haben mit derselben Frau geschlafen. Das ist … igitt.«

»Ja.« Michelle verzog das Gesicht. »Wer hätte gedacht, dass wir auf denselben Typ Frau stehen?«

»Nicht mehr«, murmelte Amanda. »Ich habe offiziell den Typ gewechselt.«

Michelles gerunzelte Stirn glättete sich langsam und wurde durch ein Lächeln ersetzt. »Ach ja? Auf was für einen Typ stehst du jetzt?«

»Ich entwickle eine Vorliebe für ehrliche, monogame Butches.«

»Hmm.« Michelle rieb sich das Kinn, als würde sie über jeden Punkt auf Amandas Liste nachdenken. »Falls ich eine Frau treffe, auf die deine Beschreibung passt, soll ich ihr dann deine Nummer geben?«

»Nein.«

Michelles Blick glitt zu Amandas Augen. »Nein?«, fragte sie mit einem fast unmerklichen Zittern in der Stimme.

»Nein«, wiederholte Amanda. »Das wird nicht nötig sein. Sie hat meine Nummer schon.«

Das Lächeln erschien wieder auf Michelles Gesicht. »Ach, tatsächlich?«

Der verführerische Klang ihrer Stimme jagte Amanda einen Schauder über den Rücken und dieses Mal war es einer der angenehmen Sorte. »Ja, hat sie.« Sie hob die Hand, um den Kellner heranzuwinken, der ganz in der Nähe stand. »Komm, lass uns hier verschwinden. Nachdem diese Frau mich berührt hat, brauche ich eine heiße Dusche, ein Gesichtspeeling und einen Schnaps, nicht notwendigerweise in dieser Reihenfolge.«

»Kann ich mitkommen?«, fragte Michelle.

Amanda hob mahnend einen Finger in die Höhe. »In die Dusche? Das hättest du wohl gerne.«

»Ich hätte nichts dagegen, mit dir unter die Dusche zu steigen, aber eigentlich hab ich den Schnaps gemeint.« Michelle grinste. »Als du das letzte Mal Alkohol getrunken hast, bist du danach in meinem Bett gelandet.«

Der Kellner räusperte sich unmittelbar neben ihnen.

Amanda wurde rot. *Na toll. Noch so ein Kellner mit perfektem Timing.* Sie bedachte ihn mit einem verlegenen Lächeln. »Es war nicht so, wie es klingt.«

»Nein, natürlich nicht, Ma'am«, sagte der Kellner und schaffte es fast, dabei ernst zu wirken.

»Wirklich nicht!«

Lachend gab Michelle dem Kellner ein paar Geldscheine, sagte: »Der Rest ist für Sie« und zerrte Amanda aus dem Restaurant.

Michelle fand einen freien Parkplatz vor dem Hochhaus, in dem Amanda wohnte, parkte ein und schaltete den Motor aus. »Da wären wir.«

»Ja.«

»Danke für den wunderschönen Abend«, sagte Michelle.

Amanda hatte den Abend ebenfalls genossen und wollte nicht, dass er endete. »Danke für die Einladung.«

Schweigen breitete sich im Auto aus, bis Michelle sagte: »Ich bring dich noch zur Tür.« Sie stieg aus und ging um den Wagen herum, um die Beifahrertür für Amanda zu öffnen.

Als sie aus dem Geländewagen kletterte, streifte ihr Körper Michelles und ihre Haut begann zu kribbeln.

Michelle drehte sich um und schloss per Knopfdruck ihr Auto ab, bevor sie die Hand auf Amandas Rücken legte und sie zur Tür brachte.

Die Wärme ihrer Handfläche durchdrang den Stoff von Amandas Bluse.

Sie stiegen die Stufen zum Gebäude hinauf. Amanda kramte umständlich in der Handtasche nach ihrem Schlüssel und schloss die Tür auf, verharrte dann aber im Türrahmen. »Willst du noch mit raufkommen und den versprochenen Schnaps trinken?«

Michelle sah sie an, als wollte sie ergründen, ob sie für den Schnaps oder für weit mehr hereingebeten wurde.

Amanda kannte die Antwort selbst nicht so genau. Zwischen ihnen herrschte eine starke Anziehung – so stark, dass es ihr fast ein wenig Angst einjagte. Ihre früheren Beziehungen waren alle ganz nett gewesen, aber sie hatten Amanda nie dazu gebracht, sich zu wünschen, der Streik möge endlos weitergehen, damit sie mit ihrer Partnerin im Bett bleiben konnte.

Michelle sah zwischen der Tür und Amanda hin und her. Sie schluckte deutlich hörbar. »Ich würde sehr gern mit raufkommen, aber nicht, um einen Schnaps zu trinken.« Ihr leidenschaftlicher Blick fühlte sich an wie ein Streicheln. »Und genau aus diesem Grund sollte ich lieber gehen.«

Aber statt sich umzudrehen und getrennter Wege zu gehen, standen sie beide auf der obersten Treppenstufe und starrten einander an.

Schließlich räusperte sich Michelle. »Gute Nacht.« Sie beugte sich hinab und küsste Amanda auf den Mund. Der Kuss war sanft und vorsichtig, so als zügelte sie ihr Verlangen.

*Nicht mit mir.* Etwas in Amanda wollte diese höfliche Selbstkontrolle sofort durchbrechen, also tat sie es. Bevor Michelle einen Schritt zurücktreten konnte, ließ Amanda ihre Finger durch die kurzen Haare gleiten, zog Michelle an sich und intensivierte den Kuss. »Vielleicht will ich ja gar nicht, dass du gehst«, flüsterte sie dicht an Michelles Lippen.

»Vielleicht?«, flüsterte Michelle zurück.

Statt zu antworten, nahm Amanda ihre Hand und zog sie ins Haus und zum Fahrstuhl. Es schien Ewigkeiten zu dauern, bis die Türen sich öffneten, aber schließlich glitten sie beiseite. Amanda und Michelle taumelten in den Aufzug.

Amandas Finger zitterten ein wenig, als sie den Knopf für die oberste Etage drückte.

Ihre Blicke begegneten einander in der verspiegelten Wand.

Sekundenbruchteile, nachdem sich die Türen schlossen, drückte Michelle sie mit ihrem Körper an die Wand und küsste sie fordernd.

Amanda hatte nur einen Moment Zeit, um dem Himmel dafür zu danken, dass der Aufzug keine Überwachungskamera hatte, bevor ihr die Fähigkeit zu denken abhandenkam. Sie schlang die Arme um Michelles Hals und drückte sich gegen ihren Körper. Gott, diese Frau verstand was vom Küssen.

Michelle stützte sich mit beiden Händen links und rechts von Amandas Kopf ab, so als würde sie ansonsten umfallen. Ihre Zunge beschrieb feurige Kreise auf Amandas.

Amanda krallte sich an ihren Schultern fest. Der Handlauf drückte gegen ihren Rücken, sodass sie die Hüften gegen Michelle presste. Michelles Stöhnen machte sie ganz atemlos.

Mit einem lauten *Bing* hielt der Aufzug in der obersten Etage.

Jemand räusperte sich wenige Meter von ihnen entfernt.

Michelles Körperwärme wich von Amanda zurück. Mit wackeligen Knien lehnte sie sich gegen die Wand des Aufzugs, richtete sich dann auf und stellte sich den neugierigen Blicken des Nachbarn, der vor dem Aufzug stand und sie anstarrte.

Mit einem gemurmelten Gruß schob sich Amanda an ihm vorbei und zog Michelle an der Hand hinter sich her.

Der Nachbar sah ihnen nach.

Die Aufzugtüren schlossen sich und schon waren sie allein im Hausflur.

Auf noch immer wackeligen Beinen taumelte Amanda zu ihrer Wohnungstür. Es dauerte fast eine Minute, ehe es ihr endlich gelang, den Schlüssel ins Schloss zu schieben. Als sich die Tür öffnete, drehte sie sich um und musterte Michelle, die hinter ihr wartete, sie aber nicht länger berührte.

Die Leidenschaft in Michelles braunen Augen schien diese fast zum Glühen zu bringen, aber ihr standen auch andere Gefühle ins Gesicht geschrieben. Verlangen. Zärtlichkeit. Zuneigung. Vielleicht sogar Liebe. Wenn sie Michelle jetzt mit in ihr Schlafzimmer nahm, dann würde das viel mehr bedeuten als nur die Befriedigung der sexuellen Anziehung zwischen ihnen. War sie dazu bereit?

»Sind dir Zweifel gekommen?«, fragte Michelle mit heiserer Stimme.

Amanda fuhr sich mit der Zunge über die Lippen, die von ihren Küssen leicht geschwollen waren. »Was wäre, wenn ich Ja sage?«

Michelle trat näher, aber nicht so nahe, dass sich ihre Körper berührt hätten. Sie nahm Amandas Gesicht in beide Hände und streichelte mit den Daumen ihre Wangen. »Dann würde ich dir einen keuschen Kuss auf die Wange geben und gehen.«

Amanda lächelte. Sie zweifelte nicht daran, dass Michelle genau das tun würde, aber ein keuscher Kuss und eine Nacht ohne Michelle waren nicht das, was sie wollte. Langsam schüttelte sie den Kopf. »Ich hab keine Zweifel.« Sie zog Michelle über die Türschwelle.

Das laute Klingeln eines Handys ließ beide aufstöhnen.

Fluchend ließ Amanda Michelles Hand los und suchte in ihrer Tasche nach dem Handy. »Tut mir wirklich leid. Ich vergesse ständig, das dumme Ding auszuschalten.«

»Äh, nein, diesmal nicht. Ich glaube, das ist meins.« Mit roten Wangen fischte sie das klingelnde Handy aus der Gesäßtasche ihrer Hose. »Worum geht's, Marty? Das ist jetzt wirklich kein geeigneter Zeitpunkt, um ...«

Eine ernst klingende Männerstimme antwortete, aber Amanda konnte nicht verstehen, was er sagte.

»Langsam, langsam«, sagte Michelle. »Was ist denn passiert?« Als der Mann antwortete, wurde sie bleich. »Meine Güte. Ist es schlimm?«

Stirnrunzelnd trat Amanda näher und berührte sie am Arm, um ihr zu zeigen, dass sie für sie da war.

Michelle sah auf und legte ihre freie Hand auf Amandas, während sie dem Mann am anderen Ende der Leitung zuhörte.

»Ja, klar. Ich bin in zwanzig Minuten da. Nein, brauchst du nicht. Das ist wirklich kein Problem. Bis gleich.« Michelle steckte das Handy wieder in die Tasche und lehnte sich kurz gegen Amanda.

Amanda rieb ihr den Rücken. »Was ist los?«

»Einer meiner Neffen und meine jüngste Nichte haben sich um ein Spielzeug gestritten. Jackson ist gegen den Couchtisch gekracht. Mein Bruder ist ziemlich sicher, dass er sich den Arm gebrochen hat. Sie müssen mit ihm ins Krankenhaus und ich soll vorbeikommen, um auf den Rest der Rasselbande aufzupassen.«

Amanda berührte sanft die Narbe an Michelles Augenwinkel. »Hört sich an, als seien die Kinder ein bisschen zu sehr wie du und dein Bruder, als ihr klein wart.«

Ein Lächeln huschte über Michelles Gesicht, aber ihre Augen schauten weiterhin besorgt drein. »Sieht so aus. Tut mir leid, dass ich nicht bleiben kann. So hab ich mir das Ende des Abends ganz sicher nicht vorgestellt.«

»Das ist schon okay. Vielleicht sollte es ja einfach noch nicht passieren. Ein bisschen länger zu warten ist sicher nicht schlecht.« Obwohl sie sich eindeutig zu Michelle hingezogen fühlte, gab es viel, was sie noch nicht von ihr wusste.

Michelle nickte, auch wenn eine Spur von Bedauern ihr ins Gesicht geschrieben stand. »Nein, sicher nicht. Du bist es wert, dass wir die Sache richtig angehen.«

»Soll ich mitkommen?«

Michelle schüttelte den Kopf. »So, wie ich meine Neffen und Nichten kenne, werden sie mich die halbe Nacht wachhalten, weil sie sich darum streiten, wer als Erster den neuen Gips ihres Bruders unterschreiben darf, und ihr Schauspielerinnen braucht euren Schönheitsschlaf.« Sie hob die Hand und streichelte Amandas Wange. »Aber ich würde morgen gerne ein wenig mit dir proben, wenn ihr dann immer noch streikt.«

»Gerne. Ich ruf dich an und dann können wir uns verabreden … für eine Probe, meine ich.«

Hand in Hand gingen sie die wenigen Meter zurück zum Aufzug.

Statt ihr einen Gutenachtkuss zu geben, umarmte Michelle sie.

Amanda verbarg das Gesicht an Michelles Hals und schlang ganz fest die Arme um sie, bevor sie nach ein paar Augenblicken wieder losließ.

Die Türen des Aufzugs öffneten sich.

»Halt mich auf dem Laufenden, wie es deinem Neffen geht«, sagte Amanda.

»Mach ich. Schlaf gut und träum was Schönes.« Eine letzte Berührung ihrer Fingerspitzen, dann schlossen sich die Aufzugtüren zwischen ihnen und Amanda stand allein im Treppenhaus.

# KAPITEL 7

»Wie ist Vegas?«, fragte Michelle.

Amanda lehnte sich gegen das Kopfende ihres Hotelbettes und drückte den Telefonhörer dichter ans Ohr, als würde das Michelle auch nur einen Zentimeter näher bringen. »Groß. Bunt.« In Gedanken fügte sie hinzu: *einsam.*

Als Walt verkündet hatte, dass sie zu einem Außendreh nach Las Vegas fliegen würden, war sie genauso begeistert gewesen wie der Rest der Besetzung, aber nach fünf Tagen begann sie so langsam, Michelle zu vermissen. Ihre abendlichen Telefongespräche konnten ein persönliches Treffen einfach nicht ersetzen, auch wenn jedes Gespräch sie einander näher gebracht hatte, denn so konnten sie sich besser kennenlernen, ohne durch die körperliche Anziehung abgelenkt zu werden.

»Wann kommst du nach Hause?«, fragte Michelle, als hätte sie eben über etwas ganz Ähnliches nachgedacht.

»Höchstwahrscheinlich am Sonntag«, sagte Amanda. »Morgen drehen wir in einem der großen Kasinos. Nick und ich ermitteln den Mord an einem Spieler, der versucht hat, das Kasino zu betrügen.«

Michelle lachte. »Hast du gemerkt, dass du klingst, als wärst du eine wirkliche Kommissarin?«

Hitze schoss in Amandas Wangen. Seit sie vor vier Wochen die Hauptrolle in *Central Precinct* übernommen hatte, tat sie fast nichts anderes mehr außer zu essen, zu schlafen und vor der Kamera zu stehen. Langsam begann die Grenze zwischen ihrer Rolle und der Wirklichkeit zu verwischen. Manchmal fühlte es sich so an, als wäre Michelle ihre einzige Verbindung zum wirklichen Leben. »Entschuldige. Was ich sagen wollte, ist, dass meine Figur …«

»Ist schon okay. Ich werde mich ganz sicher nicht beklagen, wenn du mit einem Paar Handschellen im Koffer nach Hause kommst.«

Der verführerische Tonfall brachte Amandas Herz zum Rasen. Sie fuhr sich mit der Hand über die Brust, hörte aber sofort auf, als sie merkte, dass ihre Nippel hart wurden. Sie schloss die Augen und konzentrierte sich auf den Klang von Michelles Atem, aber das half auch nicht gerade, als ihr Bilder von Michelle durch den Kopf schossen, wie sie sich schwer atmend auf einem Bett rekelte und sich Amandas Händen entgegenlehnte.

»Woran denkst du gerade?«, fragte Michelle.

»Äh …« Amanda bedeckte ihr heißes Gesicht mit der freien Hand. Sie konnte Michelle unmöglich verraten, woran sie eben gedacht hatte. Oder vielleicht doch?

»Du weißt doch, dass ich das mit den Handschellen als Witz gemeint habe, oder? Ich steh nicht auf Sadomaso.«

»Ich auch nicht.«

Gerade als Amanda allen Mut zusammennahm, um Michelle zu fragen, worauf sie dann stand, unterbrach sie ein Klopfen an der Tür ihres Hotelzimmers.

»Herrgott noch mal!« Amanda sprang vom Bett. Sie war nicht ganz sicher, ob sie froh oder verärgert sein sollte. »Warte mal kurz. Es klopft gerade. Vermutlich nur der Zimmerservice mit meinem Abendessen.« Sie legte das Handy aufs Bett und ging die Tür aufmachen.

Statt des Zimmerservice stand ihr Kollege Nick vor ihr. »Hallo. Ich dachte, weil wir heute schon etwas früher Drehschluss hatten, nutze ich die Gelegenheit, um mir ein paar Sehenswürdigkeiten anzusehen. Willst du mitkommen?« Er schenkte ihr eines der Lächeln, das ihm zwei Emmys und die Bewunderung unzähliger Frauen eingebracht hatte.

»Äh …« Amanda deutete über ihre Schulter zum Bett, wo ihr Handy lag. »Ich bin gerade am Telefon.«

Nick machte keine Anstalten zu gehen. »Kein Problem. Ich kann warten, wenn du willst.«

Normalerweise hätte sich Amanda gerne ein paar der Sehenswürdigkeiten von Las Vegas angesehen, aber sie wollte keine Minute ihrer kostbaren Zeit mit Michelle verschwenden. Außerdem hatte sie das Gefühl, dass Nick an ihr nicht nur als Begleiterin für eine Stadtrundfahrt interessiert war und sie wollte ihn nicht ermutigen. »Nein, danke. Heute nicht. Bis morgen früh will ich nur noch die Füße hochlegen und an nichts mehr denken, was irgendwie mit Arbeit zu tun hat.«

»Oh, ja, das kann ich gut verstehen. Dann vielleicht ein anderes Mal.«

Amanda nickte halbherzig. Als Nick gegangen war, schloss sie die Tür und ging zum Bett zurück. Nachdem sie es sich wieder bequem gemacht hatte, hob sie das Telefon ans Ohr. »Entschuldige. Das war nur einer meiner Kollegen.«

»Ich hab's gehört. Wolltest du denn nicht mit ihm mitgehen? Du musst nicht jeden Abend mit mir reden, weißt du?«

»Ich weiß. Ich möchte mit dir reden«, sagte Amanda, weil es stimmte. »Außerdem ist es keine so gute Idee, mir mit Nick die Stadt anzusehen.«

»Warum nicht? Nach allem, was du mir von ihm erzählt hast, scheint er ein ganz netter Kerl zu sein.«

»Ist er auch, aber …« Amanda seufzte. »Ich will nicht wie ein eingebildeter Hollywoodstar klingen, aber ich hab so das Gefühl, er interessiert sich für mich.«

»Oh. Na ja, ich kann es ihm nicht verdenken.«

Amanda schüttelte den Kopf, musste aber dennoch lächeln. »Alte Charmeurin.«

»Ich nenne nur Tatsachen, Ma'am. Ein paar Millionen Amerikaner stimmen mir da zu.«

»Hast du etwa eine Umfrage gestartet?«, fragte Amanda lachend.

»Nicht ganz, aber hast du dir mal die Einschaltquoten von *Central Precinct* angesehen? Seit du in der Serie mitspielst, sind sie in die Höhe geschossen.«

Sie hatte recht. Amanda informierte sich regelmäßig über die Einschaltquoten, zögerte aber, die steigende Beliebtheit der Serie lediglich ihrer eigenen Anwesenheit zuzuschreiben. »Es liegt bestimmt an den Drehbüchern. Wir haben einige sehr talentierte Autoren. Als ich dazustieß, hatten wir eine Folge, in der Detective Hallidays Vater ...«

»Die hab ich gesehen. Das Drehbuch war großartig – und die schauspielerische Leistung auch.«

Amanda lächelte. »Danke. Siehst du dir die Serie regelmäßig an? Bist du ein Fan von *Central Precinct*?«

»Ich bin ein Fan von dir«, sagte Michelle. »Und ich spreche nicht nur von deinem schauspielerischen Talent.«

Erneut machte Michelles Offenheit Amanda sprachlos. Sie konnte es plötzlich kaum erwarten, sie wiederzusehen, von Angesicht zu Angesicht mit ihr zu sprechen und ihr einen Kuss zu geben. *Oder ein paar Dutzend.* »Wann kann ich dich sehen?«

»Wann kommt dein Flugzeug an? Ich komm dich abholen.«

»Nein. Wir nehmen den spätesten Flug und landen erst um zwei Uhr nachts. Ich will nicht, dass du so spät noch durch L.A. fahren musst.«

»Das macht doch nichts«, sagte Michelle. »Ich bin nicht Aschenputtel und mein Auto verwandelt sich nicht um Mitternacht in einen Kürbis.«

Amanda schüttelte den Kopf, bis ihr wieder einfiel, dass Michelle es nicht sehen konnte. »Nein. Ich nehm mir ein Taxi und wir sehen uns dann ein anderes Mal.«

»Bist du sicher?«

»Ja. Du hast doch gesagt, dass du am Montag in aller Herrgottsfrühe ein Fotoshooting hast, und ich will nicht, dass du nach nur drei Stunden Schlaf zur Arbeit musst. Dein Job ist genauso wichtig wie meiner.«

Michelle wurde einen Moment lang ganz still, dann sagte sie: »Danke.«

»Wofür?«

»Die meisten meiner Ex-Freundinnen haben das anders gesehen. Sie dachten, nur ein paar Mal auf den Auslöser einer Kamera zu drücken, wäre keine richtige Arbeit.«

Amanda schnaubte. »So wie es auch keine richtige Arbeit ist, wenn man im Fernsehen so tut, als wäre man jemand anderes.«

»Genau.«

»Ich wünschte, es wäre so. Dann müsste ich jetzt nicht auflegen, um meine Dialogzeilen für morgen auswendig zu lernen.«

»Das ist nicht so schlimm«, sagte Michelle. »Ich muss ohnehin in ein paar Minuten los.«

»Oh, hast du ein heißes Date?« Amanda bemühte sich um einen scherzhaften Tonfall, aber sie konnte nicht umhin, sich ein wenig verunsichert zu fühlen. Sie hatten bisher noch nicht über die Zukunft ihrer Beziehung gesprochen oder darüber, dass sie sich nicht mit anderen Frauen verabreden würden.

»Könnte man so sagen. Ich treffe mich mit einer gut aussehenden Schauspielerin, um eine Folge von den *Golden Girls* und vielleicht auch noch *Ellen* zu schauen.«

Es dauerte ein paar Sekunden, bis bei Amanda der Groschen fiel. »Du bist mit meiner Großmutter verabredet?«

»Ja. Ich hab mir gestern auch *Central Precinct* mit ihr angesehen. Ich hoffe, das ist okay?«

»Natürlich. Wieso sollte es nicht okay sein?«

»Ich weiß nicht. Ich will nur nicht, dass du denkst, ich würde mich bei deiner Großmutter lieb Kind machen, um Pluspunkte bei dir zu sammeln.«

Amanda hatte das nicht mal einen Moment lang geglaubt. Sie wusste, dass Michelle das nicht tun würde. »Du glaubst, du bräuchtest Pluspunkte?«

»Kann sicher nicht schaden. Aber ich verbringe nur deshalb Zeit mit deiner Großmutter, weil ich sie mag. Und weil sie ohne deinen Großvater einsam ist, besonders jetzt, wo du in Vegas bist.«

Tränen brannten in Amandas Augen. »Ich weiß. Ich versuche ja auch, so viel Zeit wie möglich mit ihr zu verbringen, aber meine neue Rolle und …«

»Und deine neue Beziehung«, sagte Michelle, als Amanda verstummte. »Hör mal, ich will, dass du weißt, dass ich deine Zeit nicht für mich beanspruche. Ich weiß, dass das gerade ein harter und wichtiger Abschnitt deines Lebens ist. Mit deiner Arbeit und deiner Großmutter hast du schon alle Hände voll zu tun.«

Das Echo von etwas, das ihr erster Agent vor Jahren zu ihr gesagt hatte, geisterte durch Amandas Gedächtnis. *Wenn du den großen Durchbruch in Hollywood schaffen willst, dann verabschiede dich von deinem Privatleben. Und wenn du schon mit jemandem ausgehen willst, dann mit jemandem, der auch im Showbusiness ist. Wenn man bedenkt, wie viel Stunden du an Drehorten verbringen wirst, und dazu kommen noch all die Pressetermine, Interviews und Partys, würde eine Beziehung mit irgendjemandem sonst auch gar nicht funktionieren.* Weitere Tränen schossen ihr in die Augen und sie wischte sie wütend weg. Warum war sie heute bloß so emotional? Ein paar Tage weg von zu Hause zu sein, hatte sie doch sonst nie so aus dem Gleichgewicht gebracht. »Machst du etwa gerade mit mir Schluss?« Sie versuchte, es wie einen Scherz klingen zu lassen, aber sie konnte die Unsicherheit nicht ganz aus ihrem Tonfall fernhalten.

»Zum Teufel, nein.«

Die Entschlossenheit in Michelles Stimme ließ Amandas Tränen versiegen. »Ich bin ständig am Drehen oder reise herum. Das wird sicher nicht leicht werden.«

»Versuchst du, mit mir Schluss zu machen?«

»Ich versuche, dir Bedenkzeit zu geben«, sagte Amanda.

»Ich brauche keine Bedenkzeit.«

Schweigen breitete sich in der Leitung aus.

Amanda drückte den Hörer gegen ihr Ohr und flüsterte: »Ich auch nicht.«

»Gut.« Michelles tiefe, leicht belegte Stimme ließ Schmetterlinge durch Amandas Magengrube flattern. »Ich muss los, sonst komme ich zu spät zu meiner Verabredung mit meiner zweitliebsten Schauspielerin. Soll ich dich später zurückrufen, damit wir ein paar Zeilen proben können?«

»Warum hört sich das nur so schmutzig an?«

Michelle lachte. »Muss an deiner schmutzigen Fantasie liegen. Meine Absichten sind völlig rein. Na ja, die meisten wenigstens. Also, sind wir für später verabredet?«

»Du meinst für eine Probe.« Amanda grinste, als sie den alten Scherz zwischen ihnen wieder aufnahm. »Unsere erste offizielle Verabredung ist erst am Valentinstag.«

»Stimmt. Also, proben wir später zusammen?«

»Ich verlasse mich drauf«, sagte Amanda. Sie mochte es, mit Michelle zu reden, unmittelbar bevor sie schlafen ging. »Gib meiner Großmutter bitte eine dicke Umarmung von mir.«

»Mach ich. Bis später.«

Noch Minuten, nachdem sie aufgelegt hatten, lag Amanda auf dem Bett, das Handy an die Brust gedrückt, bis ein Klopfen an der Tür und die Ankündigung »Zimmerservice« sie aus ihren Gedanken riss.

»Wenn du dich auch nur einen Zentimeter bewegst, hast du ein Loch in deinem dämlichen Schädel!«, sagte Amanda und legte ein drohendes Knurren in ihre Stimme.

Papier raschelte am anderen Ende der Leitung. »Äh, *dämlich* steht nicht im Drehbuch. Zumindest nicht in der Version, die du mir gefaxt hast.«

Amanda sah auf ihre Kopie hinab. *Mist.* Michelle hatte recht. Amanda räusperte sich und versuchte es noch mal.

»Wenn du dich auch nur einen verdammten Zentimeter bewegst, hast du ein Loch im Schädel!«

Statt mit einer Dialogzeile zu antworten, lachte Michelle. »Ich hab so das Gefühl, du magst den Kerl, der den Verdächtigen spielt, nicht sonderlich.«

»Hä? Wie kommst du denn auf die Idee?«

»*Verdammt* steht auch nicht im Drehbuch.«

Amanda warf einen prüfenden Blick in ihre Kopie, welche natürlich keinerlei Schimpfworte beinhaltete, und stöhnte. »Ich mag ihn schon, aber das Drehbuch ist nicht so gut wie das von unseren anderen Folgen.« Sie nahm den Stapel Papier und warf ihn ans Fußende.

»Ach nein? Was wir bisher gelesen haben, schien mir ziemlich interessant zu sein.«

»Ja, die Handlung ist ganz okay, aber das Motiv unseres Schurken ergibt einfach keinen Sinn.« Amanda lehnte sich gegen das Kopfende und gab dem Drehbuch einen Tritt, der es zu Boden segeln ließ. »Er ist ein Buchhalter, der normalerweise keiner Fliege was zuleide tun könnte. Aber plötzlich tötet er ohne jede Vorwarnung einen Mann, den er noch nie zuvor gesehen hat. Ersticht ihn einfach ohne guten Grund.«

»Oh, er hatte einen sehr guten Grund«, sagte Michelle. »Liebe.«

Ihr Tonfall sandte das jetzt schon vertraute Kribbeln durch Amandas Körper. Sie zwang sich, sich auf die Unterhaltung zu konzentrieren. »Liebe?« Sie schnaubte. »Er und die Tochter des Kasinobesitzers haben während der gesamten Folge höchstens zwei Worte gewechselt. Sie kennen sich doch kaum.«

»Na schön. Vielleicht ist es nicht Liebe. Vielleicht ist es eher Verlangen. Das kann man dem armen Kerl nun wirklich nicht verdenken. Du hast gesagt, dass die Tochter des Kasinobesitzers von Grace Durand gespielt wird, und die Frau ist einfach heiß!«

»Heiß?« Eine Emotion, die sich verdächtig nach Eifersucht anfühlte, umfasste Amandas Herz mit eisernen Krallen.

»Kochend heiß. Oder bist du etwa anderer Meinung?«

»Na ja, vielleicht hast du recht.«

»Vielleicht?« Michelle klang ungläubig. »Ein Dutzend Zeitschriften wählen sie seit Jahren in die Top Ten der attraktivsten Frauen der Welt und sie hat gerade ein sechsstelliges Angebot vom *Playboy* ausgeschlagen.«

»So vertreibst du dir also die Zeit, während ich hier in Vegas bin. Du liest die Klatsch-und-Tratsch-Heftchen meiner Großmutter, stimmt's?« Amanda kicherte.

»Nein, man braucht keine Klatsch-Heftchen zu lesen, um das zu wissen. Das gehört zur Allgemeinbildung. Genau wie die Tatsache, dass sie heiß ist.«

Na schön, Grace Durand sah umwerfend aus, aber Amanda mochte die unverhohlene Bewunderung in Michelles Stimme trotzdem nicht, wenn sie über die berühmte Schauspielerin sprach. »Tja, ich schätze, es kommt drauf an, auf welche Attribute man so bei Frauen steht.«

Ein Rascheln deutete an, dass Michelle ihr Drehbuch auch vom Bett geworfen hatte. »Oh, jetzt wird's interessant. Worauf stehst du denn so? Was fällt dir zuerst auf, wenn du eine Frau kennenlernst?«

Amanda dachte kurz darüber nach. Was hatte sie an ihren Ex-Freundinnen besonders attraktiv gefunden? Wäre sie vor einigen Monaten gefragt worden, hätte sie wohl ebenfalls eine Frau wie Grace Durand beschrieben – langes, blondes Haar und sinnliche Kurven – aber Michelle sah völlig anders aus und dennoch war sie in letzter Zeit die Hauptdarstellerin in Amandas Tagträumen gewesen.

»Komm schon«, sagte Michelle, als Amanda schwieg. »Sag's mir. Worauf achtest du besonders?«

»Deine ... ich meine die Hände einer Frau«, sagte Amanda. Sie schloss die Augen und stellte sich Michelles starke Hände und ihre langen Finger vor. Sofort schlug ihre Vorstellungskraft einige interessante Dinge vor, die diese Hände mit ihr anstellen konnten. »Oh, ja, definitiv die Hände. Und der Hintern.« Und ihre Beine, ihre Arme und ihr Geruch. Ehrlich gesagt, mochte sie alles an Michelle. Sie öffnete die Augen, bevor sie sich in ihren Fantasien verlieren konnte. »Vielleicht ist Liebe ja doch gar kein so schlechtes Motiv für unseren Schurken.«

Michelle lachte. »Ich wusste doch, dass ich dich überzeugen kann. Sollen wir weiterproben?«

»Nein.« Amanda hatte das Interesse am Drehbuch verloren. »Jetzt will ich wissen, was dich anturnt.«

Stille.

»Michelle? Bist du noch da?«

»Äh, ja. Bin noch da. Hab nur eben an was nicht ganz Jugendfreies gedacht.« Michelle hustete. »Also, wie war noch gleich die Frage? Ach ja, richtig. Also, das Erste, was ich an einer Frau wahrnehme, sind meistens ihre Augen. Einem Paar großer, blauer Augen konnte ich noch nie widerstehen.«

*Große, blaue Augen. Vorhanden.*

»Und blonde Haare.«

*Auch vorhanden.*

»Ein hinreißendes Lächeln und Körbchengröße C können auch nicht schaden.«

Amanda warf einen spielerischen Blick unter ihr Pyjamaoberteil. *Ich würde mal sagen, da kann ich auch ein Häkchen setzen.* Sie räusperte sich. »Ähm, du weißt aber schon, dass du gerade mich beschreibst, oder? Na ja, mich und die Hälfte aller Schauspielerinnen in Hollywood.«

»Aber nur, weil du mich mitten in meiner Aufzählung unterbrochen hast«, sagte Michelle.

»Okay. Was ist sonst noch auf deiner Liste?«

»Nicht was. Wer«, sagte Michelle. »Du. Du bist auf der Liste. Ich würde sagen, das schränkt es doch etwas ein.«

Amanda lächelte. »Alte Charmeurin.«

»Nein, ich meine es ernst. Früher ging die Liste meiner Anforderungen nur bis zu dem Punkt mit Körbchengröße C, aber in den letzten Jahren hab ich festgestellt, dass ich das will, was meine Eltern und meine Großeltern hatten und was mein Bruder mit seiner Frau hat. Und dafür brauche ich eine Frau, die unabhängig ist, aber gleichzeitig auch Monogamie und Familie schätzt. Eine abenteuerlustige Frau, die zugleich bodenständig ist. Eine, die weiß, was sie will, und für ihre Ziele kämpft, ohne dabei skrupellos zu sein. Eine Frau wie dich.«

Amanda wusste nicht, was sie sagen sollte. Noch nie war der Wunsch, jemanden in den Armen zu halten, so übermächtig gewesen. Im Stillen verfluchte sie jeden der vierhundertsiebenundzwanzig Kilometer, die sie voneinander trennten.«

»Macht dir das Angst?«, fragte Michelle leise. »Wenn ich so was sage und uns mit all den glücklichen Paaren in meiner Familie vergleiche?«

»Nein. Ich bevorzuge ebenfalls Frauen, die wissen, was sie wollen, und für ihre Ziele kämpfen.«

Michelle schwieg einige Momente lang, dann seufzte sie voller Sehnsucht. »Gott, ich kann es nicht abwarten, dich zu sehen. Bist du sicher, dass ich dich nicht vom Flughafen abholen soll?«

Amandas Wünsche rangen mit ihrem Pflichtgefühl – und verloren schließlich den Kampf. »Ja, ich bin sicher. Du brauchst genug Schlaf, sonst bist du nicht fit fürs Fotoshooting am Montagmorgen.« Und sie brauchte einen Regisseur und Kollegen, die weiterhin glaubten, sie wäre hetero. Sie biss die Zähne zusammen. *Ich wette, eine Frau, die im goldenen Käfig von Hollywood gefangen ist und sich nicht outen kann, steht nicht auf deiner Liste.*

»Und aus! Nein, nein, nein. So kannst du das nicht spielen, Amanda.« Walt trat hinter seinem Bildschirm hervor und kam zu Amanda herüber. Er wedelte mit den Armen, als wollte er den Rest der Filmcrew davonscheuchen. »Fünf Minuten Pause für alle.«

Amanda zog den Kopf ein, als ihre Kollegen aufstöhnten. Sie hatten diese Einstellung jetzt schon viermal wiederholen müssen, weil sie es einfach nicht schaffte, die Gefühle ihres Charakters richtig darzustellen. Sie versuchte, tief durchzuatmen und sich zu konzentrieren, aber bei all dem Lärm um sie herum war das gar nicht so einfach. Spielautomaten klimperten hinter ihr, Münzen fielen klirrend in Metallschalen und Croupiers verkündeten lautstark die Gewinnzahlen.

Der Teil des Kasinos, den sie als Set benutzten, war ein einziges Chaos. Produktionsassistenten dirigierten zwei Dutzend Komparsen zurück zum Pokertisch und den Spielautomaten. Die Kameraleute rollten die Kamera zurück in die Ausgangsposition und die Techniker veränderten den Fokus der Scheinwerfer.

Die Kostümassistentin, die Setfriseurin und jemand von der Maske stürmten auf Amanda zu und zupften an ihren Haaren und ihrer Kleidung.

Walt ignorierte die drei Frauen und blieb vor Amanda stehen.

»Tut mir leid, Walt«, sagte Amanda. »Irgendwie ist das eine schwierige Szene für mich.«

»Sieh dich um. Was siehst du?«

»Ein Kasino?«

Walt schüttelte den Kopf. »Es ist nicht nur ein Kasino für Linda Halliday. Sie muss sich hier ihrer größten Schwäche stellen. Einer Schwäche, die ihre Karriere und ihr ganzes Leben ruinieren könnte, aber trotzdem kann sie nicht umhin, spielen zu wollen.«

Amanda wusste das natürlich, aber es fiel ihr trotzdem schwer, sich in ihren Charakter zu versetzen und nachzufühlen, was Linda Halliday empfand.

»Warst du noch nie nach irgendetwas süchtig?«, fragte Walt. »Hast nie in der Schule ein bisschen Gras geraucht oder so?«

Ihre Schulzeit hatte sie damit verbracht, in Aufführungen der Theater-AG aufzutreten und sich einzugestehen, dass sie lesbisch war, aber das konnte sie Walt nicht sagen, deshalb schüttelte sie lediglich den Kopf. Sie sah sich um, ignorierte dabei die Techniker, die Scheinwerfer und die Kameras und versuchte, das Kasino durch Detective Hallidays Augen zu sehen und sich vorzustellen, wie es wohl war, etwas so sehr zu begehren, dass es fast wehtat und sie bereit war, alles aufs Spiel zu setzen, nur um dieses Verlangen zu stillen.

Hatte sie so etwas jemals gefühlt?

Zuerst wollte sie spontan den Kopf schütteln, aber dann kam ihr ein Gedanke.

Sie hatte drei Jahre lang in einer heruntergekommenen Wohnung gelebt, die etwa so groß wie eine Schuhschachtel war, um all ihr Geld für Schauspielunterricht ausgeben zu können. Sie war mit fast vierzig Fieber zum Vorsprechen gegangen, um eine kleine Rolle in einem Film zu ergattern. War das nicht fast wie eine Sucht?

Dann fiel ihr noch etwas ein.

Was war mit Michelle? Gestern hatte sie bis drei Uhr nachts mit ihr telefoniert, obwohl sie wusste, dass sie es morgens vermutlich bereuen würde. Und sie überlegte ernsthaft, einen früheren Flug nach Hause zu nehmen und ihn selbst zu bezahlen, nur damit sie Michelle am Sonntag noch sehen konnte. Fühlte es sich so an, süchtig nach etwas zu sein?

*Nein*, sagte eine Stimme in ihrem Kopf, die klang wie die ihrer Großmutter. *So fühlt es sich an, verliebt zu sein.*

Verblüfft starrte sie Walt an. Sie hatte sich doch sicher nicht so schnell verliebt, oder? Sie und Michelle kannten einander seit nicht mal zwei Monaten. Sie waren offiziell noch nicht mal zusammen ausgegangen. In ihren bisherigen Beziehungen hatte es immer Monate gedauert, bis sie sich wohl genug gefühlt hatte, von Liebe zu sprechen. Aber ihr Herz schien sich nicht darum zu scheren.

»Alles in Ordnung mit dir?«, fragte Walt.

Amanda blinzelte. »Oh, ja. Ja, klar. Alles in Ordnung. In allerbester Ordnung. Ich glaube, ich weiß jetzt, wie ich die Szene spielen muss.«

Er tätschelte ihr die Schulter. »Gut. Dann lass uns das Ganze noch mal drehen.« Er winkte den Rest der Besetzung heran und trat hinter seinen Bildschirm zurück, während der Kameramann letzte Feinjustierungen durchführte.

»Ruhe, wir drehen!«, rief jemand.

Amanda ging zu dem Sandsäckchen, das ihre Position anzeigte, und versuchte, tief in die Figur, die sie verkörperte, einzutauchen. Sie stellte sich vor, sie würde Michelles Stimme hören und die seltsame Mischung von Emotionen fühlen, die das in ihr auslöste. Es war vertraut und beruhigend, als käme man nach langer Reise nach Hause, aber zugleich auch neu und aufregend und es brachte ihr Blut in Wallung.

Wie aus weiter Entfernung hörte sie den Regieassistenten rufen: »Ton ab.«

»Ton läuft«, antwortete einer der Tontechniker.

»Kamera ab.«

»Kamera läuft.«

»Klapp«, rief der Regieassistent.

Die Klappe fiel krachend zu.

Als Walt »Action« rief und die Kamera für eine Großaufnahme näherkam, lockerte Amanda langsam ihre zur Faust geballten Finger und sah auf die Würfel auf ihrer Handfläche hinab. Sie sah sie an, als wären sie etwas, wonach sie sich ihr ganzes Leben lang gesehnt, aber bisher nie bekommen hatte. Jetzt war es in Reichweite, aber mit einem hohen Preis verbunden, genau wie die langersehnte Rolle, die sie davon abhielt, Michelle wiederzusehen.

Sie starrte die Würfel an, ohne zu wissen, wie viel Zeit verging, dann schloss sie die Hand zur Faust und hob sie, als wollte sie die Würfel auf den grünen Filz des Spieltisches werfen. Im letzten Moment ließ Amanda sie stattdessen zu Boden fallen, drehte sich um und ging davon.

»Und aus«, rief Walt und rannte auf sie zu.

Die Komparsen sprangen eilig aus dem Weg.

Amanda schluckte. Hatte sie noch ein Take versaut?

Walt packte sie an der Schulter und schüttelte sie sanft. »Fantastisch! Woran du auch immer gedacht hast, es hat funktioniert. Das war perfekt. Lasst uns Mittagspause machen, Leute!«

Als er davonging, wagte Amanda es, auszuatmen.

Nick schlenderte zu ihr herüber. »Das sah richtig gut aus. Diese Folge könnte dir einen Emmy einbringen.«

Das riss Amanda endlich aus ihrer Erstarrung. Sie blickte zu ihm auf. »Glaubst du wirklich?«

»Wieso denn nicht? Der Ausdruck auf deinem Gesicht ... wow. Man konnte wirklich glauben, dass du gegen eine Spielsucht ankämpfst.«

»Äh, danke.«

»Heute ist ja unser letzter ganzer Tag in Vegas. Wenn wir es schaffen, alle Szenen rechtzeitig im Kasten zu haben, wie wäre es heute Abend mit einer Stadtrundfahrt?« Er bedachte sie mit einem erwartungsvollen Blick.

Amanda unterdrückte ein Seufzen. »Ich dachte, du hättest dir die Stadt gestern schon angesehen?«

»Ja, schon, aber manche Dinge sind es wert, dass man sie sich zweimal ansieht, besonders, wenn man die richtige Begleitung hat.«

Sie schüttelte den Kopf. »Nein, danke.«

»Du interessierst dich nicht so für Sehenswürdigkeiten, oder? Wenn es dir lieber wäre, können wir auch einfach nur essen gehen oder ...«

»Nein, das ist es nicht. Hör mal …« Amanda zögerte. Wenn sie in der Vergangenheit einer ihrer männlichen Kollegen zum Essen einladen wollte, hatte sie ihm gesagt, dass sie lesbisch war. Aber damals hatte sie auch keine Karriere gehabt, auf die es Rücksicht zu nehmen galt, und musste sich nicht darum sorgen, von nun an nur noch für lesbische Filme engagiert zu werden. Zwar hatte sich Hollywood genau wie der Rest der Gesellschaft verändert und sich zu outen würde nicht unweigerlich ihre Karriere beenden, aber es konnte ihr doch einige Chancen verbauen.

»Ach, so ist das«, sagte Nick. »Du bist in einer Beziehung.«

»Ja. Noch nicht lange, aber ich denke, es könnte etwas ganz Besonderes werden«, sagte Amanda und musste sich dabei nicht auf ihr schauspielerisches Können verlassen.

Nick sah enttäuscht aus. »Tja dann …« Langsam kehrte das Grinsen auf sein Gesicht zurück. »Das Angebot steht. Wie sagt man so schön … Was am Drehort passiert, bleibt am Drehort.«

»Sehr verlockend.« Sie hielt ein sarkastisches Grinsen zurück. »Aber ich bin eher der altmodische, treue Typ, also danke, aber nein danke.«

Nick zuckte mit den Schultern. »Dein Verlust«, sagte er und ging davon.

*Pah. Schauspieler.* Es war ihr ein Rätsel, warum irgendjemand sich mit einem Hollywoodstar mit einem Ego von der Größe Kaliforniens einlassen wollte, aber natürlich war sie froh, dass Michelle diesbezüglich ihre Meinung geändert hatte. Noch immer den Kopf schüttelnd, gesellte sie sich zu Lorena, die am Cateringtisch in einer Ecke des Kasinos stand. Nachdem sie bis drei Uhr nachts mit Michelle am Telefon gehangen hatte, hatte sie prompt verschlafen und war ohne Frühstück an den Set geeilt. Jetzt knurrte ihr der Magen. Sie nahm sich ein Sandwich und biss herzhaft hinein.

Lorena drehte sich mit einem Obstsalat zu ihr um. Sie sah zu, wie Amanda ihr Sandwich verschlang. »Es ist mir ein Rätsel, wie du so essen und trotzdem so schlank bleiben kannst.« Seufzend nagte sie an einem Stück Ananas.

Da sie den Mund voll hatte, zuckte Amanda nur mit den Schultern. Sie zog es vor, zu essen, was sie wollte, und dafür ein paar Stunden im Fitnessstudio zu verbringen, statt ständig Kalorien zählen zu müssen.

»Und am Set hast du auch den ganzen Spaß. Alles, was ich den lieben langen Tag mache, ist, Leichen aufzuschneiden und mit medizinischen Fachbegriffen um mich zu werfen, während du im Kasino spielen darfst. Wie das wohl kommt?« Vorwurfsvoll stupste sie einen der Drehbuchautoren an, der daraufhin fast seinen Kaffee verschüttete.

Er setzte den Pappbecher ab und hielt die Hände in die Höhe. »Was hast du denn erwartet? Immerhin spielst du die Gerichtsmedizinerin in einer Krimiserie.«

»Ja, schon, aber wie wäre es mal mit etwas Abwechslung? Vielleicht könntet ihr ja eine Liebesgeschichte ins Drehbuch schreiben oder so.«

Amanda schüttelte den Kopf. »Bitte ermutige ihn nicht auch noch, sonst wirft Detective Halliday bald ihrem Partner verliebte Blicke zu.« Sie mochte die fiktive Ermittlerin genau so, wie die Autoren sie konzipiert hatten – als starke, unabhängige Frau, die ihre Schwächen hatte.

»Bloß nicht.« Lorena verzog das Gesicht. »Zwischen euch beiden stimmt die Chemie einfach nicht. Schätze, große, attraktive Dunkelhaarige sind nicht dein Typ.«

Amanda verkniff sich ein Grinsen. »Oh, große, attraktive Dunkelhaarige sind genau mein Typ.«

Lorena bedachte sie mit einem wissenden Lächeln. »Ah, verstehe. Dein eigener großer, attraktiver Dunkelhaariger wartet zu Hause auf dich.«

Amanda wollte sich nicht in eine Lage manövrieren, in der sie bezüglich Michelles Geschlecht lügen musste, also nickte sie nur. »Und du? Wartet zu Hause auch jemand auf dich?«

Lorena stellte den Becher mit ihrem Obstsalat beiseite und zog einen Verlobungsring hervor, den sie an einer Kette unter ihrer Bluse trug. »Die langweilige Dr. Castellano ist single, deshalb kann ich den Ring nicht tragen, während wir drehen.«

»Oh, wow. Du bist verlobt? Das wusste ich nicht.«

»Seit wir die Emmys gewonnen haben und der ganze Medienrummel losgegangen ist, versuche ich, meinen Beruf und mein Privatleben getrennt zu halten.«

Amanda würde das auch tun müssen, sogar noch mehr als Lorena. Sie biss die Zähne zusammen. »Bist du glücklich? Ich meine … Beziehungen sind auch so schon schwer genug, aber wenn dann noch unsere langen Drehtage und ständige Außendrehs dazukommen … Wie schaffst du es, dass deine Beziehung nicht drunter leidet?«

»Rafe ist Lehrer, deshalb kann er mich in den Sommerferien zu Drehorten begleiten. Aber ich will dir nichts vormachen. Die meiste Zeit über ist es nicht einfach. Mit ganz vielen Telefonaten kommen wir irgendwie über die Runden.« Lorena rang sich ein Lächeln ab und zwinkerte ihr zu. »Und mit ganz vielen kalten Duschen.«

»Ach so, deshalb wünschst du dir eine heiße Affäre für Dr. Castellano«, sagte der Drehbuchautor. »Sexuelle Frustration.«

Lorena antwortete mit einer schlagfertigen Bemerkung, aber Amanda hörte nicht weiter zu. Sie ahnte, dass sie in Zukunft auch sehr viele kalte Duschen nehmen würde.

# KAPITEL 8

Als sie am Flughafen von L.A. landeten und aus dem Flugzeug stiegen, wäre Amanda fast niedergekniet und hätte den Boden geküsst. In Las Vegas zu filmen, war wundervoll gewesen, aber sie war noch nie so froh gewesen, wieder zu Hause zu sein.

Als sie die Gepäckabholung verließen, wurde Nick sofort von einem Dutzend weiblicher Fans umringt, die Autogramme haben wollten, und ein breitschultriger Mann, den sie als ihren Verlobten vorstellte, wirbelte Lorena herum und küsste sie, als ginge es um sein Leben.

Amanda stand allein mit ihrem Koffer da und vermisste Michelle so sehr, dass es wehtat. *Du hast ihr doch gesagt, dass sie dich nicht abholen soll, schon vergessen?* Seufzend folgte sie ihren Kollegen durch die Glasschiebetüren – und blieb abrupt stehen.

Auf dem Parkplatz für Kurzzeitparker stand Michelle an ihren Geländewagen gelehnt und strahlte sie an.

Amanda blinzelte. Einen Moment lang war sie nicht sicher, ob Michelle wirklich da war oder ob sie sich das nur einbildete. Aber dann hob Michelle eine Hand und winkte. Amanda wäre gerne hingerannt und hätte sie genauso begrüßt wie Lorena ihren Verlobten, aber mit ihren Kollegen ganz in der Nähe traute sie sich das nicht.

Michelle machte einen Schritt auf Amanda zu, aber als Amanda sich nicht auf sie zubewegte, zögerte sie.

»Hey, Amanda«, rief Lorena und sah über die Schulter zu ihr zurück. »Kommst du? Rafe kann dich nach Hause fahren.«

»Äh, nein, nicht nötig. Ich hab jemanden, der mich abholt.« Sie zeigte in Michelles Richtung.

Lorena sah zum Geländewagen und seiner Besitzerin. »Ah, dein heißer Freund, wegen dem du jede Sekunde, in der wir nicht gedreht haben, am Telefon gehangen hast.«

Je länger Amanda Michelle kannte, desto weniger verstand sie, wie man sie für einen Mann halten konnte. Ihre sinnlichen Lippen waren viel zu weich für einen Mann. »Äh, ja, so was in der Art.«

Lorena antwortete vermutlich, aber Amanda hörte nicht mehr hin. Angezogen von den sanften braunen Augen überquerte sie den Parkplatz. Mit dem Koffer zwischen ihnen hielt sie an und betrachtete sie aus einem Meter Entfernung. Als sie in Vegas gewesen war, hatte sie sich in allen Einzelheiten vorgestellt, was sie tun würde, wenn sie Michelle wiedersah, aber in ihren Fantasien waren weder ihre Kollegen noch ihre plötzliche Schüchternheit vorgekommen.

»Hi«, sagte Michelle sanft. »Alles in Ordnung?«

Amanda nickte und beschloss, auf ihre Kollegen zu pfeifen. Sie ließ sich in Michelles Arme sinken und stolperte dabei fast über den Koffer.

Michelle stieß den Koffer beiseite und zog Amanda an sich. »Wirklich alles in Ordnung mit dir?«, flüsterte sie. Ihr Atem streifte Amandas Haar.

Amanda vergrub das Gesicht tiefer in Michelles Lederjacke und atmete ihren Geruch ein. Schließlich nickte sie. »Ich bin nur müde. Wir haben bis zur letzten Minute gedreht und dann hat im Flugzeug so ein Kind die ganze Zeit gegen meinen Sitz getreten.« Sie zögerte, beschloss dann aber, ehrlich zu sein. »Und, na ja …« Sie sah über die Schulter zurück zu ihren Kollegen, die gerade dabei waren, ihr Gepäck in den Kofferraum und auf den Rücksitz von Rafes Auto zu laden. »Meine Kollegen wissen nicht, dass ich lesbisch bin.«

»Oh.« Michelle ließ sie los und trat einen Schritt zurück. »Wolltest du deshalb nicht, dass ich dich abhole?« Sie klang verletzt.

Mit zwei schnellen Schritten war Amanda bei ihr und schloss sie wieder in die Arme. Die Konsequenzen waren ihr jetzt egal. »Nein. Ich wollte hauptsächlich, dass du zu Hause bleibst, weil ich möchte, dass du morgen zum Fotoshooting ausgeruht bist. Es ist nur … Ich bin nicht sicher, welche Folgen das für meine Karriere haben könnte. Schauspieler können nicht mal dann ein Geheimnis für sich behalten, wenn's um ihr Leben geht, wenn ich mich also meinen Kollegen gegenüber oute, dann weiß es in ein paar Stunden ganz L.A.«

»Einige können Geheimnisse aber doch ganz gut für sich behalten«, sagte Michelle. »Oder hat dir deine Großmutter etwa verraten, dass ich dich abholen komme?«

»Sie wusste davon? Nein, sie hat kein Wort gesagt, diese raffinierte alte Frau. Wie geht es ihr?«

»Genau wie mir«, sagte Michelle und sah ihr tief in die Augen. »Wir vermissen dich.«

»Ich hab euch auch vermisst. Ich bin so froh, dass du nicht auf mich gehört hast und mich abholen gekommen bist.« Amanda stellte sich auf die Zehenspitzen, ließ beide Hände über den muskulösen Rücken unter der Lederjacke gleiten und presste ihren Mund auf Michelles.

Der Kuss wurde sofort leidenschaftlicher.

Eine von Michelles Händen glitt unter Amandas Bluse und berührte die nackte Haut ihres Rückens. Jeder Zentimeter ihres Körpers schien in Flammen aufzugehen.

Stöhnend drückte Amanda sich an sie und schob ein Bein zwischen Michelles Oberschenkel.

Michelles Schlüssel landeten klirrend am Boden. Das Geräusch ließ sie auseinanderfahren. Erst jetzt stellte Amanda fest, dass Rafes Auto davongefahren war, ohne dass sie es bemerkt hatte. Schwer atmend legte sie den Kopf auf Michelles Brust.

Als Michelle einen Finger ihren Hals hinaufgleiten ließ, lief eine Gänsehaut Amanda Rücken hinab.

»Tja«, sagte Michelle und musste sich dann erst mal räuspern. »Schätze, du hast dich gerade geoutet.«

Amanda schüttelte den Kopf und genoss das glatte Leder unter ihrer Wange. »Lorena denkt, du wärst ein Mann, und ich hab den Irrtum nicht aufgeklärt.« Sie sah hinauf und musterte Michelles gerötetes Gesicht. »Stört dich das?«

»Ich würde lügen, wenn ich sagen würde, es macht mir gar nichts aus, aber ich weiß, dass es nicht leicht ist, als Schauspielerin in Hollywood offen lesbisch zu leben. Ich werde dich unterstützen, ganz egal, was du tun möchtest.«

Ihre Worte ließen Amanda sich nur noch schuldiger fühlen. »Aber jeder in deinem Leben weiß, dass du lesbisch bist, oder?«

Michelle nickte. »Ja, das wissen alle spätestens seit ich fünf war und *In der Hitze des Gefechts* gesehen habe. Als der Abspann lief, hab ich mich vor meine Familie hingestellt und erklärt, dass ich, wenn ich groß bin, Josephine Mabry heiraten würde.«

Amanda lachte, völlig entzückt von der Geschichte. Die musste sie unbedingt ihrer Großmutter erzählen. Selbst mit zweiundachtzig war eine Schauspielerin immer noch nicht immun, wenn es darum ging, eine so schmeichelhafte Geschichte zu hören. »Was hat deine Familie dazu gesagt?«

»Gar nichts. Sie haben mich bloß geschockt angestarrt. Schließlich hat mein Großvater sich geräuspert und gesagt: ›Na ja, ich gebe zu, sie ist eine gut aussehende Dame, aber … meinst du nicht, dass sie ein bisschen zu alt für dich ist?‹«

»Dein Großvater klingt wie ein wundervoller Mann.« Michelle schien ihm zu ähneln.

»Ja, das war er. Immer, wenn ich mich jemandem gegenüber oute, muss ich an diese erste, positive Erfahrung denken. Nicht, dass ich da groß eine Wahl hätte. Die Leute müssen mich nur ansehen und denken sofort, dass ich lesbisch bin. Es ist ein Vorurteil, aber in meinem Fall stimmt es.«

Amanda seufzte. Eine Wahl zu haben, machte die Sache nicht einfacher. Sie rieb sich die Augen, die durch den Schlafmangel und die trockene Luft im Flugzeug brannten.

»Komm.« Michelle massierte kurz Amandas Nacken, bevor sie ihre Hand dann ihren Rücken hinabgleiten ließ und sie hinüber zu ihrem Auto führte. »Wir sollten zusehen, dass wir dich nach Hause und ins Bett kriegen.«

Ihre Worte ließen Amandas müden Körper kribbeln, obwohl sie wusste, dass Michelle es nicht so meinte, wie es geklungen hatte. *Bald,* schwor sie sich. *Sehr bald.*

»Wir sollten wirklich aufhören, uns so zu treffen«, sagte Michelle, als sie erneut vor Amandas Wohngebäude standen und zögerten, sich zu verabschieden, obwohl Amanda alle paar Sekunden gähnen musste.

Michelle hatte darauf bestanden, ihr den Koffer bis zur Tür zu tragen, und nun wechselte sie ihn ständig von einer Hand zur anderen, sodass Amanda nicht umhin konnte, ihre starken Hände zu beobachten.

Auf dem Weg vom Flughafen hatte Michelle das Licht im Geländewagen angelassen und das Lenkrad so fest umklammert, dass die Sehnen und Muskeln in ihren Handrücken deutlich hervortraten.

»Hör auf damit.« Amanda gab ihr einen Klaps auf den Hintern. »Ich weiß genau, was du da machst.«

»Ich?« Michelle berührte ihre Brust mit einer Hand.

»Ja, du. Siehst du, du tust es schon wieder. Du quälst mich, indem du ständig meine Aufmerksamkeit auf deine Hände lenkst, nur weil ich dir gesagt habe, dass ich auf Hände stehe.«

Michelle schüttelte den Kopf. »Ach, das ist doch kein Quälen, glaub mir. Eine Qual ist es vielmehr, sich so sehr zu wünschen, mit dir nach oben zu kommen, dass es fast wehtut, aber zu wissen, dass es keine gute Idee wäre.«

Amanda spielte mit dem obersten Knopf ihrer Bluse, als sie sich an das letzte Mal erinnerte, als Michelle sie hinauf in ihre Wohnung begleitet hatte. Die Fahrt im Aufzug hatte sich seither während vieler einsamer Nächte in Endlosschleife in ihrem Kopf abgespielt.

»Und eine Qual ist die Art, wie du an deinem Knopf herumfummelst und meine Aufmerksamkeit auf deine Brüste, Körbchengröße C, lenkst.«

»Ups.« Amanda merkte, was sie da gerade tat, und ließ den Knopf los. »Tut mir leid. Der Geist ist mehr als willig, aber das Fleisch ist schwach.«

»Ich weiß. Du siehst aus, als würdest du jeden Moment umkippen, und zwar nicht, weil dir bei meinem Anblick die Knie weich geworden sind.«

»Ja. Ich bin völlig k.o.« Den ganzen Tag lang intensive Gefühle vor der Kamera heraufzubeschwören, war anstrengend, vor allem, weil sie in der Nacht davor kaum geschlafen hatte.

»Lass mich den Koffer für dich raufbringen.«

»Damit du mich mit dem Anblick deines Hinterns noch ein bisschen mehr quälen kannst?« Amanda schüttelte den Kopf. »Nein, danke.«

Wie auf eine stumme Vereinbarung hin, beließen sie es bei einem kurzen, sanften Gutenachtkuss. Als Michelle sie in ihre Arme zog, vergrub Amanda ihr Gesicht in Michelles Halsbeuge, atmete tief ein und wünschte sich, sie könnte mit diesem Geruch in der Nase einschlafen. Wenn sie hier noch länger herumstanden, würde sie es vermutlich tun. »Himmlisch«, murmelte sie.

Michelle wich ein paar Zentimeter zurück, um sie anzusehen. »Hast du gerade ›himmlisch‹ gesagt?« Ein Grinsen breitete sich auf ihrem Gesicht aus.

»Kann ich was dafür, wenn du so gut riechst? Das ist auch die reinste Folter.« Amanda presste ihre nun heiße Wange noch ein paar Augenblicke länger gegen Michelles Hals und küsste dann ihre weiche Haut, bevor sie zurücktrat. »Ruf mich kurz an, wenn du nach Hause kommst, damit ich weiß, dass du gut angekommen bist.«

»Nein. Wenn ich zu Hause ankomme, schläfst du schon längst und ich will dich nicht aufwecken.«

»Ruf mich an«, sagte Amanda bestimmter.

Michelle seufzte. »Ich musste ja unbedingt sagen, dass ich eine Frau bevorzuge, die weiß, was sie will.«

Amanda lächelte und unterdrückte ein weiteres Gähnen. »Sieht so aus, als wäre dein Wunsch in Erfüllung gegangen.«

»In der Tat.« Michelle küsste sie, trat aber zurück, bevor der Kuss außer Kontrolle geraten konnte, und ging davon.

Amanda sah zu, wie sie in ihren Geländewagen stieg und davonfuhr. Als ihre Rücklichter in der Ferne verschwanden, ging sie mit brennenden Augen zum Fahrstuhl. Sie war eingeschlafen, noch bevor ihr Kopf richtig auf dem Kissen lag, und wachte nicht mal auf, als Michelle sie eine halbe Stunde später anrief.

# KAPITEL 9

»WEISST DU SCHON, WANN DU morgen Abend nach Hause kommen wirst?«, fragte Michelle, als Amanda sie kurz vor dem Schlafengehen anrief, so wie sie das in der letzten Zeit immer getan hatte. »Ich hab mir überlegt, dass ich dich gerne zu einem … zum Proben in ein Restaurant deiner Wahl einladen würde.«

Amanda seufzte. »Ich würde liebend gerne mit dir proben, aber morgen sind Nachtdreharbeiten angesagt. Wir könnten uns aber morgen früh treffen. Ich muss erst mittags am Set sein, falls du also Zeit hast …«

Jetzt war es an Michelle zu seufzen. »Tut mir leid. Ein Verlag hat mir angeboten, ein Buch mit meinen Arbeiten zu veröffentlichen. Erinnerst du dich an die Aufnahme von dem alten Mann, das in meiner Wohnung hängt? Ich hab eine ganze Strecke in dem Stil gemacht und morgen früh will der Verlag mit mir über den Vertrag reden.«

»Oh, wow, das ist ja toll! Herzlichen Glückwunsch!« Amanda war so stolz, dass sie fast platzte.

»Ja, aber ich werde erst feiern, wenn ich den Vertrag unterzeichnet habe. Oder besser erst, wenn ich das gedruckte Buch in den Händen halte.«

»Hey, warum bist du so pessimistisch? Wo ist deine optimistische Lebenseinstellung?«

Michelle seufzte. »Es ist wirklich eine einmalige Chance. Unsere Karrieren laufen beide super, aber manchmal kann ich nicht umhin, mich zu fragen, ob wir es jemals schaffen werden, mehr Zeit füreinander zu finden. Bilde ich mir das nur ein oder arbeitest du sogar mehr als sonst?«

»Ja. Wir drehen gerade einen Handlungsstrang, der sich über mehrere Episoden hinzieht. Detective Halliday wird entführt, deshalb dreht sich fast alles bloß um mich und ich verbringe mehr Zeit vor der Kamera.« Was einerseits natürlich gut für ihre Karriere war, aber andererseits dazu führte, dass sie kaum Zeit mit ihrer Großmutter und mit Michelle verbringen konnte.

Michelle schwieg eine Weile.

»Alles in Ordnung?«

»Ja. Bei dem Wort *entführt* bin ich bloß etwas abgedriftet. Vielleicht ist es das, was ich tun muss, um endlich etwas Zeit mit dir verbringen zu können ... dich entführen.«

»Tut mir leid.« Seit sie letzte Woche aus Las Vegas zurückgekommen waren, sah ihr Drehplan wie eine Anleitung zum Burn-out aus und das würde sich auch so schnell nicht ändern.

»Nein. Du musst dich nicht entschuldigen. Immerhin ist es dein Beruf und du bist verdammt gut darin. Deine Großmutter und ich haben neulich die Folge gesehen, in der du einen Verdächtigen durch den Wald jagst. Ganz schön beeindruckend.«

Amanda stöhnte. »Die Szene mussten wir etwa tausend Mal drehen, bis wir sie endlich im Kasten hatten. Walt zieht es vor, nur für die allergefährlichsten Szenen Stuntdouble zu benutzen, deshalb musste ich selbst über den Fluss springen. Na schön, vielleicht war es eher ein Bach, aber ich hab mir trotzdem fast das Bein gebrochen.«

»Ja, das hat ganz schön gefährlich ausgesehen. Deine Großmutter war ein bisschen besorgt.«

»Und du?«, fragte Amanda, nur halb im Scherz. »Warst du auch besorgt?«

»Ein wenig, aber als du den Verdächtigen dann zu Boden geworfen hast ...« Sie räusperte sich. »Ich hätte einen Arm, ein Bein und meine Lieblingskamera dafür gegeben, wenn ich diejenige hätte sein können, die mit dir auf dem Waldboden herumrollt.«

Ihre Stimme wurde mit jedem Wort rauer. Hitze durchströmte Amandas Bauch. »Du weißt aber schon, dass ich gleich ins Bett muss? In mein kaltes, einsames Bett. Um zu schlafen. Und du trägst nicht gerade dazu bei, dass ich mich schläfrig fühle.«

Michelle lachte.

*Gott, ich liebe ihr Lachen.*

»Du bist also schon bettfertig?« Michelle zog ihre Worte in die Länge. »Was hast du denn an?«

»Oh, nein. Nein, nein, nein. Tu mir das nicht an.«

»Was tue ich denn mit dir?« Michelles Tonfall war die reinste Verführung.

Amanda ließ ihre Fingerspitzen unter den Bund ihres Slips gleiten. Ihre Haut schien zu glühen. Sie schloss die

Augen und stoppte die Bewegung ihrer Hand. »Ich könnte
es dir sagen«, sagte sie im selben Tonfall. »Aber ich würde
es dir viel lieber zeigen.«

Michelle schnappte hörbar nach Luft. »Ich könnte in
einer halben Stunde da sein, plus minus ein paar Verstöße
gegen die Straßenverkehrsordnung.«

Neckten sie einander immer noch? Amanda war nicht
sicher. Ihr Körper verlangte, dass sie Ja sagte, aber ein
letztes bisschen Vernunft hielt sie zurück. »Das ist das
verführerischste Angebot, das ich bekommen habe, seit die
Produzenten von *Central Precinct* angerufen haben, aber ich
will mehr als nur einen Quickie, nach dem sich dann eine
von uns mitten in der Nacht wegschleicht, weil sie in aller
Herrgottsfrühe Drehbeginn oder ein Fotoshooting hat.«

Na, das lief ja ganz und gar nicht nach ihrem üblichen
Beziehungsdrehbuch. Normalerweise sagte sie nicht Nein,
wenn ihre Freundin mit ihr schlafen wollte, ohne groß
darauf zu achten, ob ihre Beziehung eine solide Grund-
lage hatte oder nicht. Vielleicht war das einer der Gründe,
warum ihre Beziehungen bisher nie lange gehalten hatten.

»Ich will dasselbe«, sagte Michelle. Der scherzhafte
Tonfall war nun verschwunden. Sie atmete hörbar aus
und ein. »Sei bei eurem Nachtdreh bitte vorsichtig. Keine
gefährlichen Stunts und kein über den Waldboden rollen
mit Lorena Gonzales.«

Amanda lachte. »Keine Sorge. Lorena ist verlobt mit
dem Mann, der ihre Koffer getragen hat, und ich hänge
auch ziemlich an jemandem.«

»Du hängst an jemandem, hmm?« Nach dem Klang ihrer Stimme zu urteilen, grinste Michelle von einem Ohr zum anderen. »Tja, dieser Jemand hängt auch ziemlich an dir.«

»Also sind wilde Knutschereien mit den Models bei Fototerminen in Zukunft für dich tabu?«

»Sieht ganz so aus, als müsste ich die aus meinem Arbeitsalltag streichen. Es sei denn … Ich könnte an deinem nächsten freien Tag ein paar Fotos von dir machen. Ich weiß zufällig, dass deine Großmutter bald Geburtstag hat, und ich bin sicher, sie hätte gerne ein neues Foto von dir.«

Obwohl sie ihren Lebensunterhalt vor der Kamera verdiente, mochte es Amanda nicht sonderlich, fotografiert zu werden, aber vielleicht war es mit Michelle als Fotografin ja anders. »Einverstanden. Wir beide haben ein Rendezvous mit deiner Kamera.«

»Ein Rendezvous.«

Lachend rollte Amanda mit den Augen. »Rendezvous. Probe. Nenn es, wie du willst.«

»Dann ist es definitiv ein Rendezvous. Ruf mich einfach an, wenn du Zeit hast. Ach und Amanda? Zieh was an, was sexy ist.«

»Sexy?«

»Ich dachte da an einen Spitzen-BH und …«

Amanda schüttelte den Kopf. »Ich glaube nicht, dass meine Großmutter sonderlich begeistert wäre, wenn sie ein Foto von mir im Spitzen-BH zum Geburtstag bekommt.«

»Deine Großmutter vielleicht nicht, aber ich schon.«

»Du kleiner Lustmolch, du.«

»Vielleicht bin ich ja ein Lustmolch«, sagte Michelle. »Aber ich bin dein Lustmolch.«

Beide schwiegen ein paar Augenblicke lang, als sie sich eingestanden, dass ihre Beziehung sich unwiderruflich verändert hatte. Schließlich räusperte sich Amanda und sagte: »Ja, das bist du. Gute Nacht.«

»Gute Nacht. Träum was Schönes.«

Amandas Haar klebte ihr im Gesicht und sie musste gegen den Drang ankämpfen, sich den Schweiß von der Stirn zu wischen, wohl wissend, dass es ihr in stundenlanger Kleinarbeit aufgetragenes Spezialeffekt-Make-up ruinieren würde. Künstliche blaue Flecken umgaben ihre Augen, ein vor Filmblut triefender Schnitt klaffte zwischen ihren Augenbrauen und eine Schürfwunde zog sich quer über ihre linke Wange.

Jeder ihrer Muskeln schmerzte, nachdem sie nun schon seit Stunden zusammengeschnürt wie ein Paket auf dem harten Holzboden herumlag. Das Seil um ihre Handgelenke schnitt ihr schmerzhaft in die Haut. Finster dachte sie, dass sie bald keine Bühnentricks mehr benötigen würden, um ihre Handgelenke wund gescheuert aussehen zu lassen.

»Bereit?«, fragte Walt.

Amanda nickte. *Bereit, hier endlich rauszukommen.*

Weil die Tongeräte jegliche Geräusche aufzeichnen würden, war die Klimaanlage ausgeschaltet worden, während sie drehten, und die Kamera und Scheinwerfer vor Amanda strahlten so viel Hitze aus wie ein Flammenwerfer in einem Actionfilm.

Ton und Kamera begannen zu laufen. Ein Assistent klatschte die beiden Teile der Klappe aufeinander und rannte dann in eine Ecke des Sets, welches eine Hütte im Wald darstellte.

»Und Action!«, rief der Regieassistent.

Amanda begann, gegen die Fesseln um ihre Hand- und Fußgelenke anzukämpfen. Sie musste gar nicht schauspielern, um einen Ausdruck von Schmerz und Erschöpfung auf ihr Gesicht zu zaubern.

Von seinem Platz hinter den Bildschirmen, die ihm zeigten, was die Kamera sah, gab Walt ihr das Zeichen, dass es nun an der Zeit war, sich von ihren Fesseln zu befreien.

Amanda versuchte es, aber das störrische Seil wollte nicht gehorchen.

»Aus!« Walt kam zu ihr. »Was ist denn los? Warum befreist du dich nicht?«

»Die Fesseln sind zu eng. Ich komm da nicht raus.« Amanda drehte sich, sodass er ihre gefesselten Hände sehen konnte.

»Mist. Du blutest. Welcher Idiot hat die Fesseln so eng angezogen?« Fluchend sah er sich um und winkte die nächstbeste Produktionsassistentin heran. »Cathy, ruf einen Arzt und …«

»Nein«, sagte Amanda. »Nicht nötig. Ich brauche keinen Arzt. Lasst uns einfach die Szene zu Ende drehen, sonst schaffen wir das nicht mehr vor der Mittagspause.«

»Bist du sicher?«

»Ja, bin ich.« Wenn sie warteten, bis ein Arzt kam, um sich die oberflächlichen Schnitte an ihren Handgelenken anzusehen, würden sie wieder nicht rechtzeitig Drehschluss haben, sodass sie Michelle nicht mehr anrufen konnte, bevor sie ins Bett ging.

»Na schön.«

Während Amanda wartete, bis die Produktionsassistentin das Seil lockerte und die Kamera zurück in ihre Ausgangsposition rollte, kanalisierte sie ihre Ungeduld vorsichtig in ihre Rolle und schlüpfte zurück in den Körper und Geist von Detective Linda Halliday, die entschlossen war, lebend aus der Hütte und den Klauen ihres Entführers zu entkommen.

Diesmal schaffte sie es, im richtigen Augenblick eine ihrer Hände zu befreien. Ohne die Fesseln von der anderen Hand abzustreifen, kämpfte sie mit dem Seil um ihre Fußgelenke, bis auch dieses sich löste. Sie rannte zur Tür und stolperte kurz, genau wie es im Drehbuch stand, weil die Blutzufuhr in ihren Beinen so lange unterbrochen worden war.

Gerade als sie den Riegel zurückschob, schwang die Tür auf und stieß sie zurück. Ein Gorilla von einem Mann warf sich auf sie.

Sie landeten auf dem harten Bretterboden, Amanda unter ihm begraben.

*Uff.* Mit Sicherheit würden sich bald ein paar richtige blaue Flecken zu den künstlichen gesellen. Sie rammte ihm das Knie in den Unterleib. Gerade noch rechtzeitig erinnerte sie sich daran, dass alles bloß gespielt war, und deutete den Stoß nur an.

Er grunzte schmerzverzerrt und sie stürzte sich auf seine Waffe.

»Aus!«, rief Walt.

Amanda ließ sich auf den Holzboden fallen. Was stimmte denn jetzt schon wieder nicht? Von ihrer Position am Boden sah sie zu Walt empor.

»Das sah zu leicht aus.«

*Leicht?* Amanda knirschte mit den Zähnen.

»Wir wollen, dass die Zuschauer mit Detective Halliday mitleiden. Aber das können sie nur, wenn sie glauben, dass sie in Lebensgefahr schwebt.« Walt drehte sich zu dem Schauspieler, der den psychopathischen Entführer spielte. »Wenn sie sich auf deine Waffe stürzt, pack sie am Hals und würge sie. Braucht einer von euch ein Stuntdouble für diese Szene?«

Amanda schüttelte sofort den Kopf. Vielleicht war es ja blöd, aber sie war stolz darauf, die meisten Actionszenen selbst zu drehen, auch wenn Michelle sie zweifellos damit aufziehen würde, dass ihre Butch-Tendenzen auf sie abfärbten.

»Na schön. Dann lasst uns das noch mal wiederholen.« Walt winkte der Produktionsassistentin mit dem Seil.

Obwohl ihre wund gescheuerte Haut brannte, hielt Amanda still, während Cathy ihr die Hände und Füße fesselte. Sie musste an Michelles scherzhaften Kommentar über die Handschellen denken und sie fragte sich, was Michelle wohl zu dieser Szene sagen würde.

»Du hast ja vielleicht die Ruhe weg«, sagte Cathy. »Ich hab noch nie mit einem Schauspieler gearbeitet, der nach vier Takes von diesem Mist immer noch gelächelt hat.«

Erst jetzt merkte Amanda, dass sie in der Tat lächelte. »Na ja, die haben dabei ja auch nicht an das gedacht, woran ich denke.«

Die Produktionsassistentin hob eine Augenbraue. »Woran denkst du denn?«

Amanda lächelte nur und ahmte die Kommissarin nach, die sie spielte, als sie sagte: »Ich verweigere die Aussage.«

Ein Klopfen an der Tür ließ Amanda in die Höhe schrecken. Stöhnend stellte sie fest, dass sie eingeschlafen war, als sie sich auf die Couch in ihrem Wohnwagen gelegt hatte, um sich erneut ihren Dialog für die nächste Szene anzuschauen. Oh Gott, hatte sie etwa ihren Auftritt verpasst? Sie schwang die Füße von der Couch und warf einen Blick auf die Uhr.

Nein, sie hatte noch eine halbe Stunde, ehe sie sich wieder am Set melden musste.

Als es erneut klopfte, stand sie auf. Mittlerweile kannte sie jeden Zentimeter ihres Wohnwagens und so fand sie den Weg zur Tür auch im Dunkeln. Als sie die Tür öffnete, dachte sie einen Moment lang, sie träume noch immer.

Michelle stand auf der obersten Treppenstufe. Die Straßenlaternen auf dem Parkplatz, auf dem die Wohnwagen standen, beleuchteten sie von hinten.

Amanda starrte sie an und stand still da, aus Angst, die Traumgestalt vor ihr würde verschwinden, wenn sie blinzelte oder sich bewegte.

»Hallo«, sagte Michelle sanft. Sie hielt eine Kühltasche in die Höhe. »Ich hoffe, es ist okay, dass ich dich auf dem Set besuche. Ich dachte, ich bringe dir mal was zu essen.«

»Okay?« Amanda starrte sie immer noch an. »Es ist mehr als okay. Dein Besuch ist das Beste, was mir heute passiert ist, und das nicht nur, weil ich am Verhungern bin. Aber …« Sie runzelte die Stirn. »Wie hast du es geschafft, dass dich die Sicherheitsleute am Tor vorbeigelassen haben?« Seit die Bekanntheit der Serie zugenommen hatte, waren die Sicherheitsmaßnahmen am Set verschärft worden.

Ein Grinsen huschte über Michelles Gesicht. »Ich hab so meine Mittel und Wege.«

»Du bist doch nicht etwa über den Zaun geklettert, oder?«

»Nein. Ich hab meinen alten Presseausweis vorgezeigt und ihnen gesagt, dass die Zeitschrift *People* mich schickt, um dich zu interviewen. Also, kann ich reinkommen? Ich hab dir auch was mitgebracht.«

»Klar. Komm rein und erzähl mir, wie das Treffen mit dem Verleger gelaufen ist.«

»Da gibt's noch nicht viel zu erzählen. Das wird sicher ein Jahr dauern, bis das Buch rauskommt, aber bisher sieht es so aus, als ob alles klappen wird.«

»Super. Herzlichen Glückwunsch noch mal.« Amanda schlang ihre Arme um Michelle und vergrub ihr Gesicht an ihrer Schulter. Sofort verließ die Anspannung ihren

Körper und sie entspannte sich zum ersten Mal seit vielen Stunden.

»Hey.« Michelle hob ihre freie Hand und streichelte Amandas Hinterkopf. »Alles in Ordnung mit dir?«

Amanda nickte, das Gesicht gegen die Lederjacke gepresst. »Ja. Ich brauchte nur eine Umarmung.«

»Stressiger Tag?« Michelle rieb ihr über den Rücken.

»Langer Tag«, sagte Amanda. »Und er ist noch nicht vorbei. In einer Stunde darf ich eine weitere Szene drehen, in der ich mich über den Waldboden rolle, aber diesmal bin ich diejenige, die gejagt wird.«

Michelle ließ die Finger durch Amandas Haar gleiten und gab ihr eine sanfte Kopfmassage, die Amanda aufstöhnen ließ. »Wünschst du dir die guten alten Tage zurück, in denen du Werbespots mit zickigen Kamelen und zu Streichen aufgelegten Katzen gedreht hast?«

Amanda lachte und ließ sie los. »Nein. Es ist nicht immer leicht, aber ich liebe meine Rolle. Darauf habe ich gewartet seit mindestens ...«

»Vier Jahren, vier Monaten und vierundzwanzig Tagen«, sagte Michelle.

Die Zahl schien zu stimmen. »Daran erinnerst du dich noch?«

»Natürlich. Ich erinnere mich an alles, was du je zu mir gesagt hast, auch an dein Versprechen, demnächst mal in sexy Unterwäsche bei mir vorbeizukommen, damit ich dich verführen ... äh, ich meine natürlich fotografieren kann.«

»Daran kann ich mich nicht erinnern.« Amanda zog sie in den Wohnwagen, schloss die Tür hinter ihr und knipste das Licht an.

»All die Überstunden beeinträchtigen anscheinend dein Gedächtnis. Du …« Die neckische Bemerkung erstarb auf Michelles Lippen. Ihre Augen weiteten sich, als sie Amandas Gesicht im Hellen betrachten konnte. Sie ließ die Kühltasche fallen und berührte vorsichtig ihre Wange. »Oh Gott, was ist dir denn passiert?«

Amanda brauchte einen Moment, um zu verstehen, was sie meinte. »Ach das. Keine Sorge, das ist nicht echt. Das ist nur Bühnen-Make-up.«

Michelle atmete scharf aus. »Wow. Es sieht verdammt echt aus.« Sie neigte den Kopf und betrachtete die Wunden und blauen Flecken in Amandas Gesicht aus allen Winkeln. Dann berührte sie die Schürfwunden, die das Seil an ihren Handgelenken hinterlassen hatte.

Amanda zuckte zusammen. »Autsch. Die sind leider echt.«

Sanft hob Michelle eine von Amandas Händen und sah stirnrunzelnd auf die blutverkrusteten Kratzer hinab, als wäre es eine tödliche Wunde. »Wie ist das passiert?«

»Ach, nur ein paar Fesselspielchen mit Lorena in der Drehpause.«

Michelle sah von Amandas Handgelenken auf. Ihre Augen spiegelten eine Mischung aus Sorge und Humor wider, bevor sie dunkler wurden. »Keine Spielchen mit Lorena mehr. Du gehörst mir.«

»Ach ja?«

»Ja.« Michelle hob Amandas Hand und presste ihre Lippen vorsichtig gegen das verletzte Handgelenk, bevor sie Amanda an sich zog, bis ihre Körper einander berührten, und sie küsste. Im Gegensatz zu dem sanften Kuss auf ihr Handgelenk war dieser leidenschaftlich und besitzergreifend.

Hitze schoss durch Amanda. Sie packte den Kragen der Lederjacke mit beiden Händen, zog Michelle noch enger an sich und übernahm die Kontrolle über den Kuss. Sie knabberte an Michelles Unterlippe und schob ihr die Zunge in den Mund.

Sie stolperten durch den Wohnwagen und landeten auf der Couch, Amanda oben.

Stöhnend zog Michelle sie zwischen ihre gespreizten Beine und versuchte, sie herumzurollen, aber Amanda weigerte sich, ihre Position aufzugeben.

Sie presste beide Hände gegen Michelles Schultern, um sie unten zu halten, und sah auf sie hinab. »Vielleicht gehörst du ja auch mir.«

»Ach ja?«

»Ja.« Amanda ließ ihre Lippen über Michelles Hals wandern und küsste jeden Millimeter ihrer Haut, ausgehungert nach ihrem Geschmack und ihrem Geruch.

Ein hektisches Pochen an der Wohnwagentür ließ sie innehalten.

Fluchend rollte sie sich von Michelle hinunter, marschierte zur Tür und riss sie auf. »Was ist denn jetzt schon wieder?«

Ein junger Produktionsassistent stand erstarrt auf der obersten Treppenstufe, sein Klemmbrett wie einen Schild vor sich haltend. »Äh, Sie werden in der Maske gebraucht. Ihr Make-up und das Filmblut müssen erneuert werden, bevor weitergedreht wird.«

Amanda widerstand dem Drang, über ihre Schulter zu Michelle zu sehen. »Hab ich noch genug Zeit, um mir einen Bissen zu genehmigen?«

»Glaube schon.«

»Gut. Ich bin in fünf Minuten da.« Ohne seine Antwort abzuwarten, schloss sie die Tür und drehte sich um.

Michelle war von der Couch aufgestanden und stand nun über die Kühltasche gebeugt, die sie mitgebracht hatte. Ihr gut gebauter Hintern erregte sofort Amandas Aufmerksamkeit. »Worauf hast du Lust?«, fragte Michelle, ohne sich umzudrehen. »Ich hab etwas Obst dabei und ...«

Amanda wusste, worauf sie Lust hatte, und es hatte nichts mit dem Inhalt der Kühltasche zu tun. »Wie wäre es mit einem Kuss zum Mitnehmen?«

Michelle richtete sich auf und drehte sich um. Ihre Augen schienen zu glühen vor Leidenschaft. »Gott, du machst mich wirklich ...«

Amanda trat näher und presste ihre Lippen gegen Michelles. Immerhin hatte sie nur fünf Minuten, um sie um den Verstand zu küssen, also musste sie die Zeit nutzen.

# KAPITEL 10

»Wɪʀ ꜱᴏʟʟᴛᴇɴ ᴊᴇᴛᴢᴛ ʙᴇꜱꜱᴇʀ ᴀᴜꜰʟᴇɢᴇɴ.« Amanda umklammerte den Telefonhörer, als würde ihr das helfen,
Michelle näher zu spüren. »Ich muss morgen um sieben im
Studio sein. Da kommt ein Fotograf, um Bilder für Werbe-
plakate zu machen, deshalb muss ich ausgeschlafen sein.«

»Du bist doch nicht nervös, oder?«, fragte Michelle.

Erst wollte Amanda es abstreiten. Was für eine
Schauspielerin wurde schon nervös, nur weil Fotos von ihr
gemacht wurden? Aber dann sagte sie sich, dass sie gerade
mit Michelle sprach und ihr nichts vorspielen musste.
»Ein bisschen.«

»Aber du stehst doch den ganzen Tag lang vor
der Kamera.«

»Aber nicht so eine Kamera. Das letzte und einzige
Mal, dass ich vor so einer Kamera gestanden habe, war, als
ich Bewerbungsfotos für meine Mappe gemacht habe. Und
meine Kollegen werden nicht mal dabei sein, um mich
moralisch zu unterstützen. Weil ich mitten in der Staffel
dazugestoßen bin, haben die anderen ihre Fotos schon
gemacht und ich bin die Einzige, die noch welche braucht.«

»Mach dir keinen Kopf«, sagte Michelle. »Du wirst das
sicher prima machen. Die Kamera wird dich lieben.«

*Und was ist mit der Fotografin?* wollte Amanda fragen, aber sie traute sich nicht. Immer, wenn Michelle sie ansah, glaubte sie in ihrem Blick mehr als nur Verlangen zu sehen, aber es war nicht fair, sie zu zwingen, es laut auszusprechen, wenn sie noch nicht dazu bereit war.

»Warum seufzt du?«

Amanda hatte nicht bemerkt, dass sie geseufzt hatte. »Ach, nichts. Ich wünschte nur, du würdest die Fotos von mir machen statt so eines Kerls, den das Studio angeheuert hat.«

»Du und ich haben ja immer noch ein Date ... ähm, eine Probe mit einer Nikon und sexy Unterwäsche.«

Der Gedanke daran, dass Michelle sie fast nackt sehen würde, löste eine Ganzkörpergänsehaut bei Amanda aus. »Danke. Jetzt werd ich sicher nicht mehr schlafen können.«

»Aber wenigstens denkst du jetzt nicht mehr an morgen.«

Amanda lächelte. »Wenn das deine Absicht war, hast du dein Ziel definitiv erreicht.« Sie warf einen Blick auf ihren Radiowecker. Warum verflog die Zeit immer so schnell, wenn sie mit Michelle sprach? »Wir müssen jetzt wirklich Schluss machen.«

»Ich weiß. Gute Nacht. Und mach dir keine Sorgen mehr wegen morgen. Du wirst in guten Händen sein.«

»Gute Nacht. Und danke für die Aufmunterung.« Erst, nachdem sie aufgelegt hatte und im Bett lag, begann sie sich zu fragen, was Michelle gemeint hatte. *In guten Händen?* Das ließ sie daran denken, wie Michelles Hände wohl aussahen, wenn sie eine Kamera hielten ... oder andere, aufregendere Dinge anstellten. Stöhnend schlug sie auf ihr Kissen ein, um es in eine bequemere Form zu bringen, und befahl sich, endlich einzuschlafen. Sie musste morgen ausgeruht aussehen.

Als Amanda aus der Maske kam und zum Set hinüberging, wo die Aufnahmen gemacht werden würden, waren mehrere Leute damit beschäftigt, Lampenstative und Reflektoren aufzubauen.

Amanda schluckte ihre Nervosität herunter, setzte ihre Schauspielerinnenmaske auf und ging hinüber zu einem der Produzenten der Serie.

»Ah, da sind Sie ja, Amanda.« Er lächelte sie an. »Sieht so aus, als ob die Fotografen schon fast so weit sind.« Er deutete auf jemanden, der über irgendwelche Kameraausrüstung gebeugt dastand.

Na, wenigstens hatte der Fotograf einen gut gebauten Hintern.

Nach einer letzten Einstellungsänderung an der Kamera richtete der Fotograf sich auf und drehte sich um.

Amanda erstarrte. *Was zum ...?*

»Amanda, darf ich Ihnen unsere Fotografin für heute, Michelle Osinski, vorstellen? Ms. Osinski, das ist Amanda Clark, die Detective Halliday spielt.« Der Produzent sah Michelle an. »Haben Sie alles, was Sie brauchen?«

Ihr Blick ruhte auf Amanda, als Michelle nickte.

»Gut.« Der Produzent tätschelte Amanda ermutigend die Schulter. »Dann überlasse ich Sie mal Ms. Osinskis fähigen Händen.« Er ging davon.

Amanda blieb zurück und starrte Michelle an. »Was tust du denn hier?«

»Ich bin hier, um Fotos von einer wunderschönen Frau zu machen.« Michelles Blick glitt über Amandas Berufskleidung – schwarze Jeans, eine rote Bluse und die schokoladenfarbene Lederjacke, die Amanda lieben gelernt hatte. »Nicht die Art Fotos, die ich am liebsten von dir machen würde, aber immerhin.«

Amanda glotzte sie immer noch an. »Wie kommt es, dass man dich gebeten hat, die Fotos zu machen?«

»Ein alter Kumpel, mit dem ich studiert habe, sollte das Fotoshooting eigentlich übernehmen, aber als er mir davon erzählt hat, hab ich ihn überredet, ganz plötzlich an Malaria oder Kehlkopfentzündung oder so zu erkranken. Dann hab ich deinem Produzenten angeboten, den armen Ben zu vertreten – und hier bin ich.« Michelle deutete auf sich selbst und grinste. »Ich wollte, dass es eine Überraschung wird, deshalb habe ich nichts gesagt. Ich hoffe, du hast nichts dagegen.«

»Nichts dagegen?«, wiederholte Amanda. »Das ist die beste Überraschung seit ... seit du mitten in der Nacht bei mir vorbeikamst, um mir Frühstück zu machen.« Sie wollte einen weiteren Schritt auf Michelle zumachen und sie in die Arme schließen, aber ein junger Mann gesellte sich zu ihnen.

»Alles ist vorbereitet, Chefin.«

Michelle nickte, ohne den Blick von Amanda abzuwenden. »Bist du bereit, loszulegen?«

Jetzt war es an der Zeit, sich ganz professionell zu verhalten. »Ja. Wo willst du mich haben?«

Etwas blitzte in Michelles Augen auf, dann setzte auch sie ihre professionelle Maske auf. »Warum fangen wir nicht damit an, dass du dich gegen deinen Schreibtisch lehnst?«

Sie gingen zu dem Teil des Sets hinüber, an dem die Schreibtische der Ermittler standen. Aktenberge stapelten sich darauf und Amanda lehnte sich vorsichtig gegen Detective Hallidays Schreibtisch. »So?«

»Ja. Die Beine ein bisschen weiter auseinander. Du sollst lässig, aber selbstbewusst aussehen.« Michelle wedelte ihren Arm in einer Geste, die das gesamte fiktive Polizeirevier einschloss. »Das hier ist dein Territorium, du kannst dich also ruhig so verhalten, als ob du hier der Platzhirsch wärst.«

Amanda stellte sich etwas breitbeiniger hin.

»Genau so. Super. Siehst du? Ich hab dir doch gesagt, dass du das problemlos hinkriegen würdest. Denk einfach nicht an die Kamera. Stell dir vor, nur du und ich wären hier.«

Selbst mit den Technikern und Michelles Assistenten im Hintergrund war das eine leichte Aufgabe.

»Stütz deine linke Hand auf dem Gürtel ab, direkt neben deinem Polizeiabzeichen. Die rechte Hand mehr zurück, sodass sie fast die Pistole berührt.«

Amanda befolgte die Anweisungen.

Michelle schaltete ihre Kamera ein, hob sie zu ihrem Gesicht und sah Amanda durch den Sucher hindurch an. »So ist es richtig. Bleib so.« Sie ging davon, überprüfte die Beleuchtung ein letztes Mal und drehte sich dann wieder um. Sie blickte auf ihre Kamera hinab und änderte die Einstellung mit einer schnellen Bewegung eines Fingers, bevor sie den Sucher wieder auf Augenhöhe hob.

In dem Moment, in dem Michelle das erste Bild machte, schien eine Transformation stattzufinden. Amandas gelassene Freundin war verschwunden. An ihrer Stelle stand eine Frau, die vor Selbstbewusstsein nur so strotzte. Energisch bewegte sie sich nach rechts und links, um den besten Kamerawinkel zu erwischen, und hielt dabei die Kamera im festen Griff ihrer linken Hand, während die rechte den Auslöser betätigte und gelegentlich die Einstellungen veränderte.

Amanda vergaß ihre Nervosität, als sie Michelle zusah und beobachtete, wie vertraut sie mit der Kamera umging. Es wirkte so, als wäre sie ein Teil ihrer Hand. *Mein Gott, sie ist wunderschön. Sie sollte vor der Kamera stehen, nicht dahinter. Und ihre Hände ...*

»Mein Gott, ja, das ist perfekt so. Versuch, diesen Gesichtsausdruck beizubehalten. Nicht lächeln.« Michelle ging in die Hocke und machte ein paar Bilder aus diesem Winkel, bevor sie mit einer geschmeidigen Bewegung ihrer linken Hand heranzoomte.

Das leise Klicken des Auslösers, das Fiepen des Blitzes, als er sich wieder auflud und Michelles Schritte hallten durch das Studio. Nichts schien zu existieren außer Amanda, Michelle und der Kamera. Amanda verlor jegliches Zeitgefühl.

Schließlich senkte Michelle die Kamera und ihre Blicke trafen sich ohne das Objektiv zwischen ihnen.

Mit einem Ausdruck völliger Konzentration musterte Michelle sie, so eindringlich, dass Amanda sich einen seltsamen Moment lang fühlte, als wäre Michelle die einzige Person, die sie je angesehen hatte. Die sie je angesehen und erkannt hatte, wer sie wirklich war.

Nach einer Weile senkte Michelle den Blick und brach den Bann. Sie winkte ihrem Assistenten zu. »Ich brauche mehr Licht zu ihrer Rechten. Kannst du bitte einen Reflektor aufstellen?«

»Schon in Arbeit, Chefin.« Er eilte davon, um ihren Anweisungen Folge zu leisten.

Die Maskenbildnerin nutzte die Gelegenheit, um Amandas Nase zu pudern.

Michelle kam mit einer Flasche Wasser herüber, die Kamera um ihren Hals geschlungen. »Hier.«

Dankbar nahm Amanda die Flasche entgegen. Erst jetzt merkte sie, wie durstig sie war. Sie hatte nicht gewusst, wie körperlich und psychisch ermüdend so ein Fotoshooting sein konnte. Sie leerte die Hälfte der Flasche mit großen Schlucken und wischte sich dann einen Tropfen Wasser von der Unterlippe.

Das Klicken der Kamera ließ sie aufsehen. Sie neigte den Kopf und sah Michelle fragend an.

»Für meine private Sammlung«, sagte Michelle mit einem fast schüchternen Lächeln.»Okay. Dann lass uns mal wieder an die Arbeit gehen und was anderes ausprobieren.«

Amanda gab die Flasche einem Assistenten.

»Dreh deinen Körper von mir weg, aber halt den Kopf weiterhin in meine Richtung gedreht. Schau mich an. Und jetzt das Kinn ein wenig anheben. Perfekt!« Die Kamera klickte erneut. »Nimm die linke Schulter einen Tacken zurück.«

Als Amanda ihren Anweisungen folgte, fiel das Ende der Lederjacke über ihren Gürtel und bedeckte ihre Dienstwaffe.

Michelle ließ die Kamera sinken und kam auf sie zu. Sie streckte die Hand aus und zog die Lederjacke beiseite, damit die Waffe wieder sichtbar war. Dann zupfte sie am Kragen von Amandas Bluse herum und strich eine störrische Haarsträhne hinter ihr Ohr. Ihre Finger streiften Amandas Wange.

Es war eine harmlose Berührung, die einer Künstlerin, die ihr Objekt in die richtige Position brachte, aber Amanda fühlte sie bis ins Mark. Sie hielt die Luft an und sah aus nächster Nähe in Michelles Augen.

»So. Viel besser.« Michelle drehte sich schnell weg und vergrößerte die Distanz zwischen ihnen. Sie hob die Kamera vor ihr Gesicht, als versteckte sie sich dahinter.

Amanda war scheinbar nicht die Einzige, die die Stimmung während des Shootings nicht ganz kalt ließ.

»Nicht lächeln«, rief Michelle.

Amanda hörte auf zu lächeln, grinste aber innerlich weiter in sich hinein.

»Danke. Noch ein paar Fotos und schon sind wir fertig.« Nach ein paar weiteren Aufnahmen senkte Michelle die Kamera und sah sie über die Nikon hinweg an.

Beifall von der anderen Seite des Sets unterbrach ihren Blickkontakt.

Stirnrunzelnd sah Amanda sich um.

Ihr Kollege Nick kam auf sie zu, noch immer klatschend. »Das sah prima aus.«

»Ja«, sagte Michelle, nur an Amanda gewandt. »Ich hab doch gesagt, die Kamera wird dich lieben. Hast du Zeit, um einen Kaffee mit mir zu trinken, bevor ich gehe und die Bilder bearbeite?«

»Klar. Mir bleiben zwanzig Minuten, während unsere Crew das Bühnenbild für die erste Einstellung aufbaut. Ich kann dich auch ein wenig rumführen und dir alles zeigen, wenn du Lust hast.«

Nick sah zwischen ihnen hin und her. »Ihr kennt euch?«

Michelle warf Amanda einen Blick zu, bevor sie mit einem einfachen »Ja« antwortete.

»Sind Sie zum ersten Mal auf einem Filmset?«, fragte Nick, als weitere Erklärungen ausblieben. »Einer unserer Produktionsassistenten könnte sie herumführen, während ich kurz mit Amanda rede.« Er schlang einen Arm um Amandas Schultern und zog sie zu sich.

Amanda befreite sich aus seiner Umarmung. »Kann das nicht warten?«

»Nein. Es geht um die erste Szene, die wir heute drehen.« Er winkte eine Produktionsassistentin heran. »Hey, Cathy, kannst du Amandas Bekannter die Maske zeigen?« Er bedachte Michelle mit einem charmanten Lächeln. »Wenn Sie Glück haben, verpasst man Ihnen eine Filmkopfwunde.«

Michelle sah aus, als würde sie ihm am liebsten eine echte verpassen, aber als weitere Mitglieder der Crew und der Besetzung am Set ankamen und Amandas Aufmerksamkeit verlangten, sagte sie schließlich: »Ich geh besser meine Ausrüstung zusammenpacken. Die Kopfwunde muss warten. Bis später. Hals- und Beinbruch für die erste Szene.« Sie warf Amanda einen langen Blick zu, der sich wie eine Berührung anfühlte, schlang ihre Kameratasche über ihre Schulter und marschierte zu ihrem Assistenten, der bereits begonnen hatte, die Beleuchtung abzubauen.

Amanda sah ihr nach. *Mist.*

Ein Klopfen an der Wohnwagentür weckte Amanda.

Desorientiert setzte sie sich auf und rieb sich die Augen. Das Drehbuch, das sie gelesen hatte, bevor sie eingeschlafen war, glitt von ihrer Brust und fiel zu Boden.

Erneut klopfte es.

»Ja, ja, ich komme.« Sie stand auf und öffnete die Tür.

Ein Produktionsassistent, dessen Funkgerät um seinen Hals baumelte, stand vor ihr. Er hielt ihr einen Umschlag hin. »Der wurde eben für Sie abgegeben, Ms. Clark.«

Amanda nahm den großen, braunen Umschlag entgegen. »Was ist das? Sagen Sie nicht, das Drehbuch wurde schon wieder geändert.«

»Nein, glaube nicht. Ein Bote hat den Umschlag gebracht. Ach, und Mr. Bishop sagt, ich soll Ihnen ausrichten, dass er sie in einer halben Stunde in Studio drei braucht.« Sein Funkgerät erwachte knisternd zum Leben und er eilte davon.

Amanda schloss die Tür und schlurfte zurück zum Sofa, wo sie den Umschlag betrachtete. Ihr Name war in sauberen Großbuchstaben auf die Vorderseite geschrieben. Neugierig riss sie den Umschlag auf. Ein Stapel Fotos fiel ihr in den Schoß. *Die Marketingaufnahmen. Das ging aber schnell.*

Sie sah sich ein Foto nach dem anderen an. *Wow.* Vielleicht waren es nur ein paar Photoshoptricks, aber sie sah großartig aus. Michelle hatte genau die Mischung aus Intensität und einem Hauch von Verletzlichkeit getroffen, die die Produzenten für ihre Kommissarin haben wollten.

Am letzten Foto klebte ein Notizzettel, auf dem in derselben ordentlichen Handschrift wie auf dem Umschlag stand:

*Ich weiß, Eigenlob stinkt, aber ich finde, sie sind toll geworden. Es ist aber auch wirklich unmöglich, ein schlechtes Foto von jemandem wie dir zu machen.*

Amanda lächelte. »Alte Charmeurin.«

Dann fiel ihr Blick auf den Nachsatz unter Michelles Unterschrift.

*P.S. So sexy du auch in deinen Ermittlerklamotten und der Lederjacke aussiehst, ich bestehe immer noch auf dem versprochenen privaten Fotoshooting.*

Lachend griff Amanda zum Telefon, um sie anzurufen.

# KAPITEL 11

»WAS MACHST DU DENN HIER?«, begrüßte sie ihre Großmutter, als Amanda die Küche betrat.

Amanda beugte sich hinab, um sie auf die Wange
zu küssen. »Dir auch einen wunderschönen Tag. Wenn's
dir nichts ausmacht, verbringe ich meinen ersten freien
Tag seit Ewigkeiten mit meiner Großmutter, die ich sehr
vermisst habe.«

Ihre Großmutter schob ihren Stuhl vom Küchentisch
zurück, wo sie mit einem Kreuzworträtsel und einem vermutlich mit Bourbon gedopten Kaffee gesessen hatte, und
erhob sich. »Nein, das tust du nicht.«

»Ach nein?«

»Nein.«

»Was mach ich denn dann, oh Herrin über mein Leben
und meinen Terminkalender?«

»Du fährst deinen süßen kleinen Hintern jetzt zu
einem ganz bestimmten Haus in den Hollywood Hills und
verbringst den Nachmittag mit einer ganz bestimmten
Fotografin, die heute Mittag zufälligerweise auch frei hat.«

Amanda schüttelte den Kopf, dirigierte ihre Großmutter zurück auf ihren Stuhl und setzte sich neben sie. »Ich
kann später noch zu ihr fahren.«

»Amanda Josephine Clark! Würdest du jetzt bitte gehen und den Rest des Tages mit Michelle verbringen?«

»Sagte die Frau, die uns bei unserer ersten Verabredung gestört hat.«

Eine leichte Röte überzog das faltige Gesicht ihrer Großmutter. »Du behauptest doch immer, es wäre gar keine Verabredung gewesen. Außerdem musste ich doch sicherstellen, dass sie auch die Richtige für dich ist. Das kannst du mir doch nicht übel nehmen.«

»Und du kannst es mir nicht übel nehmen, dass ich ein wenig Zeit mit dir verbringen will.«

Ihre Großmutter tat so, als betrachte sie das Kreuzworträtsel auf dem Tisch. »Ein anderes Wort für *stur* mit sechs Buchstaben. Hmm … Ach ja!« In großen, schwarzen Buchstaben schrieb sie Amandas Namen in die Kästchen.

»Ich bin nicht stur«, sagte Amanda. »Ich will bloß nicht, dass du denkst, ich vernachlässige dich, nur weil ich jetzt in einer Beziehung bin. Meine Freundinnen mussten immer akzeptieren, dass mein Job und meine Familie vorgehen.«

»Vielleicht haben sie deshalb nie lange gehalten. Keine Frau spielt gerne die zweite oder sogar dritte Geige zugunsten einer zweiundachtzigjährigen alten Schachtel und der Schauspielerei.«

Amanda zuckte mit den Schultern. »Michelle war bisher sehr verständnisvoll.«

»Das Mädchen ist etwas ganz Besonderes. Du solltest sie mit beiden Händen festhalten.«

Amanda erinnerte sich daran, wie sie Michelle letzte Woche festgehalten hatte, um noch einen letzten Kuss zu bekommen. Schließlich war sie mit zehnminütiger Verspätung in der Maske angekommen. »Oh, ich halte sie sehr fest, glaub mir.«

Ihr Tonfall ließ ihre Großmutter von ihrem Kreuzworträtsel aufsehen. Ein Lächeln breitete sich auf ihrem Gesicht aus. »Ich wusste es doch! Du bist in sie verliebt.«

Amanda versuchte erst gar nicht, es abzustreiten. Ihre Großmutter kannte sie viel zu gut. »Das heißt aber nicht, dass ich nicht ein bisschen Zeit mit dir verbringen kann.«

»Himmel, warum musstest du nur meine Sturheit erben und nicht die gelassene Art deines Großvaters?«

Amanda lachte. »Reines Glück, nehme ich mal an.«

Ihre Großmutter zog an Amandas Stuhl, als wollte sie ihn unter Amanda hervorziehen. »Geh. Du kannst zum Abendessen wiederkommen. Und bring Michelle mit. Ich mache ihr Lieblingsessen.«

»Ihres, nicht meines?« Amanda tat, als schmollte sie.

Ihre Großmutter zuckte mit den Schultern. »Ich hab mir gedacht, sie braucht die Energie, um mit meiner sturen Enkelin fertigzuwerden.«

»Danke. Ich hab dich auch lieb.«

»Und ich hab dich lieb.« Ihre Großmutter nahm ihre Hand, drückte sie und ließ dann wieder los. »Und jetzt geh, bevor wir zu zwei sentimentalen Hollywood-Diven werden.«

Nachdem sie ihrer Großmutter einen Kuss auf die Wange gedrückt hatte, eilte Amanda aus dem Haus und hüpfte beinahe zu ihrem Auto. Voller Vorfreude darauf, den Rest des Tages mit Michelle verbringen zu können, drückte sie die Nummer zwei auf ihrer Schnellwahltaste.

Das Telefon klingelte und klingelte und ihre Hochstimmung verblasste. Normalerweise nahm Michelle das Telefon immer sofort ab, wenn sie nicht gerade bei der Arbeit war. Vielleicht war sie ja doch beschäftigt.

Gerade, als Amanda dachte, die Mailbox würde jeden Moment rangehen, hörte sie Michelles atemlose Stimme: »Ja?«

Es war schon fast lächerlich, wie gut es sich anfühlte, ihre Stimme zu hören. »Hallo. Ich bin's.«

Sie brauchte ihren Namen nicht zu sagen. Sie wusste, dass Michelle ihre Stimme sofort erkennen würde, selbst wenn sie nicht aufs Display gesehen hatte.

»Oh, hallo. Warte mal kurz.« Sie redete mit jemandem und die lauten Hintergrundgeräusche wurden schwächer, so als hätte sie den Fernseher leiser gestellt. Dann war Michelle zurück am Telefon. »Ist dem Kameramann der Film ausgegangen oder wie komme ich zu der Ehre, dass du mich mitten am Tag anrufst?«

Amanda lachte. »Nein, leider ist das Filmen heutzutage völlig digitalisiert. Aber Detective Halliday liegt gerade faul in einem Krankenhausbett herum, nachdem sie fast von einem Psychopathen getötet wurde, deshalb muss ihr Partner heute allein das Verbrechen bekämpfen, während ich den Nachmittag frei habe. Meine Großmutter hat erwähnt, dass du auch frei hast, deshalb dachte ich, das wäre eine gute Gelegenheit, endlich mal die Fotos zu machen, die du erwähnt hast.« Sie sah nach links und rechts, um sicherzugehen, dass sie allein war. »Du weißt schon ... die mit der sexy Unterwäsche.«

»Verdammt.«

Verwirrt starrte Amanda das Handy an, bevor sie es wieder zurück ans Ohr hielt. »Du willst die Fotos gar nicht mehr machen?«

»Nein, das ist es nicht.« Michelle senkte die Stimme zu einem heiseren Flüstern. »Du ahnst ja gar nicht, wie sehr ich das will, aber ...«

»Es ist gerade ungünstig?«

»Ja, ziemlich«, sagte Michelle. »Du störst gerade all den Spaß, den ich mit den Stripperinnen hatte.«

»Du!« Obwohl Michelle es nicht sehen konnte, drohte Amanda ihr mit dem Zeigefinger.

»Na schön, hier sind keine Stripperinnen, aber ich habe drei junge Damen zu Besuch.«

Amanda runzelte die Stirn. »Arbeitest du noch?«

»Nein. Ich glaube kaum, dass mein Bruder mich hierfür bezahlen wird, obwohl er das wirklich tun sollte.«

»Dein Bruder?«

»Ich spiele den Babysitter für meine Nichten.«

Beim Wort *Babysitter* kamen heftige Proteste aus dem Hintergrund.

»Ja, ja, schon klar. Ich weiß natürlich, dass ihr völlig erwachsene und reife Frauen von acht und zehn Jahren seid. Ich hoffe, die Damen vergeben mir meine unüberlegten Worte.«

»Oh. Das wusste ich nicht. Entschuldige. Ich wollte nicht stören.«

»Du störst nicht«, sagte Michelle sofort. »Warum kommst du nicht vorbei? Wir wollten gerade ins Kino und dann Eis essen und würden uns sehr freuen, wenn du uns begleitest.«

Amanda hatte noch nie Zeit mit Kindern verbracht. Na ja, einmal hatte sie ein Kindermädchen in einem Film gespielt, aber im wahren Leben gab es keine Regieanweisungen, deshalb war sie nicht sicher, ob sie sich zum Babysitter eignete. Sie wollte sich nicht vor Michelle blamieren oder ihr den Tag mit ihren Nichten verderben. »Ich weiß nicht so recht.«

»Ach, komm schon. Was sagt ihr, Kinder? Soll Amanda mitkommen?«

Begeisterte Jubelrufe antworteten ihr.

»Siehst du? Sie wollen, dass du mitkommst.«

»Sie kennen mich doch noch nicht mal.«

»Noch ein Grund, warum du mitkommen und sie kennenlernen solltest«, sagte Michelle. »Die missratene Rasselbande meines Bruders ist ein wichtiger Teil meines Lebens, deshalb will ich, dass du sie kennenlernst.« Ihr Tonfall war nun nicht mehr neckisch, sondern ernst.

Amanda schluckte. Es bedeutete Michelle viel, deshalb konnte sie unmöglich Nein sagen. Außerdem hatte Michelle schon längst ihre Großmutter kennengelernt und verstand sich bestens mit ihr. Sie würde sich zusammenreißen und ihre Nervosität in Bezug auf Kinder überwinden müssen. »Na schön. Ich komme mit. Wo treffen wir uns?«

»Wir holen dich um halb vier zu Hause ab.«

Sie warf einen Blick auf ihre Armbanduhr. Gerade noch genug Zeit, um nach Hause zu fahren. »Einverstanden.«

»Danke«, sagte Michelle und legte auf.

Amanda schloss das Auto auf, sank auf den Fahrersitz und legte den Kopf aufs Lenkrad. Warum erschien die zigste Wiederholung des Drehs einer Entführungsszene plötzlich wie eine angenehme Tätigkeit verglichen damit, den Nachmittag mit drei kleinen Mädchen zu verbringen?

Das aufgeregte Schnattern der Mädchen schlug Amanda entgegen, als sie ins Auto stieg. Sie schloss die Beifahrertür und drehte sich zu Michelle. »Hallo.« Sie zögerte, unsicher, wie sie Michelle vor ihren Nichten begrüßen sollte. Wussten die Mädchen, dass ihre Tante lesbisch war?

»Hallo.« Michelle beugte sich vor und küsste sie auf den Mund. Es war kein langer, leidenschaftlicher Kuss, aber auch nicht nur ein kurzer Schmatzer auf die Wange.

*Schätze, das beantwortet meine Frage.*

»Kinder«, sagte Michelle und drehte sich zum Rücksitz um. »Das ist meine Partnerin, Amanda.«

Normalerweise fand Amanda immer, dass *Partnerin* zu kühl und geschäftsmäßig klang, so als wären sie Geschäftspartnerinnen, aber so, wie Michelle es sagte, passte es einfach.

»Amanda, darf ich dir meine Nichten vorstellen?« Sie zeigte auf das Mädchen in der Mitte. Sie schien die Älteste der Geschwister zu sein. »Das ist Hannah. Und das sind ihre Schwestern, Hab-ich-nicht und Hast-du-doch.«

Die beiden Mädchen kicherten, sodass ihre Zöpfe auf- und abhüpften. »So heiße ich nicht, Tante Micky«, protestierte eine.

»Wirklich nicht?« Michelle tat, als wäre sie völlig verblüfft.

Amanda grinste breit und hob eine Augenbraue. »Tante Micky?«

»Als die Mädchen klein waren, konnten sie meinen Namen nicht richtig aussprechen, deshalb haben sie mich Micky genannt. Irgendwie ist der Name dann kleben geblieben.«

»Er passt zu dir.«

Michelle runzelte die Stirn. »Weil er so butch klingt?«

»Du findest, dass Micky butch klingt?« Amanda schüttelte den Kopf. »Er ist süß, genau wie Micky Maus ... und genau wie du.«

Michelle hob eine ihrer Brauen, bis sie fast ihren Haaransatz berührte. »Süß?« Sie dehnte das Wort, als hätte es acht Silben.

Amanda widerstand dem Impuls, sich hinüberzubeugen und sie zu küssen. »Ja«, sagte sie. »Süß.«

Die älteste Nichte schob ihren Kopf durch den Spalt zwischen den vorderen Sitzen und zupfte an Michelles Ärmel. »Können wir endlich losfahren? Wir verpassen sonst den Film!«

»Aye, aye, Käpten!« Michelle ließ den Motor an und fuhr los.

Der Geruch von Popcorn schlug Amanda entgegen, als sie die Glastür des Kinos aufzog. Es erinnerte sie an viele glückliche Stunden, die sie als Kind mit ihrer Großmutter im Kino verbracht hatte.

Michelle stupste sie grinsend an. »Du siehst genauso glücklich aus wie die drei.« Sie deutete auf ihre Nichten.

»Tja, was soll ich sagen? Ich gehe einfach gern ins Kino.«

»Ich auch«, rief eine der Zwillinge. Als sie Amanda anlächelte, sah sie ihrer Tante so ähnlich, dass es Amanda einen Moment lang die Sprache verschlug.

Das Foyer des Kinos füllte sich schnell.

»Würde es dir was ausmachen, uns schon mal ein paar Snacks zu holen, während ich die Karten besorge?«, fragte Michelle.

»Kein Problem, das kann ich machen. Was wollt ihr denn?«

»Such du was aus«, sagte Michelle. »Ich vertraue deinem Urteil.«

Das bedeutete Amanda viel. Als sie Michelle kennengelernt hatte, hatte sie irgendwie befürchtet, dass Michelle sich am wohlsten fühlen würde, wenn sie alles selbst entscheiden konnte, aber dann hatte sie schnell festgestellt, dass Michelle ganz und gar nicht so war.

»Okay. Wollt ihr Mädchen irgendwas Besonderes?«

Die Zwillinge und ihre ältere Schwester reckten die Hälse, um die Leckereien im Verkaufsstand betrachten zu können, aber die Menschenmenge versperrte ihnen die Sicht.

»Ich komme mit und schaue mal, was sie haben«, sagte Hannah, die Älteste.

»Ich auch«, riefen die Zwillinge.

*Oh, oh.* Amanda warf Michelle einen panischen Blick zu. Sie mit drei Kindern allein zu lassen, war keine gute Idee. »Äh, Michelle …«

Michelle lächelte nur und tätschelte ihr den Arm. »Keine Angst. Sie beißen nicht. Na ja, Em und Nat vielleicht, aber Hannah nicht.«

»Na toll. Kommt, Mädels. Lasst uns irgendwas Ungesundes, das so richtig dick macht, für eure Tante kaufen.«

Als sie sich in die Schlange vor dem Verkaufstresen einreihte, folgten die Mädchen ihr wie Entenküken ihrer Mutter. Die Zwillinge begannen sofort, sich darüber zu streiten, ob sie nun Popcorn oder Nachos kaufen sollten.

»Du hast letztes Mal schon ausgesucht«, rief eine von ihnen.

»Hab ich nicht.«

»Hast du doch.«

Jetzt wusste Amanda, woher die Spitznamen der beiden kamen. Bevor der Streit um die Kinosnacks völlig ausarten konnte, trat sie rasch zwischen die beiden. »Wisst ihr, was das Gute daran ist, wenn man mit mehreren Personen ins Kino geht?«

Die Mädchen sahen sie mit großen Augen an. »Was denn?«

»Wir brauchen uns nicht zu entscheiden. Wir nehmen einfach Nachos *und* Popcorn.« Sie schreckte nicht vor ein bisschen Bestechung zurück, um sich bei den Mädchen beliebt zu machen.

»Und Schokolade?«, fragte Hannah.

»Die natürlich auch.«

Schwer beladen mit Getränken, Schokoriegeln, einem Eimer Popcorn und einer großen Schale Nachos gingen sie zurück zu Michelle, die am anderen Ende des Foyers wartete.

Michelle lachte, als sie ihre Ausbeute sah. »Habt ihr noch irgendwas für die anderen Leute übrig gelassen?«

Amanda pikste sie in die Rippen. »Du bist die Letzte, die darüber spotten sollte. Wie ich dich kenne, isst du die Nachos ganz allein auf, weil du ja so ein Fan von allem, was scharf ist, bist.«

Grinsend zog Michelle den Kopf ein. »Erwischt. Ich hab dir ja gesagt, dass ich es scharf mag.« Sie leckte sich die Lippen und machte eine Gib-her-Geste in Richtung der Nachos.

Der Zwilling, der die Nachos trug, drückte sie gegen ihre Brust. »Nein, die kriegst du nicht.«

»Keine Panik«, sagte Amanda. »Ich setze mich zwischen euch und passe auf, dass deine Tante nicht zu viel davon isst.«

»Danke.« Der Nacho-Zwilling griff nach Amandas Hand.

Erstaunt sah Amanda hinunter zu der kleinen Hand, die ihre hielt, und dann hinauf zu Michelle, die sie anlächelte.

Der Platzanweiser riss ihre Karten ein und gab sie ihnen zurück. »Kinosaal vier ist den Gang entlang und dann rechts.«

Sie gingen den Gang hinunter bis zum Kinosaal, quetschten sich mit Snacks und Getränken an einer Reihe anderer Leute vorbei und fanden schließlich ihre Sitze.

Amanda sah zu, wie Michelle der Nichte zu ihrer Rechten half, ihre Limonade in den Getränkehalter zu schieben. Sie flüsterte dem Mädchen etwas ins Ohr und Nat – oder war das Em? – nickte begeistert.

*Sie kann so gut mit Kindern umgehen. Ob sie irgendwann mal auch welche will?* Der plötzliche Gedanke erschreckte sie ein wenig, aber längst nicht so sehr, wie er das früher, mit ihren Ex-Freundinnen, getan hätte. Sie konnte sich gut vorstellen, mit Michelle sesshaft zu werden, auch wenn sie sich noch nicht so sicher war, ob sie Kinder wollte.

Michelle sah auf. Ihre Blicke trafen sich.

»Was ist?« Michelle sah an sich hinab. »Hab ich irgendwo Popcorn kleben? Nachos können es ja nicht sein, weil ihr zwei mir keine abgebt.«

»Äh, nein, ich hab mich nur gerade gefragt, welchen Film wir überhaupt anschauen«, sagte Amanda. Jetzt war definitiv nicht der richtige Zeitpunkt, um über Kinder zu sprechen. Es war ohnehin noch viel zu früh in ihrer Beziehung für dieses Thema.

»*Rosie und der Fuchs*«, sagte eines der Mädchen.

Amanda nickte, als hätte sie schon von dem Film gehört – auch wenn sie das natürlich nicht hatte. Für eine Schauspielerin war sie wirklich nicht auf dem Laufenden, was die neuesten Filme betraf.

»Es ist ein Animationsfilm«, sagte Michelle. »Tut mir leid.«

»Oh, nein. Ich liebe Animationsfilme.« Die konnte sie wenigstens anschauen, ohne sich über Kamerawinkel und Schauspieltechniken Gedanken zu machen.

Jemand in der Reihe hinter ihnen tippte Amanda auf die Schulter.

Sie drehte sich um und sah den Mann und den Jungen neben ihm fragend an.

»Entschuldigen Sie bitte, aber sind Sie Detective Halliday?«, fragte der Mann.

»Na ja, ich spiele sie im Fernsehen.«

»Ach ja, natürlich.« Der Mann strahlte sie an. »Ich bin ein großer Fan von Ihnen. Dürfte ich ein Foto mit Ihnen machen?«

Amanda war noch nie von einem Fan angesprochen worden. Kein Wunder. Normalerweise begeisterten sich die Leute ja auch nicht für Werbespots und Gastauftritte in Seifenopern.

Als sie nicht antwortete, stupste Michelle sie an.

»Oh. Ja, klar.«

Der Mann drückte dem Jungen sein Smartphone in die Hand und drehte sich um, damit er mit Amanda fotografiert werden konnte.

»Lassen Sie uns das auf dem Gang machen«, sagte Amanda. »Ich will nicht, dass die Mädchen mit aufs Foto kommen.«

Die Leute begannen, sich zu ihnen umzudrehen, als Amanda und der Mann auf den Gang traten. Schweiß perlte auf Amandas Stirn und sie hoffte, dass sie sonst niemand um ein Foto oder ein Autogramm bitten würde. Zum ersten

Mal fragte sie sich, wie berühmte Stars mit der ständigen Aufmerksamkeit in der Öffentlichkeit umgingen.

Schließlich setzte sie sich wieder und lehnte sich zu Michelle hinüber. »Das war vielleicht … seltsam.«

»Gewöhn dich besser daran«, sagte Michelle. »Ich hab so ein Gefühl, dass das in Zukunft öfter passieren wird. Danke übrigens.«

»Wofür?«

»Dass du die Mädchen davor bewahrt hast, aufs Foto zu kommen.«

Amanda lächelte. »Gern geschehen.« Vielleicht hatte sie ja doch ein paar Mutterinstinkte.

Die Nichte zu ihrer Linken zupfte an Amandas Ärmel. »Wenn du eine berühmte Schauspielerin bist, hast du dann auch deinen eigenen Stern?«

»Äh, nein, hab ich nicht. So berühmt bin ich nicht.«

»Noch nicht«, sagte Michelle.

Wieder trafen sich ihre Blicke und Amanda lächelte. Michelles Vertrauen in sie und ihre schauspielerischen Fähigkeiten tat gut.

»Wenn ich mal groß bin, will ich auch Schauspielerin werden«, sagte das Mädchen neben Amanda.

Michelle runzelte die Stirn. »Irre ich mich oder wolltest du heute Morgen noch Fotografin werden, Emily?«

Emily schüttelte den Kopf. »Nicht mehr.«

»So ist das also.« Michelle seufzte. »Ich glaube, ich muss meine Stellung als ihre Lieblingstante an dich abgeben.«

Amanda schüttelte den Kopf. »Ich bin nicht ihre Tante.«

Mit dem Auge, das keine Narbe hatte, zwinkerte Michelle ihr zu. »Noch nicht«, sagte sie erneut.

Vor Amandas Wohngebäude hielt Michelle den Geländewagen an und schaltete den Motor aus.

Trotz ihrer anfänglichen Bedenken, den Tag mit drei Kindern zu verbringen, wollte Amanda jetzt nicht, dass er schon endete. »Wollt ihr noch mit rauf kommen? Ich hab Eiscreme im Kühlschrank, wir könnten also das Eis, das du den Mädchen versprochen hast, bei mir essen.«

»Wenn du sicher bist, dass deine Junggesellinnenbude die Invasion von drei Kindern unter zwölf überlebt.«

»Keine Sorge. Die Couch ist abwaschbar.«

»Hey, wir sind doch keine Babys!«, sagte Hannah mit vorgeschobener Unterlippe.

Michelle und Amanda lächelten sich an.

»Natürlich nicht«, sagte Amanda.

Sie quetschten sich zu fünft in den Aufzug und Amanda genoss auf dem Weg nach oben die Wärme von Michelles Bein, das gegen ihres gepresst war. In ihrer Wohnung angekommen, setzte sie den Mädchen Dessertschalen voller Eiscreme vor.

Michelle schüttelte den Kopf, als sie ihr auch eine Schale anbot. »Nein, danke. Ich hab den ganzen Eimer Popcorn fast allein aufgegessen. Wenn ich jetzt noch was esse, wird mir schlecht.« Sie stellte sich ans Küchenfenster und sah hinaus. »Ich dachte, du hast einen Meerblick?«

»Hab ich auch. Komm, ich zeig ihn dir.« Mit einem Blick hinüber zu den Mädchen, die ganz damit beschäftigt waren, ihr Eis zu verschlingen, nahm sie Michelle bei der Hand und zog sie ins Schlafzimmer.

Michelle wackelte mit den Augenbrauen. »Oooooh, Meerblick! Verstehe. Ist das so, als würdest du mir deine Briefmarkensammlung zeigen?«

Amanda gab ihr einen Klaps auf den Arm. »Nein. Schau.« Sie trat ans Fenster neben dem Bett, stellte sich auf die Zehenspitzen und reckte den Hals, damit sie an dem Sonnenstudio und dem rund um die Uhr geöffneten Pfandladen gegenüber vorbeisehen konnte.

Michelle trat neben sie, tat dasselbe und lachte dann. »Das Fitzelchen blau da hinten am Horizont ist dein Meerblick?«

Amanda zuckte mit den Schultern. »Hat dir noch nie jemand gesagt, dass es nicht auf die Größe ankommt?«

»Ach ja?« Michelle drehte sich zu ihr um, schlang beide Arme um sie und beugte sich hinab, um die empfindsame Stelle unterhalb von Amandas Ohr zu küssen.

Eine Gänsehaut überzog Amandas ganzen Körper und sie vergaß, was sie hatte sagen wollen. »Äh, ja. Zugegeben, der Ausblick vom Dach ist besser. Manchmal, wenn es am Set besonders stressig war, steige ich die Feuerleiter hinauf und sehe mir vom Dach aus an, wie die Sonne im Meer versinkt.«

»Hmm, das klingt nett. Zeigst du mir das irgendwann mal?«

Michelles Stimme und ihr Atem so dicht neben ihrem Ohr sandte einen wohligen Schauder durch Amanda. Jede Zelle ihres Körpers schien unter Strom zu stehen, wenn Michelle in der Nähe war. »Ja.« Im Moment hätte sie Michelle vermutlich alles versprochen.

»Danke.« Michelle küsste erneut die Stelle unterhalb ihres Ohrs, knabberte dann an ihrem Ohrläppchen und ließ Küsse ihre Wange entlang regnen, jeder Kuss ein paar Millimeter dichter an ihrem Mund.

Amanda ging das zu langsam. Sie nahm Michelles Gesicht in beide Hände, dirigierte sie dahin, wo sie sie haben wollte, und presste ihre Münder aufeinander.

Leidenschaft flammte auf und loderte durch Amanda wie eine Feuersbrunst.

Stöhnend presste sie sich gegen Michelle. Sie wollte mehr, wollte …

»Psst.« Schwer atmend ließ Michelle sie los und legte einen Finger auf Amandas Lippen. »Denk dran, wir haben drei kleine Anstandswauwaus in der Küche sitzen.«

Als die Berührung ihrer Lippen langsam in ein sanftes Streicheln überging, konnte Amanda nicht widerstehen und gab ihr einen letzten Kuss. »Meine Großmutter lädt dich heute Abend übrigens zum Essen bei ihr ein«, sagte sie, als sie schließlich einen Schritt zurücktrat.

»Ich wünschte, das ginge, aber ich hab meinem Bruder versprochen, die Mädchen über Nacht zu nehmen.«

Amanda unterdrückte ein Seufzen. »Vielleicht klappt es ja nächstes Wochenende.«

»Mist. Tut mir leid, Mandy. Da kann ich auch nicht. Nächstes Wochenende sind meine Neffen dran, bei mir zu übernachten.« Sie stöhnte und ließ den Kopf auf Amandas Schulter sinken.

Amanda fuhr mit den Fingern durch das kurze Haar. Wie immer genoss sie, wie unerwartet weich es war.

Nach einer Weile hob Michelle den Kopf und sah sie an. »Oh, tut mir leid. Ich hab eben erst gemerkt, dass ich dich Mandy genannt habe.«

»Ist schon okay.«

»Ich dachte, du magst den Spitznamen nicht.«

»Ich mag ihn schon«, sagte Amanda. »Aber als wir uns kaum kannten, erschien es mir einfach zu … intim.«

Michelle betrachtete sie. »Und jetzt?«

Amanda küsste sie erneut, diesmal ohne den Kuss zu vertiefen. Es ging ihr nur darum, eine Verbindung zwischen ihnen herzustellen. »Jetzt fühlt es sich richtig an, wenn du mich so nennst.«

Eine der Zwillinge kam ins Schlafzimmer gerannt. »Tante Micky, Emily hat mein ganzes Eis aufgegessen!«

»Hab ich nicht«, kam die Antwort aus der Küche.

»Hast du doch!«

»Hab ich nicht. Das war die Katze.«

Michelle schlang einen Arm um Amandas Schultern, als bräuchte sie die Stütze. »Komm, lass uns lieber eingreifen, bevor der dritte Weltkrieg noch in deiner Küche ausbricht.«

Während die Zwillinge sich darum stritten, wer den Knopf des Aufzugs drücken durfte, drehte sich Michelle zu Amanda um. »Also dann ... Wann kann ich dich wiedersehen?«

»Ich weiß nicht. Wenn's nach mir geht, so bald wie möglich.«

Michelle warf ihr einen hoffnungsvollen Blick zu. »Du hast nicht zufällig Lust, mir nächsten Sonntag beim Babysitten zu helfen? Ich verspreche auch, dass die Jungs weniger anstrengend sind.«

»Sind sie nicht«, rief Emily vom Aufzug.

»Sind sie doch.« Michelle streckte ihrer Nichte die Zunge heraus.

Amanda lachte. »Das reicht jetzt, ihr beiden. Kein Streiten. Falls wir nicht wieder irgendeinen Notfall am Set haben, würde ich dir gerne wieder beim Babysitten Gesellschaft leisten. Aber diese Woche wird sicher ziemlich hektisch. Es ist die letzte Woche vor der Sommerpause.«

Was sie daran erinnerte, dass am Freitag eine Abschlussparty für die Besetzung und die Crew stattfinden würde, um das Ende der zweiten Staffel gebührend zu feiern. Lorena hatte bereits angekündigt, dass sie ihren Verlobten mitbringen würde, und Nick würde sicher ein oder zwei gut aussehende Frauen am Arm hängen haben, wenn er auf der Party auftauchte. Walt hatte ihr gesagt, sie könne auch jemanden mitbringen, aber Amanda hatte nur eine nichtssagende Antwort gegeben. Sie war noch immer nicht sicher, ob eine so öffentliche Zurschaustellung ihrer sexuellen Orientierung ihrer Karriere nicht schaden würde, jetzt, wo sie gerade erst begonnen hatte.

Einen Moment lang war sie versucht, einfach *Scheiß drauf* zu sagen und Michelle zur Party einzuladen, aber dann seufzte sie und schwieg. Es war besser, keine großen Wellen zu schlagen, wenn man nicht wusste, ob sich Haie im Wasser tummelten.

Sie gab Michelle einen kurzen Kuss auf den Mund und hielt verblüfft still, als die Mädchen sie zum Abschied umarmten. Dann waren Michelle und ihre Nichten auch schon weg. Nach dem turbulenten Nachmittag schien die Stille fast ohrenbetäubend. Sie stand im Hausflur und lauschte dem Rattern des Aufzugs, bis sie ihn nicht mehr hören konnte.

# KAPITEL 12

Auf dem Weg zum Haus ihrer Großmutter stöpselte Amanda das Headset ihres Handys ein und rief Kathryn an. Geistesabwesend stellte sie fest, dass Michelle ihre Agentin vom zweiten Platz in ihrem Schnellwahlmenü verdrängt hatte.

»Was kann ich denn heute für meine Lieblingsschauspielerin tun?«, fragte Kathryn statt einer Begrüßung.

»Du redest nicht wieder von meiner Großmutter, oder?«

Kathryn lachte. »Nein. Da ich zehn Prozent von dem Geld kriege, das dir das Studio zahlt, spreche ich definitiv von dir.«

In den letzten vier Jahren hatte Kathryn zehn Prozent von so gut wie nichts erhalten, deshalb gönnte Amanda ihr das Geld. »Ich brauche einen Rat.«

Kathryn wurde sofort ernst. »Ich bin ganz Ohr.«

»Es geht um Michelle.«

»Oh. Es geht also nicht um was Geschäftliches. Nun ja, ich gebe dir gerne einen privaten Rat, aber glaubst du wirklich, es ist eine gute Idee, sich Beziehungsratschläge von einer Frau geben zu lassen, die dreimal geschieden ist?«

»Na ja, irgendwie geht es doch um was Geschäftliches.« Amanda hielt an einer roten Ampel an. »Es geht um die Abschlussparty am Freitag. Ich denke darüber nach, Michelle mitzunehmen.«

Kathryn schwieg einige Sekunden lang.

»Kath?«

»Ja. Ich bin noch da.«

»Du glaubst, das wäre keine gute Idee.«

Die Autos hinter ihr begannen zu hupen. Schnell überquerte Amanda die Kreuzung.

»Das hab ich nicht gesagt. Nicht unbedingt.« Kathryn seufzte. »Aber Hollywood ist eine launische Dame und ich will nicht, dass irgendwas den Erfolg, für den du so hart gearbeitet hast, zunichtemacht.«

Amanda umklammerte das Lenkrad fester. »Meine sexuelle Orientierung hat nichts, aber auch gar nichts mit meinen Fähigkeiten als Schauspielerin zu tun. Es ist nicht fair, dass die Leute mich danach beurteilen.«

»Ich weiß. Aber seit wann ist irgendwas im Showbusiness denn fair?«

Schweigen machte sich zwischen ihnen breit, unterbrochen nur vom Tick-Tack-Tick-Tack des Blinkers, als Amanda abbog.

»Ich sage nicht, du sollst sie nicht mit zu der Party nehmen«, sagte Kathryn schließlich. »Aber ... denk gut drüber nach, bevor du eine so wichtige Entscheidung triffst, okay?«

Amanda dachte schon darüber nach, seit Walt ihr von der Party erzählt hatte. »Ja. Mach ich. Danke.« Vielleicht war es wirklich keine so gute Idee gewesen, Kath um Rat zu fragen. Sie verabschiedete sich und legte auf, immer noch nicht schlauer als zuvor.

»Greif zu«, sagte ihre Großmutter, als sie einen Berg Pasta auf Amandas Teller häufte. »Immerhin isst du jetzt für zwei.«

Amanda verschluckte sich fast an ihren Spaghetti. »Wie bitte?«

Ihre Großmutter kicherte. »So hab ich das nicht gemeint. Es sei denn, Michelle hat ganz ungeahnte Talente.«

Über ihr Liebesleben mit ihrer Großmutter zu sprechen, machte sie nervös, auch wenn es momentan nicht viel zu berichten gab. Sie warf ihrer Großmutter einen bösen Blick zu und aß weiter.

»Ich habe davon gesprochen, dass du Michelles Portion ebenfalls aufessen musst, weil sie nicht zum Abendessen kommen konnte.« Ihre Großmutter schien darüber fast so enttäuscht wie Amanda.

Da sie keinen großen Hunger hatte, drehte Amanda langsam ihre Gabel in den Spaghetti. Ihre Gedanken waren immer noch bei Michelle, dem Nachmittag im Kino und der Abschlussparty. Kathryn um Rat zu fragen hatte ihr nicht geholfen, eine Entscheidung zu treffen.

Ihre Großmutter sah ihr eine Weile zu. Schließlich bedeckte sie Amandas Hand mit ihrer eigenen und hielt sie davon ab, die Gabel erneut herumzudrehen. »Was ist los? Du hast dich doch nicht mit Michelle gestritten, oder?«

»Nein. Wir sehen uns gar nicht oft genug, um uns zu streiten.«

»Bist du deshalb so niedergeschlagen?«

Amanda legte die Gabel weg. »Ich hätte nicht gedacht, dass es so schwer sein würde, eine neue Rolle und eine neue Beziehung unter einen Hut zu kriegen. Seit Jahren hab ich davon geträumt, endlich eine Rolle wie diese zu kriegen, aber jetzt beginne ich langsam, sie dafür zu hassen, dass sie mich davon abhält, mehr Zeit mit Michelle zu verbringen.«

Ihre Großmutter tätschelte ihr die Hand. »Prioritäten ändern sich eben, wenn man sich verliebt. Halt durch bis Freitag, dann habt ihr eine lange Drehpause und du kannst sie sehen, wann immer du willst.«

Der Gedanke an Freitag half nicht gerade, um Amanda aufzumuntern. »Hast du Opa je zu einer Abschlussparty am Set mitgenommen?«

»Ach du meine Güte, nein. Dein Großvater hasste Partys, insbesondere Partys von Schauspielern.«

»Hmm.« Amanda griff wieder nach ihrer Gabel und drehte sie durch die Spaghetti, ohne sie zu essen. Wollte Michelle überhaupt auf die Party gehen? Vielleicht machte sie sich ganz ohne Grund Sorgen.

»Warum fragst du?«

Ohne von ihrem Teller aufzusehen, sagte Amanda: »Ich denke darüber nach, Michelle zur Staffelabschlussparty am Freitag mitzunehmen.«

»Oh, ja, nimm sie ruhig mit. Ich wette, sie wird sich köstlich amüsieren. Sie versteht sich sofort mit allen, egal, wo sie hinkommt. Die Damen vom Bridgeklub waren ganz begeistert von ihr.«

Das ließ Amanda aufsehen. »Du hast sie mit zum Bridge genommen?«

»Als du eine Woche lang in Vegas warst, war sie einsam, deshalb hab ich sie ab und zu zum Fernsehen oder zum Kartenspielen eingeladen.«

Amanda lachte fast laut los. Michelle und ihre Großmutter hatten einander Gesellschaft geleistet, jeweils unter dem Vorwand, dass die andere einsam sei. *Das ist ja süß.* Es war schon erstaunlich, wie gut sich Michelle in ihr Privatleben einfügte. Wenn es doch nur auch so einfach gewesen wäre, sie und ihren Beruf unter einen Hut zu bringen.

»Dann wär das ja schon mal entschieden«, sagte ihre Großmutter. »Du nimmst sie mit zur Feier.«

»So einfach ist das nicht. Wenn ich sie mitnehme, wird jeder wissen, dass ich lesbisch bin.«

Ihre Großmutter sah sie über den Tisch hinweg an, stand dann auf und zog Amanda mit sich. »Lass uns ins Wohnzimmer gehen und reden.«

So war das schon seit Amandas Kindheit gewesen. Alle ernsthaften Gespräche fanden im Wohnzimmer statt, während ihre Großmutter in ihrem Sessel und Amanda vor ihr auf dem Hocker saß. Hier hatte Amanda ihrer Großmutter gesagt, dass sie lesbisch war, und hier hatte sie herausgefunden, dass ihr Großvater an Krebs erkrankt war.

Nachdem sie sich gesetzt hatten, nahm ihre Großmutter Amandas Hand. »Was ist los mit dir, Mandy? Sonst hat es dir doch auch nie was ausgemacht, wenn jeder wusste, dass du lesbisch bist.«

»Da hatte ich ja auch nichts zu verlieren. Mama und Papa hatten mich schon enterbt, als ich hierhergezogen bin, also gab es keinen Grund mehr, mich zu verstecken, aber jetzt muss ich an meine Karriere denken.«

»Glaubst du wirklich, lesbisch zu sein, würde ein Problem für deine Karriere darstellen?«, fragte ihre Großmutter.

»Ich weiß es nicht«, sagte Amanda. Sie sah hinab auf die mit Altersflecken übersäte Hand ihrer Großmutter, die ihre eigene hielt. »Ich hab es auch nicht eilig, es herauszufinden. Weißt du noch, was Lennard, mein erster Agent, gesagt hat?«

»Dieser blutrünstige Hai?«

»Er mag ja ein Hai sein, aber er kennt sich im Showbusiness aus. Er sagt, wenn man in Hollywood Karriere machen will, kann man es sich nicht leisten, ein Privatleben zu haben – besonders nicht, wenn man lesbisch ist. Kath glaubt auch, ich sollte lieber vorsichtig sein und momentan kein Risiko eingehen.«

Die silbergrauen Augenbrauen ihrer Großmutter zogen sich zusammen. »Verzeih meine offenen Worte, aber das ist Unsinn. Ich hab schon Karriere im Showbusiness gemacht, als Kathryn und Lennard noch gar nicht wussten, wie man Hollywood überhaupt buchstabiert! Und der einzige Grund, warum ich Karriere machen konnte, war, dass ich zum Ausgleich ein glückliches Privatleben hatte. Ohne deinen Großvater hätte ich nie dreißig Jahre als Schauspielerin überlebt.«

Amanda zweifelte nicht eine Sekunde daran. »Ja, aber du bist auch nicht lesbisch. Was, wenn ich es meinen Kollegen sage, und schon bald fangen Produzenten und Besetzungsleiter an zu glauben, sie könnten mich nicht in romantischen Komödien oder Liebesfilmen einsetzen, weil ihre Zielgruppe es nicht mögen würde oder weil sie glauben, ich könnte nicht überzeugend so tun, als wäre ich in einen Mann verliebt?«

Ihre Großmutter dachte einen Moment darüber nach. »Es ist ein Risiko«, sagte sie schließlich. »Aber Hollywood und das ganze Drumherum ... Es ist alles nicht echt, Mandy. Alles, was wirklich zählt im Leben, passiert, wenn die Kameras aus sind. Was nützt dir der ganze Ruhm und das Geld, wenn du nicht du selbst sein kannst? Es ist schon schwer genug, sich nicht selbst zu verlieren, wenn man alle paar Monate eine andere Rolle spielt. Du solltest dich nicht auch noch verstellen müssen, wenn gar nicht gedreht wird.«

Amanda spürte, wie recht ihre Großmutter hatte, sobald sie es laut ausgesprochen hatte. Während der langen Drehtage hatten nur die täglichen Telefongespräche mit Michelle sie aufrechterhalten. Was nützte es ihr, Karriere zu machen, immer größere Rollen zu bekommen, bis sie eines Tages vielleicht sogar einen Emmy oder einen Oscar gewann, wenn sie Michelle dann nicht mal in der Dankesrede erwähnen konnte?

Amanda stand auf und küsste ihre Großmutter auf die Wange. »Danke.« Sie ging zur Tür.

»Wo gehst du hin?«

»Mein Handy aus der Küche holen. Ich muss Michelle anrufen und sie zur Party einladen.«

»Sind die kleinen Monster schon im Bett?«

Michelle lachte. »Ja. Sie schlafen tief und fest. Schätze, den Tag mit einer Berühmtheit zu verbringen, hat sie müde gemacht.«

»Ich bin keine Berühmtheit.«

»Noch nicht.«

Amanda hätte wetten können, dass sie das sagen würde.

»Aber sie mögen dich trotzdem.«

»Ehrlich?« Das bedeutete Amanda mehr, als sie geahnt hatte. »Bist du sicher?«

»Natürlich. Sie haben den guten Geschmack ihrer Tante geerbt, wenn es um Frauen geht.«

Amanda musste lachen. »Du Clown. Hör mal, ich rufe aus einem ganz bestimmten Grund an.« Sie senkte die Stimme, obwohl ihre Großmutter im Wohnzimmer geblieben war, damit sie ungestört telefonieren konnte. »Ich würde dich gerne zu unserer Abschlussparty am Freitag einladen. Ich weiß ja, dass du am Samstag auf deine Neffen aufpasst, aber würdest du mitgehen, wenn ich verspreche, dass wir nicht allzu lange bleiben?«

»Natürlich«, sagte Michelle, ohne zu zögern. »Mein Bruder bringt die Kinder ohnehin erst gegen Mittag vorbei. Aber ... werden sich deine Kollegen nicht wundern, wenn du mit einer Fotografin auf der Party auftauchst?«

»Ich werde nicht mit einer Fotografin hingehen«, sagte Amanda. »Ich bringe meine Partnerin mit.«

Michelle schnappte hörbar nach Luft. »Bist du sicher, dass du das tun willst? Du könntest mich auch einfach nur als eine Freundin vorstellen, wenn das für dich leichter wäre.«

Amanda umklammerte das Handy fester. »Ich bin sicher«, sagte sie trotz ihrer feuchten Handflächen.

»Na gut. Sag mir, wann ich dich abholen soll, und ich bin da und werfe mich sogar in Schale, um den aufstrebenden Fernsehstar angemessen begleiten zu können.«

»Sieben Uhr.«

»Ich trag's mir in den Kalender ein. Soll ich *Probe* hinschreiben?«

»Nein«, sagte Amanda. »Diesmal ist es ein Date.«

# KAPITEL 13

MICHELLE WAR ZEHN MINUTEN ZU früh dran, aber trotzdem stand Amanda schon seit zwanzig Minuten neben der Tür und wartete, nervös über das bevorstehende Comingout und voller Vorfreude, Michelle wiederzusehen.

Als die Türen des Aufzugs auseinanderglitten, lehnte sie im Türrahmen ihrer Wohnung und ließ ihren Blick über die dunkelblaue Bluse und die schwarze Hose wandern, die Michelles muskulöse Beine besonders gut zur Geltung brachte.

Michelle strauchelte und starrte, als sie Amanda sah.

Amanda schaute an sich hinab. »Bin ich overdressed?«

»Äh, nein. Du siehst …« Sie blieb vor Amanda stehen und pfiff leise. »Du siehst umwerfend aus.« Ihre Pupillen waren geweitet, als sie ihr schwarzes Kleid betrachtete, das eine Schulter freiließ und viel Haut zeigte.

»Du auch.« Amanda gab endlich der Versuchung nach, die Bluse zu berühren, um zu sehen, ob sie so weich war, wie sie aussah. Aber sobald sie Michelles Schulter berührte und die Hitze spürte, die von ihr ausging, vergaß sie die Bluse und schlang die Arme um Michelle.

Als ihre Körper einander berührten, schien Michelle ein wenig zu schwanken. Sie stöhnte. »Du weißt aber schon,

247

dass es grausam ist, ein solches Kleid zu tragen, das bei mir nur den Wunsch auslöst, es dir vom Leib zu reißen?«

Die Worte und der heisere Klang ihrer Stimme ließen Hitze durch Amandas Körper schießen. Ihre Stimme versagte und so nahm sie Michelle wortlos bei der Hand und zog sie hinter sich her in ihre Wohnung, bevor sie den Nachbarn wieder etwas zum Gaffen geben konnten. Mit einem der hochhackigen Absätze schob sie die Tür hinter ihnen zu.

Nah beieinander standen sie in dem engen Flur ihrer Wohnung und Amanda wurde sich bewusst, dass sie zum ersten Mal seit Langem wieder allein mit Michelle war. Der Gedanke ließ ein Kribbeln bis hinab in ihre Zehenspitzen laufen.

Michelle räusperte sich und zerrte am obersten Knopf ihrer Bluse, als wäre ihr Kragen plötzlich zu eng geworden. »Bist du ausgehfertig?«

Amanda wäre viel lieber zu Hause geblieben, aber sie nickte. »Ja, ich muss nur noch meine Handtasche holen.« Als sie sich umdrehte und einen Schritt machte, um die Handtasche zu holen, teilte sich der Schlitz in ihrem Kleid und gab den Blick auf ihren Oberschenkel frei.

Ein Stöhnen kam von Michelle. »Himmel.«

Lächelnd schaute Amanda über die Schulter zurück. »Stimmt was nicht?«

»Oh, nein. Alles ist gut. Mehr als gut«, murmelte Michelle und kam näher. Sie presste ihre Lippen gegen Amandas unverhülltes Schulterblatt, schob einen Finger durch den Schlitz in ihrem Kleid und streichelte die Rückseite ihres Oberschenkels.

Amanda atmete schwer. Ihr Herzschlag setzte aus und begann dann zu hämmern, als Michelle jeden Zentimeter nackter Haut auf ihrem Rücken küsste. Ein sanftes Knabbern an ihrer Schulter ließ ihr die Knie weich werden und sie hielt sich mit beiden Händen an der Wand fest. »Wenn du nicht damit aufhörst, werden wir zu spät zur Party kommen«, flüsterte sie und erkannte ihre eigene Stimme fast nicht wieder.

»Damit? Was mach ich denn?« Michelle streifte den Träger von Amandas Schulter. Ihr Atem benetzte mit jedem Wort Amandas Haut und jagte ihr angenehme Schauer über den Rücken.

»Du bringst mich um den Verstand.«

Schwer atmend presste sich Michelle gegen sie. Ihre Hand – die, die nicht gerade damit beschäftigt war, ihren Schenkel zu streicheln – glitt über Amandas Hüfte und blieb unterhalb ihres Bauchnabels liegen. »Hmm. Gut. Du machst nämlich dasselbe mit mir.«

Amanda konnte nicht antworten. Sie konnte nicht mal mehr denken. Stattdessen drehte sie sich um und küsste Michelle hungrig.

Sie prallten gegen die Garderobe, hörten aber nicht auf, einander zu küssen.

Michelle drückte sie gegen die Wand, schob ein Bein durch den Schlitz in Amandas Kleid und rieb es gegen Amanda, dass ihr ganz schwindelig wurde.

Amanda stöhnte und zog Michelle die Bluse aus der Hose, um endlich ihre nackte Haut zu spüren. »Schlafzimmer.«

»Was ist mit …« Michelle knabberte an einer Schulter. »… der Party?«

»Vergiss die doofe Party.«

Michelle grinste, die Lippen gegen Amandas Schulter gepresst, aber sie zögerte noch immer. »Bist du sicher? Du hast doch gesagt, du willst mehr als einen Quickie.«

»Will ich auch«, sagte Amanda, während ihre Hände die glatte Haut und die eindrucksvollen Muskeln auf Michelles Rücken erkundeten. »Und wir werden auch mehr haben. Später. Aber jetzt brauche ich das hier. Ich brauche dich.«

Noch ehe sie richtig ausgesprochen hatte, küsste Michelle sie leidenschaftlich. »Ich brauche dich auch«, flüsterte sie mit rauer Stimme. Ohne Amanda loszulassen, ging sie rückwärts und zog sie mit sich zum Schlafzimmer.

Als Michelles Rücken gegen die Schlafzimmertür prallte, tastete Amanda mit einer Hand nach dem Türgriff, während die andere noch immer Michelles Rücken streichelte.

Endlich öffnete sich die Tür.

An der Kleidung der anderen zerrend, stolperten sie in Richtung Bett.

Statt sie aufs Bett zu werfen, wie Amanda halbwegs erwartet hatte, nahm Michelle sich jetzt Zeit. Sie ließ einen Finger über den Stoff von Amandas Kleid gleiten. »Hmm, vielleicht bist du ja doch overdressed.« Langsam und zentimeterweise zog sie den Träger über Amandas Schulter nach unten und enthüllte den Ansatz ihrer Brüste.

Amandas Brustwarzen richteten sich auf, als sehnten sie sich nach Michelles Berührung.

»Kein BH?«, fragte Michelle atemlos.

Amanda schüttelte den Kopf. Das Kleid war nicht für einen BH geschaffen und jetzt war sie froh darüber. Ein Kleidungsstück weniger, das sie loswerden musste, ehe sie Michelles Haut an ihrer spüren konnte.

Mit einem genießerischen Brummen beugte Michelle sich hinab und küsste die Haut über ihrem Schlüsselbein, bevor sie ihre Lippen zu ihrem Dekolleté wandern ließ. Ihre Hände glitten über Amandas Rücken, fanden den Reißverschluss und öffneten ihn langsam.

Das Klicken der winzigen Metallzähne klang ungewöhnlich laut in Amandas Ohren. Sie wollte so schnell wie möglich aus dem Kleid und zurück in Michelles Arme kommen.

Als das Kleid zu Boden fiel, folgte Michelle seinem Weg mit den Lippen, küsste Amandas Brüste, umkreiste sie mit ihrer warmen Zunge und leckte dann einen der harten Nippel.

Erregung schoss durch ihren Körper. »Oh Gott. Ins Bett. Jetzt sofort.« Nachdem sie ihre Stöckelschuhe und das Kleid um ihre Knöchel abgestreift hatte, sank sie aufs Bett. Der Kontrast zwischen den kalten Laken unter ihr und Michelles warmem Körper über ihr ließ sie frösteln.

Ohne sich damit aufzuhalten, sich auszuziehen, begann Michelle sofort, jeden Zentimeter von Amandas Körper zu liebkosen. Sie küsste ihr Schlüsselbein und ließ die Zunge ihren Hals entlang gleiten. Ihre Fingerspitzen glitten über Amandas Rippen und streiften ihre Brüste, als ihr Mund sich langsam einer von Amandas Brustwarzen näherte.

Keuchend vergrub Amanda die Finger in Michelles kurzen Haaren und zog ihren Kopf näher an sich heran.

Michelle knabberte, leckte und saugte. Als Amanda begann, sich unter ihr zu winden, fuhr sie mit den Zähnen vorsichtig über einen harten Nippel.

Amandas Körper hob sich ihr entgegen. Ihre Haut brannte da, wo Michelles Lippen und Hände sie berührten.

Ohne von Amandas Brüsten abzulassen, schob Michelle eine ihrer Hände über Amandas Bauch nach unten. Ihre Fingerspitzen spielten mit dem spitzenbesetzten Saum des schwarzen Slips.

»Ja.« Amanda hob die Hüften, um Michelle zu zeigen, wie sehr sie berührt werden wollte. »Bitte.«

Immer noch Amandas Brust mit dem Mund verwöhnend, ließ Michelle die Hand tiefer und in Amandas Unterwäsche gleiten. »Oh Gott, Amanda.« Michelles Pupillen weiteten sich, sodass ihre Augen nun fast schwarz wirkten. Sie umkreiste Amandas Klitoris mit einem Finger.

Blut rauschte durch Amandas Ohren. Sie hob sich Michelles Hand entgegen. Sie wollte sie näher, härter, schneller.

Stattdessen zog Michelle ihre Hand zurück. Doch bevor Amanda protestieren konnte, verteilte sie Küsse auf ihrem Bauch, bis der Slip ihr in die Quere kam. Behutsam streifte sie ihn über Amandas Hüften und warf ihn neben das Bett. Sie beugte sich über Amanda und musterte sie mit einem eindringlichen Blick. Ihre Bluse war zur Hälfte aufgeknöpft, aber ansonsten war sie vollständig bekleidet.

Es war eine seltsam erotische Erfahrung, splitternackt zu sein, während ihre Partnerin noch immer all ihre Kleider anhatte. Amanda umklammerte ihre Schultern, zog sie zu sich hinab und küsste sie mit einer Intensität, die ihnen beiden den Atem raubte.

Als Michelle eine Hand zwischen ihre Körper schob und über ihren Bauch nach unten gleiten ließ, stöhnte Amanda in ihren Mund hinein.

Sich auf einer Hand abstützend, massierte Michelle sanft Amandas Kitzler zwischen zwei Fingern.

Amanda spürte ein Ziehen tief in ihrem Bauch. Sie wand sich unter Michelle und unterbrach den Kuss, um nach Luft zu schnappen. »Mehr. Mehr.«

Michelle strich mit einer Fingerspitze direkt über ihre Klitoris. Dann, als Amanda das Gefühl hatte, gleich verrückt zu werden, streichelte Michelle noch tiefer und glitt mit einem, dann mit zwei Fingern in sie hinein.

»Gott, ja!« Amanda krallte sich an Michelles muskulösem Po fest und bewegte sich rhythmisch gegen ihre Finger. Mit einem hilflosen Stöhnen verbarg sie den Kopf an Michelles Schulter. Die Muskeln in ihren Beinen begannen zu zittern und sie konnte nicht länger die Augen aufhalten. Sie versuchte, es hinauszuzögern und die Empfindungen, die sie durchströmten, noch ein wenig länger zu genießen, aber als Michelle mit dem Daumen über ihren

Kitzler fuhr, breitete sich das heftige Pochen zwischen ihren Beinen aus und erfasste ihren ganzen Körper.

Jeder ihrer Muskeln erstarrte und erschlaffte dann wieder. Sie fiel zurück aufs Bett, sich immer noch an Michelles Hintern festklammernd.

Michelle rollte sie beide herum und zog Amanda in eine bequemere Position gegen ihre Schulter gekuschelt. Nachdem Amandas wilder Herzschlag sich beruhigt hatte, zog Michelle langsam ihre Finger zurück, hob den Kopf und küsste Amanda zärtlich.

Amanda vergrub die Finger in Michelles Haaren und zog sie näher, als der Kuss schnell leidenschaftlicher wurde.

Stöhnend löste sich Michelle von ihr und warf einen Blick auf den Radiowecker auf Amandas Nachttisch. »Die Party.« Sie versuchte, unter Amanda hervor und aus dem Bett zu krabbeln. »Wir müssen wirklich los, wenn wir …«

»Oh, nein.« Amanda setzte sich rittlings auf sie und presste sie zurück aufs Bett. »Jetzt bin ich an der Reihe. Halt still und lass mich dich lieben.«

Unter Amandas Körper gefangen, starrte Michelle zu ihr auf und lachte dann verblüfft. Ihr Lachen ging in ein Stöhnen über, als Amanda sich hinabbeugte und sie leicht in den Hals biss.

Amanda ließ ihre Hände in die halb offene Bluse gleiten. Hitze ging von Michelles leicht verschwitzter Haut aus. Sie fühlte sich an wie Seide. »Jetzt bist du diejenige, die eindeutig overdressed ist.«

Als Michelle ihre zitternden Hände hob, um sich die Bluse aufzuknöpfen, schüttelte Amanda den Kopf.

»Nein. Lass mich das machen.«

Michelle ließ die Arme zurück aufs Bett fallen, mit den Handflächen nach oben, als gäbe sie sich Amanda völlig hin.

Die Geste wirkte unglaublich erregend. Amanda presste sich gegen Michelle und stöhnte, als Michelles Hose gegen ihren noch immer überempfindlichen Kitzler rieb. *Nein. Nicht jetzt. Jetzt ist sie dran, verwöhnt zu werden.*

Amanda setzte sich ein wenig auf, sodass sie sich darauf konzentrieren konnte, Michelle auszuziehen. Ungeduldig erwägte sie, die Knöpfe einfach abzureißen, aber sie zwang sich, langsam vorzugehen und jeden Moment auszukosten.

Endlich löste sich der letzte Knopf und ein ärmelloses T-Shirt kam zum Vorschein, das geradezu an Michelles breiten Schultern klebte.

»Das auch«, sagte Amanda. Schon jetzt war sie ganz außer Atem bei der bloßen Vorstellung, Michelles Haut auf ihrer zu spüren.

Mit Amanda auf dem Schoß setzte sich Michelle auf und beide zerrten an dem T-Shirt, bis sie es endlich über Michelles Kopf streifen konnten.

Amanda warf es auf den größer werdenden Haufen Kleidung neben dem Bett, ohne den Blick von Michelle abzuwenden.

Sie trug ebenfalls keinen BH. Sie brauchte auch keinen, denn ihre Brüste waren kleiner als Amandas.

*Genau die perfekte Größe, um sie in die Hand zu nehmen. Oder in den Mund.* Sie rutschte im Bett nach unten und ließ die Zunge über die warme Haut an Michelles Hals und ihrem Brustbein gleiten. Das Salz auf ihrer Haut schmeckte unglaublich gut. Als sie ihre Brüste erreichte, umkreiste sie erst die eine, dann die andere mit der Zunge und ließ die Kreise immer kleiner werden, bis sie schließlich eine der Brustwarzen in den Mund nahm.

Michelle bäumte sich unter ihr auf, ließ aber die Hände auf dem Bett liegen, so als hätte sie Amanda daran gefesselt. Keuchen, Stöhnen und Laute, die wie ein Gebet klangen, kamen über ihre Lippen.

Amanda massierte eine Brust mit ihrer Hand. *Oh. Sie ist so empfindsam.* Sie hielt den Blick auf Michelles Gesicht gerichtet und genoss die Lust, die sie dort sah, als sie fortfuhr, ihre Brüste mit ihren Händen und ihrem Mund zu verwöhnen. Muskulöse Beine und Hüften hoben und senkten sich unter ihr, rieben gegen die Feuchtigkeit zwischen ihren eigenen Beinen und raubten ihr den Verstand.

Eigentlich hatte sie Michelle noch ein wenig länger hinhalten wollen, aber schließlich war sie es, die es nicht mehr aushielt. Sie rutschte nach unten, küsste Michelles flachen Bauch und erkundete ihren Sixpack mit Lippen und Zunge. Früher hatte sie weibliche Kurven bevorzugt, aber jetzt turnte sie Michelles starker Körper unglaublich an.

Langsam öffnete sie Michelles Ledergürtel und streifte ihre Hose die langen Beine hinab. Sie auszuziehen bereitete ihr ein unerwartetes Vergnügen. Einen Moment lang saß sie nur da und bewunderte den Kontrast von Michelles Boxershorts und der weichen Haut ihrer Beine, dann konnte sie die wenigen Zentimeter, die sie voneinander trennten, nicht mehr ertragen. Sie half ihr, die Boxershorts auszuziehen und glitt zwischen Michelles Schenkel. Ihre Nasenflügel bebten, als sie ihren Geruch einatmete. Erneut ließ sie Küsse auf Michelles Brust und Bauch hinabregnen, als sie im Bett nach unten rutschte.

Michelle hob den Kopf und sah zu ihr herab. »Du musst das nicht ...«

Amanda legte sich einen Finger auf den Mund in einer Geste, die Michelle zum Schweigen bringen sollte. Ohne ein Wort zu sagen, beugte sie sich vor und küsste die seidenweiche Haut einer Schenkelinnenseite. Sie hielt inne, als ihr Kinn feuchtes, dunkles Haar berührte.

Michelle streckte sich ihr entgegen und bat wortlos um mehr.

Mit einer sanften Berührung bedeutete ihr Amanda, ein Bein über ihre Schulter zu legen, und ließ dann ihre Zunge ihren Schenkel entlang nach oben gleiten.

Gleichzeitig stöhnten sie auf.

Amanda strich sanft mit der Zunge über die Schamlippen und umkreiste Michelles Klitoris, ohne sie wirklich zu berühren, dann neckte sie sie mit ein paar schnellen Zungenstößen.

»Oh, Himmel. Du ...« Michelle schnappte nach Luft. »Du machst mich fertig.«

Endlich fuhr Amanda mit der Zungenspitze fester über ihren Kitzler und nahm ihn dann in den Mund.

Michelle krallte sich mit beiden Händen am Bettlaken fest und warf den Kopf unruhig von einer Seite zur anderen. Ihre Beine begannen zu beben und Amanda spürte ein Pulsieren auf der Zunge. Michelles Hüften bäumten sich ihr entgegen.

Amanda schob eine Hand unter sie und umklammerte ihren Hintern, um sie gegen sich gepresst zu halten. Langsam, sich Michelles Rhythmus anpassend, saugte sie stärker und schob eine Hand hinauf, um ihre Brust zu massieren.

Michelle schrie auf und warf den Kopf zurück. Ihr Körper hob sich Amanda entgegen, erstarrte dann und fiel aufs Bett zurück.

Amanda fuhr ein letztes Mal sanft mit der Zunge über ihre Klitoris, was Michelles ganzen Körper zum Zittern brachte.

Michelle ließ das Laken los und umklammerte Amandas Schulter. »Komm hier hoch«, sagte sie mit heiserer Stimme.

Amanda schob sich an ihrem Körper entlang nach oben und genoss dabei das Gefühl von Michelles schweißfeuchter Haut, die gegen ihre glitt. Halb auf dem Bett, halb auf Michelle, legte sie sich hin und schob ein Bein zwischen Michelles Schenkel.

Michelle schlang die Arme um sie. Nachdem sie ein paar Mal geblinzelt hatte, so als wollten ihr ihre Augen nicht so recht gehorchen, sah sie Amanda an. Zärtlich kämmte sie eine Haarsträhne hinter Amandas Ohr zurück und hob den Kopf, um sie zu küssen. Dabei sah sie ihr bis zum letzten Moment, kurz bevor sich ihre Lippen trafen, tief in die Augen.

Ein Prickeln lief durch Amandas Körper und sie wollte sofort mehr.

»Du bist unglaublich«, sagte Michelle. Ihre Stimme war noch immer rau und atemlos. »Ich hab mich noch nie im Bett von einer Frau so dominieren lassen.«

»Ich hab dich nicht dominiert.«

Michelle lächelte und tippte Amanda auf die Nase. »Doch, hast du.«

»Hab ich nicht.« Amanda rollte sich von Michelle herunter und ließ sich neben ihr aufs Bett fallen. Lachend schielte sie zu ihr hinüber. »Oh Gott, wir klingen langsam wie deine Nichten. Ich glaube, wir machen uns jetzt besser auf den Weg zur Abschlussparty.«

Michelle sprang aus dem Bett. »Wer zuerst in der Dusche ist, hat gewonnen.«

Einen Moment lang war Amanda durch den Anblick von Michelles durchtrainiertem Körper abgelenkt. Sie stellte sich vor, wie sie sich in der Dusche gegen diesen Körper rieb und wie diese talentierten Hände sie gründlich einseiften. Sie schüttelte den Kopf, um die Bilder aus ihrem Kopf zu vertreiben. »Kommt nicht in Frage. Ich gehe zuerst. Wenn wir zusammen duschen, kommen wir nie zur Party.«

Mit weichen Knien schob sie sich an Michelle vorbei und zwang sich, die Badezimmertür zwischen ihnen zu schließen. Während sie darauf wartete, dass das Wasser warm wurde, hielt sie sich mit beiden Händen am Waschbecken fest und starrte ihr Spiegelbild an. Mit Ausnahme der zerzausten Haare und der geröteten Wangen sah sie aus wie immer, aber sie fühlte sich, als hätte sie sich verändert, jetzt, wo sie dieses unglaubliche Erlebnis mit Michelle geteilt hatte.

»Oh, wow«, flüsterte sie, riss dann den Blick von ihrem Spiegelbild los und trat unter das warme Wasser.

# KAPITEL 14

»Ah, da bist du ja endlich«, sagte Lorena, als sie zu ihr und ihrem Verlobten an den Büfetttisch traten. »Eine volle Stunde zu spät, wie ein echter Star.«

Amandas Wangen glühten in knalligen Rottönen. »Wir haben im Stau gestanden«, murmelte sie. Staus waren immer eine gute Ausrede in L.A.

»Stau. Klar. So nennt man das jetzt also.« Lorena zwinkerte und musterte Michelle ausführlich. Sie ließ ihren Blick über auf Hochglanz geputzte Schuhe bis hinauf zu ihrem noch immer etwas zerzausten Haar gleiten. »Willst du mich deinem Fr...« Sie brach ab und sah ein zweites Mal hin. »Deiner ... äh ...«

»Meiner Partnerin«, sagte Amanda. »Michelle Osinski.«

Nach einigen Sekunden hörte Lorena auf zu starren und schüttelte Michelle die Hand. Sie sah von Michelle zu Amanda. »Du bist also ...?«

»Lesbisch. Ja.« Amanda zwang sich, aufrecht dazustehen und unter dem Blick ihrer Kollegin nicht herumzuzappeln.

»Weiß Nick das? Ich hatte den Eindruck, er steht auf dich.«

Amanda sah seufzend über Lorenas Schulter. »In spätestens dreißig Sekunden weiß er es. Er kommt gerade auf uns zu.«

Nick gesellte sich mit zwei Cocktailgläsern zu ihnen. »Hey, da bist du ja endlich.« Er klang, als hätte er schon ein paar Cocktails intus. »Ich dachte schon, du versetzt mich.«

*Ich versetze ihn?* Amanda tauschte kurze Blicke mit Michelle. »Wir sind nicht verabredet, Nick, wir sind nur auf dieselbe Party gegangen. Getrennt voneinander.«

»Ach, wen interessieren schon solche Feinheiten? Hier.« Er drückte ihr eines der Gläser in die Hand. »Ich dachte, du hättest gerne einen richtig schönen *Orgasmus*.«

Nur unter Aufwand all ihres schauspielerischen Könnens hielt Amanda ein Grinsen zurück. *Danke, ich hatte schon einen.* Sie zuckte zusammen und lächelte dann, als Michelle ihr von den anderen unbemerkt in den Po kniff. »Nein, danke«, sagte sie zu Nick. »Ich trinke keinen Wodka mehr. Der bringt mich dazu, Dummheiten zu machen.«

»Ach, ich weiß nicht«, sagte Michelle. Ihre Stimme vibrierte durch Amandas Rücken und durch den Rest ihres Körpers. »Ein paar dieser Dummheiten haben doch ein gutes Ende genommen.«

Amanda drehte sich zu ihr um und lächelte. Als sie in Michelles Augen sah, vergaß sie einen Moment lang die Party und ihre Kollegen, die sie beobachteten. »Stimmt.«

Michelle nahm ihre Hand, hob sie zu ihren Lippen und küsste den Handrücken.

Nick verschüttete fast seine Cocktails. »Amanda? Ich dachte, die Fotografin wäre bloß eine Bekannte von dir? Was zum Teufel geht hier vor?«

»Begreif's endlich, Nick.« Lorena rollte mit den Augen. »Amanda interessiert sich nicht für dich. Sie ist lesbisch und nicht nur zeitweise, so wie Britney Spears, also tu uns einen Gefallen und hör endlich auf, sie anzubaggern.«

Während Nick noch mit offenem Mund dastand, kam Walt mit dem Produzenten und dem Autor, der die meisten ihrer Drehbücher schrieb, zu ihnen herüber.

Amanda musste schlucken, als sie den wichtigsten Männern am Set gegenüberstand. Michelles Hand brannte fast in ihrer, aber sie weigerte sich, sie loszulassen.

Aber die drei Männer schienen das Händchenhalten entweder nicht zu bemerken oder sie zogen es vor, es zu ignorieren.

Walt sah von Michelle zu Lorenas Verlobtem. »Wenn Sie uns bitte entschuldigen würden, wir müssen unsere Hauptdarsteller mal kurz entführen. Es gibt etwas Wichtiges zu besprechen.«

Das klang aber geheimnisvoll. Was war los? Ein Kloß bildete sich in Amandas Hals. Ihre Serie sollte doch wohl nicht abgesetzt werden, oder? Die Einschaltquoten hätten doch kaum besser sein können. Aber was sonst konnte so wichtig sein, dass man sie von der Party wegholen musste, kaum dass sie angekommen war?

Michelle drückte ihre Hand ermutigend, bevor sie losließ. »Ich warte hier auf dich.«

David, der Produzent, führte sie in eines der Hinter-
zimmer und deutete zum Konferenztisch. »Ich glaube, es
ist besser, ihr setzt euch alle.«

*Oh, oh.* Das konnte schon mal nichts Gutes heißen.
Mit gummiweichen Knien ließ sich Amanda auf einen
der Stühle fallen und tauschte besorgte Blicke mit Lorena
und Nick.

Walt nahm ihnen gegenüber Platz. »Schaut nicht so
besorgt drein. Es geht um etwas ganz Positives. Wenigstens
glauben wir das. Wir haben schon grünes Licht für eine
dritte Staffel und unsere Einschaltquoten sind besser, als
wir es uns je erträumt haben, besonders bei den Achtzehn-
bis Vierunddreißigjährigen.«

Amanda lehnte sich zurück und atmete tief durch. Die
Serie würde also nicht abgesetzt werden. Ganz im Gegen-
teil. Wofür dann diese unvorhergesehene Besprechung?

»Und genau aus diesem Grund glauben wir, dass wir
die neue Staffel mit einem Knall eröffnen sollten«, sagte
Ron, der Drehbuchautor, und schob einen Stapel auf rote
Seiten gedruckte Drehbücher über den Tisch.

»Das sag ich doch schon die ganze Zeit«, sagte Nick.
»Wir brauchen mehr Actionszenen und ...«

»Nein, unsere Einschaltquoten sagen was ganz anderes«, sagte David. »Die sind immer dann am besten, wenn
wir eine Folge mit einer etwas persönlicheren Handlung
ausstrahlen. Und darum glauben wir, dass wir uns das hier
erlauben können.« Er deutete auf das Drehbuch vor ihm.

Amanda starrte auf die roten Seiten hinab. Fast traute
sie sich nicht, sie anzufassen. Sie hatte schon von Dreh-

büchern gehört, die einer so strengen Geheimhaltung unterlagen, dass sie auf rotem Papier gedruckt wurden, damit niemand sie kopieren konnte, aber bisher hatte sie nie eines gesehen.

»Werft doch mal einen Blick rein«, sagte David.

Zögernd nahm Amanda das Bündel Papier vom Tisch und begann zu lesen. Auf der ersten Seite stand der Titel der Folge: *Gewagtes Spiel.* Wahrscheinlich ging es um die Spielsucht ihrer Figur. *Kein Problem. Das krieg ich hin.* Insbesondere jetzt, wo sie sich nach Michelle und ihren Berührungen sehnte wie ein Verhungernder nach Essen, sollte sie in der Lage sein, eine oscarreife Vorstellung von einer Frau, die gegen ihre Sucht ankämpfte, abzuliefern.

Schon viel entspannter blätterte sie durch das Drehbuch und las einen Abschnitt hier und da. Schnell schlug die Geschichte sie in ihren Bann. In dieser Folge wurde Detective Hallidays Vater, der zuvor schon Gastauftritte gehabt hatte, ermordet und landete auf dem Tisch der Gerichtsmedizinerin.

»Na toll.« Lorena seufzte. »Amanda kriegt mal wieder die interessantesten Szenen und darf die trauernde Tochter spielen, während ich an Leichen herumschnipple.« Trotz ihrer Beschwerde lächelte sie Amanda an.

»Nur keine Sorge, du hast auch einige interessante Szenen«, sagte Ron. »Schlagt mal Seite achtunddreißig auf. Das ist die erste der interessanten Szenen zwischen deinem Charakter, Lorena, und Amandas.«

Endlich bekamen die beiden einzigen weiblichen Hauptfiguren der Serie, Detective Halliday und Dr. Roberta Castellano, ein paar mehr Dialogzeilen zusammen. Bisher hatte Amandas Charakter hauptsächlich mit ihrem Partner, gespielt von Nick, interagiert.

Dave sah von Amanda zu Lorena. »Wir müssen erst noch eure Genehmigung und die eurer Agenten einholen, bevor wir im August mit den Dreharbeiten beginnen.«

Warum musste Kathryn das Drehbuch genehmigen? Mit zitternden Fingern schlug Amanda das Drehbuch auf Seite achtunddreißig auf und begann zu lesen.

INNEN — GERICHTSMEDIZIN — TAG

Dr. Roberta Castellano beugt sich über Jack Hallidays Leiche, die auf dem kalten Stahltisch liegt, und setzt gerade das Skalpell an, als Detective Linda Halliday den Raum betritt. Castellano legt schnell das Skalpell weg und bedeckt die Leiche mit einem Laken.

CASTELLANO
Was machen Sie
denn hier?

HALLIDAY
Meinen Job.

Castellano schüttelt den Kopf, geht um den Tisch herum und bleibt vor ihr stehen.

> CASTELLANO
> Das hier hat nichts mit Ihrem Job zu tun. Er ist ihr Vater. Sie sollten nicht hier sein.

> HALLIDAY
> Ich muss doch was tun.

Castellano macht einen Schritt vorwärts und berührt Hallidays Hand.

> CASTELLANO
> Ich weiß, wie Sie sich jetzt fühlen.

Halliday sieht nach unten, hin- und hergerissen zwischen dem Impuls, sich der Berührung entgegenzulehnen, und dem Bedürfnis, stark zu sein. Nach ein paar Sekunden zieht sie ihre Hand weg.

HALLIDAY
Sie haben nicht die
geringste Ahnung,
wie ich mich fühle.

CASTELLANO
Doch, hab ich. Ich hab
vor drei Jahren meine
Partnerin auf fast die
gleiche Weise verloren.

HALLIDAY
Das tut mir leid.
(Zögern)
Ihre … Partnerin?

Ein winziges Lächeln kräuselt
Castellanos Lippen, aber ihre Augen
lächeln nicht mit.

CASTELLANO
Ja. Meine Partnerin.
Und damit ist keine
Polizistenpartnerschaft
gemeint. Sie war
meine Frau. Oder wäre
es gewesen, wenn die
Gesetze damals schon
anders gewesen wären.

Amanda hörte auf zu lesen und sah vom Drehbuch auf. Als sie den Kopf drehte, begegnete sie Lorenas verblüfftem Blick.

»Ich bin lesbisch?«, fragte Lorena und sah von David zu Ron und Walt. »Ich meine … meine Figur ist lesbisch?«

Ron nickte. »Ich hoffe, das ist für dich kein Problem.« Er sah zu Amanda. »Für euch beide. Denn wenn ihr zur letzten Seite vorblättert …«

Amanda tat es.

INNEN — KASINO — NACHT

Detective Halliday geht mit einem Stapel Chips zum Pokertisch und will sich gerade setzen. NAHAUFNAHME von einer Hand, die sich auf Hallidays legt und sie zurückhält. Halliday dreht sich um.

CASTELLANO
Mach das nicht.

HALLIDAY
Warum nicht? Ich habe alles verloren … meinen Vater, die Verhandlung gegen seinen Mörder … Was bleibt mir denn noch?

                    CASTELLANO
                (flüstert)
                Ich. Du hast mich.


Halliday starrt sie an.


                    HALLIDAY
                Du meinst …?


Castellano nickt, tritt näher und
küsst sie. Halliday läßt den Stapel
Chips fallen und erwidert den Kuss.


                            ABSPANN.


            ENDE FOLGE 1.


Amanda ließ das Drehbuch sinken, starrte Lorena an und
versuchte sich vorzustellen, sie zu küssen. Lorena war
zweimal auf die Liste der attraktivsten Frauen der Welt
gewählt worden und war der kurvige, weibliche Typ, auf
den Amanda normalerweise stand, aber jetzt war der Gedanke daran, sie vor der Kamera zu küssen, ungefähr so
verlockend wie die Vorstellung, die Entführungsszene in
der Hütte noch mal drehen zu müssen. Vielleicht, weil es
nicht sonderlich erotisch war, Kussszenen inmitten von
Kameras, Technikern und Maskenbildnern zu drehen, oder
vielleicht, weil sie im Moment nur daran denken konnte,

die Party so schnell wie möglich zu verlassen und stattdessen Michelle zu küssen.

»Was zum Teufel …?« Nick klatschte das Drehbuch so heftig auf den Tisch, dass es zu Boden schlitterte.

»Das macht ihr nicht nur, um die Einschaltquoten kurzzeitig nach oben zu treiben und sie dann wieder in die Arme eines Mannes sinken zu lassen, oder?«, fragte Lorena und sah den Drehbuchautor aus zusammengekniffenen Augen an.

Ron schüttelte den Kopf. »Nein. Wir wollen das tun, was die Verantwortlichen in *Law and Order: Special Victims Unit* versäumt haben.«

»Sämtliche Zuschauer vergraulen?«, murmelte Nick.

»Eine glaubhafte lesbische Hauptfigur in einer Krimiserie zu haben«, sagte Ron, ohne ihn anzusehen. »Das ist deine Chance, dein Repertoire zu erweitern, Lorena. Du wolltest doch, dass wir eine Liebesgeschichte für Dr. Castellano ins Drehbuch schreiben.« Er zuckte mit den Schultern. »Aber wenn das für dich ein Problem ist …«

»Das hab ich nicht gesagt.« Lorena fuhr mit den Fingerspitzen über die erste Seite des Drehbuchs. »So hab ich das nicht erwartet, aber es ist sehr gut geschrieben.« Sie richtete sich auf und grinste Nick an, der mit verschränkten Armen dasaß. »Wenigstens einer von uns darf Amanda küssen.«

David wandte sich Amanda zu. »Ich nehme mal an, du hast kein Problem damit? Ich will nicht unverschämt klingen, aber du weißt ja, dass die Leute in Hollywood kein Geheimnis für sich behalten können, deshalb wissen wir, dass du ... nun ja ... schon Erfahrung auf dem Gebiet sammeln konntest.«

Amanda fiel fast vom Stuhl. All das Kopfzerbrechen und die schlaflosen Nächte, die sie wegen ihres Coming-outs ihren Kollegen gegenüber gehabt hatte, und dabei wussten der Produzent, die Drehbuchautoren und der Regisseur der Serie schon längst, dass sie lesbisch war?

»Ich habe absolut kein Problem damit«, brachte sie schließlich heraus.

»Gut.« David sammelte die Drehbücher ein. »Ich muss natürlich noch mit euren Agenten reden, aber wir würden das wirklich gerne so drehen.«

Amanda starrte die drei Männer noch immer an.

Lorena stupste sie an. »Komm schon. Lass uns gehen, bevor Nick sie noch überredet, die Szene zu einem flotten Dreier umzuschreiben.«

Immer noch sprachlos verließ Amanda den Besprechungs-raum. Der Lärm der Party schlug ihr entgegen und sie ließ den Blick auf der Suche nach Michelle über die feiernde Menge gleiten. Schließlich entdeckte sie Michelle auf der gegenüberliegenden Seite des Raums, wo sie sich gerade mit einem der Kameramänner unterhielt und aus einer Bierflasche trank.

Als spürte sie Amandas Blick auf sich ruhen, hob Michelle den Kopf und sah sie an. Michelle verabschiedete sich sofort. Mit ein paar schnellen Schritten war sie an Amandas Seite und schlang einen Arm um sie. »Hey, alles okay mit dir? Du siehst ein bisschen …«

»Geschockt aus«, beendete Amanda den Satz.

»Was ist passiert? Die haben dich doch nicht gefeuert, oder?« Michelle sah aus, als wäre sie drauf und dran, zu der verantwortlichen Person für eine solche Entscheidung hinüberzumarschieren und ihm oder ihr den Kopf abzureißen.

Amanda schüttelte den Kopf. »Nein.«

»Was ist dann los?«

»Weißt du noch, als ich Scherze darüber gemacht habe, dass ich Fesselspielchen mit Lorena spiele?«

Michelle kniff die Augen zusammen. »Ja.«

»Tja, sieht so aus, als würde ich das wirklich bald tun.«

Michelle ließ fast ihre Bierflasche fallen. »Wie bitte?«

Amanda nahm ihr das Bier aus der Hand und nahm einen großen Schluck. Das hatte sie jetzt dringend gebraucht. »Na ja, vielleicht keine Fesselspiele, aber die dritte Staffel hat für unsere lesbischen Zuschauerinnen so einiges zu bieten. Die erste Folge endet mit einem heißen Zungenclinch zwischen Lorena und mir – oder vielmehr zwischen Dr. Castellano und Detective Halliday.«

»Wow.« Michelle holte sich die Flasche zurück und leerte sie in einem Zug. »Ich kann mich nicht entscheiden, ob ich eifersüchtig oder erregt sein sollte. Vermutlich beides.«

»Keines von beiden. Glaub mir, eine Kussszene zu drehen, ist die unerotischste Sache der Welt. Oder wärst du scharf darauf, eine Kollegin zu küssen, während dir ein Dutzend Leute zusieht und ein bärtiger Kerl dir einen Scheinwerfer vor die Nase hält?«

»Nein, das entspricht nicht so ganz meiner Vorstellung von einer heißen Nacht«, sagte Michelle. Sie stellte die leere Bierflasche auf einem Tisch ab und nahm Amandas Hand. »Tja, ich weiß aus eigener Erfahrung, dass keine bärtigen Kerle mit Scheinwerfern in deinem Schlafzimmer warten, wie wäre es also, wenn wir jetzt nach Hause gehen und ... weiterproben?«

Amanda ließ sich nicht lange bitten. Immerhin machte Übung ja bekanntlich den Meister.

Als die Sonne aufging, öffnete Amanda die Augen. Sie rekelte sich und stellte fest, dass Muskeln, die sie lange nicht benutzt hatte, auf angenehme Weise schmerzten. Die Erinnerung an gestern Nacht brachte sie zum Lächeln. Obwohl sie gerade mal drei Stunden geschlafen hatte, fühlte sie sich großartig. Als sie sich herumrollte, um sich bei Michelle anzukuscheln, merkte sie, dass das Bett neben ihr leer war.

Stirnrunzelnd setzte sie sich auf. Einen Moment lang fragte sie sich, ob sie alles nur geträumt hatte. Es wäre sicherlich nicht das erste Mal, dass sie lebhaft davon geträumt hatte, mit Michelle Sex zu haben.

Aber Michelles Geruch umgab sie und die dunkelblaue Bluse, die Michelle gestern getragen hatte, lag neben dem Bett, wo sie gelandet war, nachdem Amanda sie Michelle fast vom Leib gerissen hatte.

Ein Windstoß vom halb offenen Fenster jagte Amanda eine Gänsehaut über die nackte Haut. Sie griff nach der Jogginghose, die neben dem Bett auf dem Stuhl lag, und schlüpfte in Michelles Bluse. Während sie ein paar der Knöpfe schloss, atmete sie tief den Geruch von Michelles Parfüm ein.

Dann machte sie sich auf die Suche nach ihr.

Die Feuerleiter war heruntergelassen worden und gab ihr einen Hinweis darauf, wohin Michelle verschwunden war.

Amanda kletterte aus dem Fenster und die Feuerleiter hinauf, bis sie auf dem Dach ankam.

Michelle saß auf dem Klappstuhl, den Amanda dort oben hingestellt hatte. Sie war barfuß und trug nur ihre Hose und das ärmellose T-Shirt, dessen seidenartiger Stoff sich über ihren breiten Schultern spannte.

Sofort wollte Amanda sie über die Feuerleiter in ihre Wohnung und zurück ins Bett zerren. »Wie ich sehe, hast du meinen Meerblick entdeckt.«

Michelle drehte sich um. Ihre Augen strahlten. »Ja. Aber ich genieße den Anblick hier viel mehr.« Sie ließ ihren Blick über die Bluse gleiten, die Amanda viel zu groß war und ein gutes Stück ihres Dekolletés enthüllte. »Ich hoffe, es macht dir nichts aus, dass ich ohne dich hier raufgeklettert bin. Du hast so friedlich geschlafen und ich wollte dich nicht wecken, weil du so selten Gelegenheit hast, dich mal so richtig auszuschlafen.«

»Das ist schon in Ordnung. Ich will, dass du dich auf meinem Dach – und in meiner Wohnung – ganz wie zu Hause fühlst.«

»Das tue ich.« Michelle streckte die Hand aus und zog Amanda auf ihren Schoß.

Zufrieden kuschelte sich Amanda an sie. Sie küsste Michelles Wange, dann die kleine Narbe in ihrem Augenwinkel, bevor sie sich an ihre Schulter lehnte.

Beide schwiegen, als sie zusahen, wie die Stadt unter ihnen langsam erwachte.

Schließlich, als das graue Licht der Dämmerung dem dunstigen Blau eines Morgens in Los Angeles wich, zog Michelle sanft Amandas Kopf herum, um ihr in die Augen sehen zu können. »Danke für letzte Nacht.«

»Du bedankst dich bei mir? Ich sollte dir danken. Mehrmals.« Amanda fächelte sich mit beiden Händen Luft zu. »Letzte Nacht war unglaublich.«

Michelle lächelte. »Ja, es war wunderschön mit dir. Aber ich spreche davon, dass du mich mit zur Staffelabschlussparty genommen hast. Ich weiß ja, was diese Rolle dir bedeutet, und ich bin sicher, noch vor wenigen Monaten hättest du dir nicht vorstellen können, sie wegen jemandem wie mir aufs Spiel zu setzen.«

»Stimmt. Mich in dich zu verlieben, stand nicht im Drehbuch, aber ich bin froh, dass es passiert ist.«

Michelle erstarrte unter ihr. Sie hörte einen Augenblick lang sogar auf zu atmen. Dann holte sie tief Luft. »Hast du eben gesagt ...?«

Amanda hatte eigentlich nicht vorgehabt, es beiläufig in einem Nebensatz zu erwähnen. Sie hatte geplant, es ihr in einem ganz besonders romantischen Moment zu sagen. Aber diesen Morgen, hoch über den Dächern von Los Angeles, mit Michelle zu teilen, war ziemlich romantisch. »Dass ich dich liebe. Ja. Ich hoffe, ich habe dir das letzte Nacht zeigen können.«

»Hmm.« Michelles Hände glitten unter die halb offene Bluse. »Ich glaube, eine kleine Erinnerungshilfe könnte nicht schaden.«

»Ach ja? Soll ich ...?«

In der Wohnung begann das Telefon zu klingeln.

Amanda stöhnte und vergrub das Gesicht an Michelles Schulter. »Himmel. Wieso haben wir nur immer das Glück, dass uns irgendwelche Anrufe in den ungünstigsten Augenblicken stören?« Als der Anrufbeantworter ranging und die Stimme ihrer Großmutter zu ihnen hinaufdrang, wollte sie von Michelles Schoß aufstehen, aber Michelle hielt sie weiterhin fest.

»Ich hab keine Ahnung, aber ich rühre mich nicht vom Fleck, ehe ich dir nicht gesagt habe ...« Mit einem Finger hob sie Amandas Kinn an, sodass sie einander in die Augen sahen. »... dass ich dich auch liebe.«

Ihre Lippen trafen sich zu einem langen Kuss, der voller Verheißungen für die Zukunft war. Dann kletterte Amanda von Michelles Schoß, nahm ihre Hand und zog sie für weitere Proben zurück in die Wohnung. Ihre Großmutter konnte sie später noch zurückrufen. Viel später.

# EPILOG

ALS AMANDA ANSTALTEN MACHTE, DEN achten Laden zu betreten, blieb ihre Großmutter stur stehen und weigerte sich, auch nur einen weiteren Schritt vorwärts zu machen. »Ich liebe Shoppingtouren genauso sehr, wie die meisten Schauspielerinnen, aber das geht zu weit. Man könnte glauben, du wärst auf der Suche nach einem Verlobungsring. Es ist doch bloß eine Valentinstagskarte, Mandy!«

»Ich weiß, aber einfach nur irgendeine Valentinstagskarte genügt nicht. Ich suche nach etwas ganz Besonderem.«

Der Verkäufer kam auf sie zu. »Kann ich den Damen weiterhelfen? Wir haben eine große Auswahl an Karten. Ich bin sicher, Sie finden das Richtige.« Er hielt inne und musterte Amanda.

Sie straffte die Schultern, wohl wissend, was gleich kommen würde. Den Blick hatte sie in den vergangenen Monaten zur Genüge kennengelernt.

»Moment! Sind Sie nicht ...?«

Amandas Großmutter tätschelte ihm den Arm. »Oh, das hören wir ständig. Sieht sie nicht genauso aus wie die Schauspielerin, die einen Emmy für ihre Rolle in dieser Krimiserie bekommen hat?«

»Ja.« Der Verkäufer sah Amanda immer noch an und schüttelte den Kopf. »Eine ganz erstaunliche Ähnlichkeit. Sie könnten Zwillinge sein.«

»Nein. Glauben Sie mir, ich bin ihre Großmutter, ich müsste wissen, wenn sie irgendwelche Geschwister hätte.«

Amanda wollte eben gehen, bevor er doch noch Verdacht schöpfte, da nahm sie aus dem Augenwinkel eine Karte wahr, die einsam in einer ansonsten leeren Ecke des Kartenständers hing. »Die ist es!« Sie nahm die Karte aus dem Ständer und wedelte triumphierend damit herum.

Ihre Großmutter nahm ihre Brille aus der Handtasche und betrachtete die Karte. »Ähm, Mandy, Schatz, ich glaube so langsam, du hast den sehr ... ähem ... liebenswerten Geschmack deines Großvaters, was Grußkarten angeht, geerbt.«

Amanda sah auf die Karte hinab. Auf der Vorderseite prangte ein Bild von Amor, den ein Pfeil zwischen seine blütenweißen Flügel getroffen hatte. Sie musste zugeben, dass die Karte auf den ersten Blick nicht sehr romantisch wirkte, aber einem Werbeflyer mit einem ganz ähnlichen Bild hatten Michelle und sie es zu verdanken, dass sie einander begegnet waren. »Michelle wird das schon verstehen. Und mit dem richtigen Text ...« Sie holte den Kugelschreiber, den sie zu Autogrammzwecken bei sich trug, aus der Handtasche und sah den Verkäufer fragend an. »Darf ich?«

»Klar. Ist ja nicht so, als ob die Leute Schlange stehen, um die Karte zu kaufen.«

Amanda öffnete die Karte und schrieb:

*Liebe Michelle,*

*Solange ich dich habe, brauche ich Amor nicht. Gehst du am Valentinstag mit mir aus?*

*In Liebe,*
*Amanda*

So. Kurz, aber gut. Gerade, als sie den Kugelschreiber einstecken wollte, fiel ihr noch etwas ein und sie setzte einen Nachtrag unter den Text.

*P.S. Ja, es ist ein ganz offizielles Date.*

# ÜBER JAE

Jae wuchs im Weingebiet Süddeutschlands auf. Schon als Kind war sie immer mit der Nase in einem Buch anzutreffen, was ihr den Spitznamen *Professor* einbrachte. Im Alter von elf Jahren begann sie dann mit dem Schreiben eigener Geschichten. Seit mittlerweile acht Jahren schreibt sie hauptsächlich auf Englisch.

Bis im Dezember 2013 arbeitete sie als Psychologin, gab dann aber ihren Beruf auf, um Vollzeitschriftstellerin und Teilzeitlektorin zu werden. In ihrer Freizeit liest sie nach wie vor gerne, frönt ihrem Eiscreme- und Schreibwarenfaible und schaut viel zu viele Krimiserien.

## JAE FREUT SICH IMMER ÜBER FEEDBACK!

E-Mail: jae_s1978@yahoo.de
Webseite: http://www.jae-fiction.de
Facebook: http://www.facebook.com/JaeAuthor
Twitter: @jaefiction

# LESEPROBE
## *CABERNET UND LIEBE*

VON JAE

Drew nahm einen grossen Schluck Rotwein. *Igitt. Was ist das denn, Wein oder Essig?* Sie spuckte den Wein zurück ins Glas und schüttelte sich. *Hast du mal wieder den billigen Fusel gekauft, Jake?* Sie reckte den Hals, um nach einem Angestellten der Cateringfirma Ausschau zu halten. *Ah, da drüben.*

Eine Frau in schwarzer Hose und weißer Bluse sammelte leere und halb volle Gläser von der Bar ein.

Drew ging auf sie zu, um das Gesöff, das sich Wein nannte, loszuwerden. Als die Frau sich mit einem vollen Tablett umdrehte, blieb Drew stehen. *Oh, wow. Die ist ja süß.* Ihren Blick immer noch auf die Frau gerichtet, näherte Drew sich ihr.

Die Fremde war keine der umwerfenden Schönheiten, zu denen sich Drew normalerweise hingezogen fühlte, aber irgendetwas an ihr hatte doch ihre Aufmerksamkeit erregt. Vielleicht war es die seltsame Mischung aus Stärke und Verletzlichkeit in den Gesichtszügen und der Körperhaltung der Frau. Sie bewegte sich wie eine Maus – leise, aber effizient, so als ob sie keinerlei Aufmerksamkeit erregen wollte.

Selbst aus ein paar Metern Entfernung konnte Drew erkennen, dass die Frau groß war. Trotzdem wirkte sie aber nicht einschüchternd; dafür war ihr Blick zu scheu. Ihre süße Stupsnase und der sanfte Schwung ihrer Lippen kontrastierten mit ihrem markanten Kinn. Goldenes Haar – genau die Farbe von einem guten Weißwein – umspielte ihre schmalen Schultern. Die Frau ließ das Tablett mit einer Hand los, um sich eine widerspenstige Haarsträhne hinters Ohr zu klemmen.

Das Tablett kippte zur Seite.

Drew stellte ihr Glas ab und sprang vorwärts wie ein Ritter in schimmernder Rüstung, um das Tablett und die Jungfrau in Nöten zu retten. Gerade als sie die Hand ausstreckte, bemerkte die Frau, was gleich passieren würde, und riss das Tablett hoch.

Es war zu spät, um noch abzubremsen. Drew prallte gegen das Tablett. Ein halb volles Glas segelte durch die Luft.

Kalte Flüssigkeit durchtränkte Drews Bluse. Reflexartig fing sie das nun leere Glas auf, bevor es am Boden zerschellen konnte.

Die Frau vor ihr erstarrte. Große, grüne Augen starrten durch eine Hornbrille auf sie herab.

Drew bemerkte, dass ihre Jungfrau in Nöten mindestens zehn Zentimeter größer war als sie mit ihren 1,68 Metern.

»Oh, Gott! Tut mir schrecklich leid.« Mit zitternden Fingern balancierte die Frau das Tablett in einer Hand und griff nach einer Serviette.

Einen Moment lang stellte sich Drew vor, wie die Frau sie berührte und ihre durchnässte Bluse betupfte. Stattdessen drückte die Frau ihr die Serviette in die Hand. Drew versuchte, die größten Flecken zu bekämpfen, merkte aber schnell, dass es sinnlos war. *Schätze, jetzt bin ich mehr ein Ritter in weinbekleckerter Rüstung.*

»Haben Sie sich was getan?«, fragte die Frau.

»Alles bestens. Nichts passiert.« Drew wischte sich ein paar Tropfen Rotwein vom Kinn. »Na ja, fast nichts.«

Röte stieg der jungen Frau in die Wangen. »Ich zahle natürlich die Reinigung.«

Drew lächelte. *Wie süß.* Sie konnte sich nicht daran erinnern, je gesehen zu haben, wie eine ihrer weltgewandten, selbstsicheren Freundinnen errötete. Es verlieh den ernsten Gesichtszügen der Fremden eine unerwartete Verletzlichkeit. »Machen Sie sich keinen Kopf.«

Gelächter von den anderen Gästen ließ Drew aufsehen.

Einige von Jakes Freunden machten sich gegenseitig auf Drews fleckenübersäte Bluse aufmerksam und schienen das Missgeschick umwerfend komisch zu finden.

Die Wangen der Frau wechselten von Zartrosa zu Dunkelpink.

Der Beschützerinstinkt, der plötzlich in Drew aufkam, überraschte sie. Sie sah den lautesten Spöttern in die Augen. »Was gibt's da zu lachen?« Sie zupfte an ihrer nassen Bluse und grinste. »Habt ihr noch nie eine Rotweinflecken-Bluse gesehen? Das ist jetzt voll in Mode.«

Einige der Gäste lachten und wandten sich wieder ihrer Unterhaltung zu.

»Ihre Bluse sieht teuer aus«, sagte die Blondine. »Ich werde sie Ihnen ersetzen.«

»Nein, das ist nicht nötig. Ich bin diejenige, die mit dem Tablett zusammengeprallt ist, wenn sich also jemand entschuldigen muss, bin ich das. Ich hab gesehen, wie die Gläser ins Rutschen kamen, und dachte, ich könnte helfen, aber stattdessen hab ich Sie vermutlich zu Tode erschreckt, als ich Sie fast umgerannt habe.« Als sie nach Luft schnappen musste, wurde ihr bewusst, dass sie ohne Punkt und Komma gesprochen hatte. »Tut mir wirklich leid. Vielleicht könnte ich Sie als Wiedergutmachung mal zum Kaffee einladen.« Sie hatte schon viele Frauen um eine Verabredung gebeten und war dabei immer cool geblieben, aber jetzt druckste sie herum wie ein Teenager.

Die Frau betrachtete sie. Drew sah die Verwirrung in den Augen, die aus dieser Distanz so grün wirkten wie Weinlaub im Frühling. Dann runzelte die Frau die Stirn und schüttelte den Kopf. »Lieber nicht. Bei meinem Talent kriegen Sie sonst auch noch ein heißes Getränk ab.«

Als die Frau sich anschickte, an ihr vorbeizugehen, verstellte Drew ihr eilig den Weg. Sie wollte noch nicht aufgeben. »Das Risiko bin ich bereit einzugehen. Also, gehen Sie mit mir einen Kaffee trinken?«

»Das ist nett von Ihnen, aber nicht nötig. Es war nur ein Versehen und jetzt muss ich wirklich los.« Die Frau drehte den Arm, um auf die Uhr zu sehen. Das Tablett kippte erneut zur Seite.

Ohne auf weiteren Schaden für ihre Klamotten zu achten, griff Drew nach dem Tablett. Ihre Finger berührten die der Fremden, Drews gebräunte Hände in scharfem Kontrast zur elfenbeinfarbenen Haut der Frau.

»Entschuldigung.« Erneut färbten sich die Wangen der Frau rot. »Sonst bin ich kein solcher Tollpatsch.«

»Das macht doch nichts.« Drew ließ das Tablett los, aber nicht, ohne vorher mit dem Zeigefinger die Hand der Frau zu berühren. »Ich finde das charmant«, sagte sie und zwinkerte der Fremden zu.

Die Frau hob eine Augenbraue, erwiderte Drews Flirtblick aber nicht.

*Mist. Sie ist hetero.* Drew unterdrückte ein Seufzen.

»Ich muss jetzt wirklich gehen«, sagte die Frau. »Ich kann mich nur noch mal entschuldigen. Vielleicht können Sie eines von Jakes Hemden leihen, damit Sie nicht für den Rest des Abends so herumlaufen müssen.«

*Sie kennt Jake persönlich?* Einen Augenblick lang fragte sich Drew, ob die Blondine eine von Jakes vielen Eroberungen war, aber dann schüttelte sie den Kopf. Mit ihrer Hornbrille, dem markanten Kinn und dem fehlenden Make-up war sie einfach nicht Jakes Typ.

Drew sah hinab auf die nasse Bluse, die an ihren vollen Brüsten klebte. »Ich fürchte, Jake und ich haben nicht ganz dieselbe Größe.«

Die Frau errötete erneut und Drew ertappte sie dabei, wie sie auf ihre Brüste starrte.

*Vielleicht ist sie nicht so hetero, wie ich dachte.* Drew grinste. »Ist schon okay. Ich wollte ohnehin gerade Jake begrüßen und dann nach Hause gehen.« Sie nickte hinab auf das Tablett. »Brauchen Sie Hilfe?«

»Nein, danke, das schaffe ich schon alleine.«

»Na gut.« Drew gingen langsam die Gründe aus, das Gespräch noch ein wenig in die Länge zu ziehen, deshalb gab sie den Weg frei.

Ihre Jungfrau in Nöten verabschiedete sich und ging davon.

Drew stand da und beobachtete das sanfte Schwingen ihrer Hüften. *Nett.* Mit zwei Fingern zog sie den nassen Blusenstoff weg von ihrer Haut, warf einen letzten Blick in Richtung der Fremden und machte sich dann auf die Suche nach Jake.

»Was zur Hölle ist denn mit dir passiert?«, fragte Jake, als sie ihn endlich fand. »Da geh ich mal eben kurz zur Toilette und als ich wiederkomme, siehst du aus wie ein Mordopfer.«

Drew sah hinab auf ihre weingetränkte Bluse und zuckte mit den Schultern. »Ich hab eine Frau kennengelernt.«

Ein neckisches Lächeln huschte über Jakes Lippen. »Warten die Damen nicht normalerweise bis nach dem Dessert, ehe sie dir ihr Getränk ins Gesicht schütten?«

»Damen? Es war nur eine einzige Frau, die mir je ihr Getränk ins Gesicht geschüttet hat. Und das ist schon eine Ewigkeit her.«

»Du hattest es verdient. Mann, warst du damals eine Draufgängerin!«

*Nicht schon wieder die alten Kamellen!* Gut, sie hatte sich während des Studiums mit ziemlich vielen Frauen verabredet, aber sie hatte diesen Teil ihres Lebens hinter sich gelassen, als sie das Weingut ihrer Familie übernommen hatte. »Das war an der Uni und damals hast du innerhalb von einer Woche mit mehr Frauen geschlafen als ich in einem ganzen Semester!«

»Ach ja, die guten alten Zeiten.« Jake seufzte verträumt. »Was hast du denn die letzten Wochen so getrieben? Ich hab dich seit unserer AIDS-Benefizveranstaltung im Fitnessstudio nicht mehr gesehen. Und das ist schon zwei Monate her.«

»Drei«, sagte Drew. »Wir sind gestern erst mit der Weinernte fertig geworden. Ich hab jeden Tag im Weinberg verbracht, seit wir angefangen haben, im August die Perlweintrauben zu ernten.« Sie rieb sich die Augen. Die letzten Wochen waren erschöpfend gewesen, gaben ihr aber auch das gute Gefühl, etwas geschafft zu haben. Sie hoffte, dass ihre Eltern stolz auf sie gewesen wären.

»Immer nur Arbeit, Arbeit und noch mal Arbeit.« Jake wedelte mahnend mit dem Zeigefinger. »So langsam erinnerst du mich echt an meine Schwester.«

Als sie zusammen studiert hatten, hatte Drew ständig Geschichten über Jakes Schwester gehört – oder vielmehr über all die Streiche, die Jake ihr als Kind gespielt hatte. Bisher hatte sie Annie aber nie kennengelernt. »Wirst du mich deiner mysteriösen Schwester je vorstellen?«

»Das hätte ich schon vor Jahren gemacht, aber es ist leichter, eine Audienz beim Papst zu kriegen, als Annie dazu zu bringen, zu einer meiner Partys zu kommen.«

*Eine Frau mit Geschmack.* Drew verkniff sich ein Grinsen.

»Und du«, Jake gab ihr einen Klaps auf die Schulter, »hattest ja nie Zeit, in den Semesterferien meine Familie kennenzulernen.«

Drew schlug zurück, aber ihre Hand prallte an den drahtigen Muskeln ab, die er als Bergsteiger entwickelt hatte. »Weil ich in den Ferien im Weinberg helfen musste, während du Faulpelz die ganze Zeit nur gefeiert hast.«

»Okay, okay, ich werd dich meiner Schwester vorstellen. Vorhin hab ich gesehen, wie sie mit Rob geredet hat, also muss sie hier noch irgendwo sein.« Jake sah sich um und wandte sich dann wieder Drew zu. »Aber denk dran: Flirten verboten. Sie ist hetero.«

Drew hob beide Hände. »Ich bin nicht an deiner kleinen Schwester interessiert. Ich hab gerade eine Frau am Buffet getroffen. Irgendwie geht sie mir nicht mehr aus dem Kopf. Ich glaube, sie gehört zum Cateringpersonal.«

»Die Brünette mit den mörderisch sexy Beinen?«

»Nein. Sie ist blond und falls ihre Beine dich umbringen, liegt es eher daran, dass sie ein bisschen tollpatschig ist.« Beim Gedanken daran, wie die Frau fast zum zweiten Mal das Tablett hatte fallen lassen, musste Drew lächeln.

Eine tiefe Falte entstand zwischen Jakes Augenbrauen. »Ich glaube nicht, dass ich eine Blondine angeheuert habe.«

»Doch, hast du. Sie kennt deinen Namen.«

»Die einzige tollpatschige Blondine, die ich auf dieser Party kenne, ist ...« Jake lachte. »Ist sie groß, hat grüne Augen und ist so ernst wie ein Steuerprüfer?«

Drew widerstand nur mit Mühe der Versuchung, ihre tollpatschige Jungfrau in Nöten zu verteidigen. »Ja, das könnte sie sein.« Viel zu spät fiel ihr auf, dass sie die Fremde nicht nach ihrem Namen gefragt hatte.

»Ah, diese Blondine meinst du.«

»Du kennst sie also?«, fragte Drew. »Kannst du sie mir vorstellen?«

»Klar, kein Problem.« Ein Geräusch, das fast nach einem Kichern klang, drang aus Jakes Mund.

*Jemand sollte ihm mal sagen, dass heterosexuelle Männer nicht kichern.* Im Moment war Drew aber mehr daran interessiert, mehr über die Fremde herauszufinden. »Sie ist keine deiner Verflossenen, oder?«

Jakes Kichern wurde zu einem gurgelnden Lachen. Er schlug sich auf die Schenkel und verschüttete beinahe sein Bier. »Oh, Gott, nein. Es wäre ziemlich unnatürlich für deine Blondine, wenn sie mich attraktiv fände.«

»Oh, du meinst, sie ist lesbisch?« Als die Fremde ihre Flirtversuche nicht erwidert hatte und sie nicht einmal zu bemerken schien, hatte Drew die Hoffnung schon aufgegeben. »Bist du sicher?«

»Absolut«, sagte Jake, immer noch grinsend.

»Und ist sie single?«

Jake rollte die Augen. »Seit einer halben Ewigkeit.«

Drew konnte ihr Glück kaum fassen. »Hört sich an, als würdest du sie schon seit deiner Sandkastenzeit kennen.«

»Könnte man so sagen.« Jake drehte sich um. »Warte hier. Ich geh sie mal holen.«

Der Liebesroman *Cabernet und Liebe* ist als E-Book und als Taschenbuch bei allen bekannten Online-Buchhändlern erhältlich.

# EBENFALLS IM YLVA VERLAG ERSCHIENEN

http://www.ylva-verlag.de

# CABERNET UND LIEBE

JAE
ISBN: 978-3-95533-148-1
Länge: 353 Seiten

Schon seit ihrer Kindheit stellen die albernen Streiche ihres Bruders Annies Geduld auf eine harte Probe. Jakes neuester Streich bringt das Fass endgültig zum Überlaufen. Er hat sie zu einem Blind Date mit Drew Corbin überredet – und dabei vergessen seiner heterosexuellen Schwester zu sagen, dass Drew eine Frau ist.

Annie und Drew hecken einen Rachefeldzug aus und tun so, als hätten sie sich Hals über Kopf ineinander verliebt.

Auf den ersten Blick haben die beiden nichts gemeinsam. Enttäuscht von ihrem bisherigen Liebesleben konzentriert sich Annie auf ihre Katze und ihre Karriere als Buchhalterin, während die selbstbewusste Drew ihre Zeit am liebsten mit ihrem Hund und der Arbeit in ihren geliebten Weinbergen verbringt.

Anfänglich eint sie nur der Wunsch, Jake endlich einen Denkzettel zu verpassen. Aber was als Streich beginnt, stellt rasch Annies und Drews Leben auf den Kopf. Die Grenze zwischen Lüge und Wirklichkeit verschwimmt immer mehr.

# VOLLMOND ÜBER MANHATTAN

JAE
ISBN: 978-3-95533-138-2
Länge: 123 Seiten

Shelby Carsons Leben ist alles andere als normal. Sie ist nicht nur die diensthabende Psychiaterin in einer hektischen Notaufnahme, sondern auch eine Wrasa. Diese gestaltwandelnden Wesen leben unentdeckt unter Menschen.

Um die Sache noch mehr zu verkomplizieren, hat sie sich auch noch in Nyla Rozakis, eine menschliche Krankenschwester, verliebt.

Obwohl die Wrasa-Kultur Beziehungen mit Menschen verbietet, hat Shelby es sich in den Kopf gesetzt, Nyla nach einem Date zu fragen. Alles sieht ziemlich hoffnungslos für sie aus, aber in einer Vollmondnacht an Halloween kann alles passieren.

# HEISSE SCHOKOLADE FÜR ZWEI
# EIN LESBISCHER KURZROMAN

ALISON GREY

ISBN: 978-3-95533-175-7

Länge: 123 Seiten

Es ist erst eine Woche her, seit Scarlett Julia ihre Liebe gestanden hat. Eigentlich sollte sie jetzt im siebten Himmel schweben, aber ihre überwunden geglaubte Homophobie nagt noch immer an ihr, als sie versucht, Julia näher zu kommen.

Wird Scarlett es schaffen, alle Zweifel hinter sich zu lassen und sich ganz auf eine Beziehung mit Julia einzulassen?

*Heiße Schokolade für zwei* ist die kurze Fortsetzung des Romans *Zwei Seiten* und gibt Antworten auf die Fragen, ob Scarlett mit Julia glücklich werden kann, wie Scarletts beste Freundin Nathalie mit einer unerwarteten Neuigkeit umgeht und ob heiße Schokolade wirklich bei fast allem hilft.

# GEMALT FÜR DICH

SARA ENGELS
ISBN: 978-3-95533-086-6
Länge: 139 Seiten

Eine Geschäftsreise führt die Projektleiterin Tali für ein paar Tage nach Paris. Auf dem Montmartre begegnet sie der Künstlerin Inès, die sie porträtiert. Gemeinsam machen sich die beiden Frauen auf zu einer Reise durch Paris, auf der sie nicht nur die Stadt der Liebe entdecken, sondern auch völlig unerwartete Gefühle.

Und schon bald muss jede für sich eine Entscheidung treffen.

# DEMNÄCHST IM YLVA VERLAG

http://www.ylva-verlag.de

# KEIN DATE

## EMMA WEIMANN

Nicole Fischer ist sich völlig sicher, dass sie keine Dates will. Die Wunden, die ihre letzte Beziehung hinterlassen hat, sind immer noch nicht völlig geheilt. Keine neue Frau in ihrem Leben heißt auch keine emotionalen Verstrickungen. So einfach ist das.

Oder so einfach könnte es sein, wäre da nicht Bettina Ulrich, ihre neue Arbeitskollegin. Nachdem Nicole diese wochenlang aus sicherer Entfernung angehimmelt hat, steht Bettina in einer Frankfurter Szenebar vor ihr. Und auf einmal muss Nicole sich entscheiden: Will sie ein Date oder will sie kein Date?

# WIE EIN NEUES LEBEN
## EIN LESBISCHER LIEBESROMAN

### LOIS CLOAREC HART

*Wie ein neues Leben* ist die Geschichte dreier Menschen, die sich in eine scheinbar ausweglose Situation manövrieren.

Jan hat es sich zur Aufgabe gemacht, ihren an MS erkrankten Ehemann Rob zu pflegen, der sich als ehemaliger Kampfflieger nur schwer mit seinem Schicksal abfinden kann. Durch Zufall tritt eines Tages Terry in ihr Leben. In kürzester Zeit stellt die junge Postbotin, die von einer Karriere als Schriftstellerin träumt, das Leben von Rob und Jan auf den Kopf.

Terry nimmt die beiden in ihren lebensfrohen Familien- und Freundeskreis auf und bringt so neuen Schwung in die jahrelange Routine des Paares. Als sich Jan und Terry ineinander verlieben, wird die Freundschaft und Loyalität der drei vor eine Zerreißprobe gestellt.

*Liebe à la Hollywood*
Jae

Bibliografische Information der Deutschen Bibliothek
Die Deutsche Bibliothek verzeichnet diese Publikation in der Deutschen Nationalbibliografie; detaillierte bibliografische Daten sind im Internet über http://dnb.ddb.de abrufbar.

ISBN 978-3-95533-202-0

Dieser Titel ist auch als E-Book erschienen.

Die englischsprachige Originalausgabe erschien 2014 unter dem Titel *Departure from the Script* im Ylva Verlag.

Copyright der Originalausgabe © 2014 Ylva Verlag, e.Kfr.

Copyright der deutschen Ausgabe © 2014 Ylva Verlag, e.Kfr.
Erste Auflage 2014

Kontakt:
Ylva Verlag, e.Kfr.
Inhaberin: Astrid Ohletz
Am Kirschgarten 2
65830 Kriftel

Tel: 06192/7039881
Fax: 06192/7039347

www.ylva-verlag.de
info@ylva-verlag.de

Amtsgericht Frankfurt am Main HRA 46713

Lektorat: Devin Sumarno
Umschlaggestaltung: Streetlight Graphics
Printlayout: Streetlight Graphics